AF717332

Kontaktadresse nach EU-Produktsicherheitsverordnung:
produktsicherheit@fischerverlage.de

»Ich finde es spannender, kleine Leute als Superhelden scheitern zu lassen, weil das näher an mir dran ist. So wird aus purer Schadenfreude Anteilnahme. Erst bei der Suche nach dem Lustigen im Erbärmlichen habe ich entdeckt, wie nah sich beides ist. Mir geht's darum, dass das Komische so nah neben dem Tragischen liegt wie sonst nur Ehepaare auf dem Friedhof.« *Ralf Husmann*

Ralf Husmann ist Autor von ›Stromberg‹, ›Dr. Psycho‹ und ›Der kleine Mann‹ sowie Kolumnist für ›KulturSPIEGEL‹ und ›Playboy‹. Er wurde mehrfach mit dem Deutschen Comedy-Preis, dem Deutschen Fernsehpreis sowie dem Grimme-Preis ausgezeichnet. 2008 erschien Ralf Husmanns erfolgreiches Romandebüt ›Nicht mein Tag‹ (Fischer Taschenbuch Bd. 17478), 2010 sein zweiter Roman ›Vorsicht vor Leuten‹. Gemeinsam mit Sonja Schönemann hat er ›Die Kiste der Beziehung. Wenn Paare auspacken‹ geschrieben.

Weitere Informationen, auch zu E-Book-Ausgaben, finden Sie bei www.fischerverlage.de

Ralf Husmann

Vorsicht vor Leuten

Roman

Fischer Taschenbuch Verlag

2. Auflage

Printed in Germany

ISBN 978-3-596-18618-1

Life is … funnier than shit.
Joe Minaldi, Es war einmal in Amerika

Und hinter all den bunten Lackfassaden
geht's doch nur um das alte Überleben
und ob's noch was zum Nachtisch gibt
und wann endlich wir wieder einen heben
Jörg Fauser, Mama Stadt

1

Solange ein Mann sich noch eine Bratwurst macht, hat er nicht aufgegeben. Lorenz Brahmkamp öffnet mit der breiten Seite seines Küchenmessers eine Flasche Bier und dreht die Wurst auf dem Teller so, dass die gebogenen Enden nach oben zeigen. Wenigstens das Essen lächelt.

Als Katrin noch da war, hat Lorenz sich erfolgreich an Seeteufel-Saltimbocca gewagt, an Kaninchen in Rotwein oder an Entenbrust mit Mango Chutney. Als frisch verlassener Mann um die vierzig ist er nun wieder bei Hausmannskost. Für einen alleine lohnt sich kein Aufwand. Das gilt kulinarisch, sexuell, vielleicht sogar generell. Für einen alleine lohnt sich kein Aufwand. Sicher auch der Grund, warum Gott Eva erschuf. Nach dem Essen öffnet Lorenz noch eine Flasche Bier und greift zu Papier und Kugelschreiber.

Wie der Fisch am Angelköder
Wie am Kanzleramt der Schröder
Wie der Selbstmörder am Strick
Häng ich an dir, du dummes Stück

Mit Gedichten hat er Katrin damals rumgekriegt. Um noch mal auf Gott zu kommen: ER schenkt ja nicht mit beiden Händen aus. Ein Mann ist entweder attraktiv *oder* lustig. Oder reich. Oder intelligent. Oder wenigstens stark. Lorenz Brahmkamp sah sich am ehesten bei »lustig«. Und fühlte sich bestätigt, als Katrin etliche Vierzeiler später mit ihm ausging. Was sich reimt, ist gut, wusste schon Pumuckl.

Jetzt bin ich so wie deine Jeans
Ich häng an dir und bin recht blau
Auch wenn du's gar nicht mehr verdienst
Bin ich dein Mann, du meine Frau

Irgendwie verrutscht ihm die Romantik neuerdings ins Beleidigende, mitunter sogar ins Drohende. Drohgedichte. Ein ganz neues Genre. Dabei vermisst er Katrin wirklich, gerade jetzt nach Bier und Bratwurst. Gerade deswegen. Mit Katrin war sein Leben Seeteufel-Saltimbocca mit Wein, ohne sie ist es Bratwurst mit Bier. Lorenz muss aufpassen, dass es nicht Slim Fast mit Wodka wird, die simpelste Methode, gleichzeitig satt und blau zu werden.

Die Wohnung ist merkwürdig still. Eine ungute Stille wie nach einem Witz über den Islam. Ihm fehlt, dass Katrin sinnlos durchs Fernsehprogramm zappt, was ihn immer aufgeregt hat, als sie noch da war. ›Fernsehen‹ ist eines der Wörter, die ohne Katrin eine andere Bedeutung haben. Genau wie Entenbrust, Dänemark, Elton John oder Liebe. Alles für immer aus unterschiedlichsten Gründen mit Katrin verbunden …

Er macht noch eine Flasche auf. Lorenz Brahmkamp wird sich nicht hängenlassen. Er wird stattdessen eine Liste machen, einen Plan. Wenn er eines gelernt hat als Sachbearbeiter im Referat Planung und Bauaufsicht der Stadt Osthofen, dann Listen und Pläne zu machen. Ene, mene, miste, mach erst mal Plan und Liste. Er hat drei Biere intus, aber er ist oft am nüchternsten, wenn er leicht betrunken ist. Er schreibt:

Ziel: Katrin
Plan: 1. Abnehmen

Seit Katrin weg ist, geht Lorenz aus den Fugen. Er wächst täglich ein kleines Stück, wie eine Millionenstadt in der Dritten Welt. Außerdem spürt er in letzter Zeit ein Stechen, mal in der Brust, mal in der Magengegend. Seine Organe machen offenbar eine Art Warnstreik. Kein Wunder. Seit vierzig Jahren in derselben Firma, werden sie zunehmend schlecht behandelt, das wollen sie sich nicht länger gefallen lassen. Lorenz kann es seinen Organen nachempfinden. Wenn es so weitergeht, wird er um einen Arzt nicht mehr herumkommen. Vielleicht droht sogar Sport.

2. Job sichern

Eine Behörde ist keine artgerechte Haltung für Lorenz Brahmkamp, findet er noch immer. Während Katrin ein Stockwerk über ihm, im Referat Haushalt und Finanzen, eine kleine Karriere hinlegt, steht Lorenz seit Jahren auf der Abschussliste seines Chefs. Mangelnder Ehrgeiz, zu viele Fehltage, zu viele Ausreden. Er hat insgesamt fünfmal Sonderurlaub für Beerdigungen von Großmüttern genommen. Lorenz erklärte die fünf Omas damit, dass er ein armes Findelkind sei, das später seine wirklichen Eltern plus Großeltern ausfindig gemacht habe. Alles natürlich gelogener als bei Moses. Außerdem hat Lorenz in den letzten Jahren mehr Krankheiten erfunden als die Pharmaindustrie. Erhöhter Knochendruck, Bandscheibendehnung, lumbale Zerrung im Außenohr. Alles totaler Quatsch. Aber eine Lüge zieht die nächste nach sich, unvermeidbar wie Blähungen nach Hülsenfrüchten.

3. Ehrlich werden

Lorenz hat ein Talent zum Lügen. Schon in der Schule hatten andere eine Begabung für Fremdsprachen, Mathe, Deutsch oder wenigstens Sport. Lorenz nur fürs Lügen. Er war nie um eine Erklärung verlegen. Der Papagei der Nachbarn hatte ausgerechnet auf dem Matheheft Durchfall bekommen oder Lorenz hatte die Zeugen Jehovas ins Haus gelassen, die ihn vom Ende der Welt überzeugt hatten, angesichts dessen Hausaufgaben sinnlos waren. Ausreden waren unerschöpflicher als das Öl im Nahen Osten.

Katrin fand das am Anfang ihrer Beziehung noch witzig, weil Lorenz dafür sorgte, dass sie beide zum Beispiel um lästige Verwandtenbesuche herumkamen – beim ersten gemeinsamen Weihnachten erfand sich Lorenz »Indische Kindergrippe«, mit der als Erwachsener nicht zu spaßen sei, und sie beide blieben lachend zu Hause –, dann aber merkte sie, dass er auch ihr gegenüber nicht immer die Wahrheit sagte. Sie vermutete eine Affäre und war auch nicht zufriedener, als sie feststellte, dass er keine hatte, sondern eher aus Bequemlichkeit log. Katrin, die der Meinung war, man müsse was aus seinem Leben machen, und Lorenz, der fand, das Leben sei wie Bier oder Sex, also in purer Form schon ganz prima, da müsse man nichts mehr draus machen. Das Leben mit Katrin, fand er, sei sogar wie Bier *und* Sex, und das war nicht einmal gelogen.

Sie hatten Spaß. Sie ergänzten sich. Katrin konnte nicht kochen, Lorenz verstand nichts von Autos, sie spielten beide Kniffel, gingen ins Kino und kauften sich Heinrich, den Goldfisch. An anderen Tagen aber konnte er der ehrgeizigen Katrin nicht erklären, dass er nicht einmal eine Weiterbildung machen wollte.

Lorenz wollte nicht für ein paar lumpige Taler mehr erst in Abendkursen pauken und sich dann im Tagesstress der Stadtverwaltung aufreiben. Er versicherte stattdessen, er habe den Antrag eingereicht, man habe aber einen nigerianischen Kandidaten aus Oberhausen bevorzugt, wegen Integration und so weiter. (Aus dem Stegreif erfand er eine traurige Flüchtlingsgeschichte, komplett mit kleinen Negerkindern und Eltern, die seinerzeit aus Nigeria tagelang durch die Wüste … und kein Wort Deutsch gekonnt … und der Sohn jetzt bei der Stadt!) Lorenz trauerte angemessen um die verpasste Chance und wurde von Katrin getröstet. Das Glück war wiederhergestellt. Dann flog die Geschichte auf und schlug eine erste, echte Macke ins Fundament ihrer Ehe. Von da an bröckelte sie häppchenweise wie ein morscher Keks.

Jetzt hat er doch etwas aus seinem Leben gemacht, nämlich einen riesigen Trümmerhaufen. Lorenz schreibt groß unter seine Liste:

Leben ändern

Eine Zeitlang starrt er auf die beiden Worte. Dann macht er noch eine Flasche Bier auf.

Aus dem Schreibblock fällt ihm der Zettel entgegen, den er am Vortag beim Aufräumen gefunden hat. Ein »Gutschein für zehn Küsse« von Katrin. Ein Relikt aus »glücklichen Tagen«, als sie einen Tauschhandel hatten: Gedichte gegen Gutscheine für Massagen, Küsse, Abendessen. Lange her. Lorenz wischt sich Feuchtigkeit aus den Augenwinkeln.

Wenn du dir denkst, dass du mich kennst
Kennst du mich aber schlecht
Ich kann auch anders, sprach der Wurm
Und ward ein toller Hecht

Er hängt den Plan feierlich mit einem Magneten an die Tür des Kühlschranks, so wie Luther einst seine Thesen an die Tür der Kirche. Lorenz ist sein eigener Reformator. Er wird sich ändern.

2

Lorenz trägt im Bett noch immer Katrins T-Shirt. Es riecht schon lange nicht mehr nach ihr, auch wenn er sich das einredet. Das T-Shirt ist pink und zu kurz, so dass es komplett über seine behaarte Bauchrundung nach oben rutscht und ihn aussehen lässt wie den gutmütigen Schwager von King Kong auf dem Christopher Street Day.

Lorenz stöhnt sich aus dem Bett in eine halbwegs senkrechte Position. Sein Körper sortiert sich. Einzelne Bauteile machen sich bemerkbar.

Mit vierzig ist man in einem Alter, in dem man »falsch gelegen« haben kann. In seinem eigenen Bett! Mit achtzehn hatte er bei Interrail-Fahrten durch halb Europa Nächte auf der Gepäckablage eines überfüllten Zugabteils verbracht und war am anderen Morgen frisch und ausgeruht. Jetzt schläft er auf einer teuren Taschenfederkernmatratze und hat ziehende Schmerzen in Nacken und Rücken.

Zwanzig Zwerge mit Prostatabeschwerden sitzen in seinem Duschkopf und pinkeln ihm auf die Haare. Der schlappe Wasserdruck der Dusche hat mit Verkalkung zu tun. Katrin wollte das Bad renovieren, sie wollte eine von diesen Regenduschen haben und den Duschvorhang durch Glastüren ersetzen. Aber Lorenz war im Lügen begabter als im Handwerken und hatte beständig Ausreden, um die Renovierung zu verschieben. Jetzt denkt Lorenz jeden Morgen an sie, wenn das Wasser sich am Duschvorhang vorbei auf dem Badezimmerboden in einer Pfütze sammelt.

Lorenz schlurft in die Küche und setzt Kaffee auf, zu dem Rühreier passen würden. Dann fällt sein Blick auf die Kühlschranktür.

Abnehmen

Andererseits gibt's noch Eier im Kühlschrank und getrocknete Tomaten. Es gibt sogar noch Speckwürfel. Und schließlich ist das Frühstück die wichtigste Mahlzeit des Morgens. Brahmkamp kann sich bei Bedarf jederzeit auch selbst belügen.

Der Speck brät aus, einer der männlichsten Gerüche, die Lorenz sich vorstellen kann. Das wäre ein Parfüm für ihn. »Speck« by Calvin Klein. Dann singt James Brown aus dem Handy mitten in die ersten Gabeln Rührei. Herr Brown fühlt sich gut, singt er auf Englisch. Herr Kleinert dagegen, der Anrufer und Brahmkamps Chef, ist anderer Laune. »Wo sind Sie denn?« Irgendwas ist schiefgelaufen. »Haben Sie die Mail nicht gelesen?«

»Doch, klar!« Lorenz hat keine Ahnung, um welche Mail es geht.

»Der Schönleben wartet!!«

Kleinert regt sich krächzend auf, aber Lorenz reagiert in solchen Momenten wie ein erfahrener Politiker: Beschwichtigen, abstreiten, ablenken. »Ich bin gleich da … ich hab nur die Mark-Frank-Allee noch nicht gefunden …«

»Franz-Marc-Allee!!« Kleinert hustet, als hätte er eine Blechlunge.

»Ach so«, Lorenz lächelt und legt nach: »Und ich dachte, vielleicht war Mark Frank der Bruder von Anne Frank, und deswegen ist die Straße auch so versteckt.«

»FRANZ MARC!!« Kleinert klingt wie Darth Vader. »Der Dichter oder Komponist oder was der war!«

»Na, dann kann ich ja lange suchen«, sagt Lorenz mit echt klingendem Vorwurf in der Stimme, und auch darauf fällt Kleinert herein.

»Hat Frau Dressel Ihnen das denn nicht aufgeschrieben?«

Frau Dressel ist Kleinerts Sekretärin und damit ein optimaler Sündenbock. »Ist ja jetzt egal«, sagt Lorenz großzügig, »ich guck grad auf die Karte ... aah, da, die Franz-Marc-Allee, hab ich gefunden!« Lorenz tippt mit dem Zeigefinger laut raschelnd auf die Fußballergebnisse einer zwei Wochen alten Zeitung. »Das ist gar nicht so weit ... wenn ich Gas gebe, bin ich in fünf Minuten da, höchstens zehn!«

Zwanzig Minuten wird er mindestens brauchen, und das auch nur, wenn er sofort losfährt. Aber er hat eine Art inneres Anschiss-o-Meter, das an Kleinerts Tonfall merkt, wann der wirklich sauer ist. Offenbar hat Schönleben den Termin gestern noch vorverlegen lassen, was an Lorenz vorbeigegangen ist, weil er sich vorzeitig aus dem Büro gestohlen hat, um zum Hellersee zu fahren und das herrliche Wetter zu nutzen. Der Mensch muss auch mal unter Leute.

»Ich sag dem Schönleben, dass Sie gleich da sind«, hustet Kleinert und schiebt hinterher: »War ja klar, dass Sie's versauen ...«

»Ich versau's nicht, Herr Kleinert, ich bin top vorbereitet!«

Schönleben wäre eine echte Chance, bei Kleinert ein paar Punkte gutzumachen. Die gesamte Führungsriege der Stadtverwaltung ist euphorisch wegen Schönleben. Und das Schicksal in Gestalt einer Grippewelle hat ausgerechnet Lorenz diesen Mann quasi vor die Füße gespült. Er wirft einen Blick auf seine Rühreierruine und einen auf die Uhr. Er ist noch nicht angezogen. Auch ein Nachteil, wenn man plötzlich wieder allein lebt: Nichts wäscht oder bügelt sich von selbst. Alle Unterhosen sind schmutzig, bis auf die alberne, auf der vorne eine Schlange von einem gleichnamigen Beschwörer aus einem Korb geblasen wird. Ein Mitbringsel von Katrin von irgendeiner Fortbildung in Stuttgart, das deswegen auch »der schwäbische Schlangenschlüpfer« genannt wurde. Seine Notunterhose. Es hilft nichts. Er muss jetzt los.

3

Alexander Schönleben ist ein erfolgreicher Unternehmer, der sich in Osthofen niedergelassen hat. Neues Geld, aber davon reichlich, nach allem, was man so hört, gemacht mit irgendwelchen Spekulationen.

Was die Stadtväter so begeistert, ist, dass er sein Geld offenbar in Osthofen ausgeben will. Schönleben hat Interesse an der alten Bauschuttdeponie gezeigt, um deren weitere Nutzung es seit Jahren Streit gibt. Er hat in dieser Angelegenheit um ein »informelles Treffen« gebeten, was übersetzt heißt, dass etwas ausgekungelt werden soll. Normalerweise kein Fall für den Sachbearbeiter Lorenz Brahmkamp. So was läuft auf Dezernenten-Ebene. Aber Kleinert fällt mit Grippe aus, genauso wie seine Stellvertreter. Selbst die Stellvertreter der Stellvertreter liegen flunderflach in ihren Betten und niesen, husten und schwitzen. Schönleben hat aber offenbar gedrängelt. So muss also Brahmkamp das Treffen absolvieren. Eigentlich hat er die Unterlagen der Bauschuttdeponie am Vortag sogar mit an den Hellersee genommen, war aber dann zu genervt von der Verliebten-Epidemie auf dem Rasen rund um den See. Überall lagen sinnlos kichernde Teenager und hatten ihre Gesichter ineinander verkeilt. Auch Pärchen in seinem Alter turtelten wie Statisten in einer Reklame für Glück oder Eiscreme. In dieser Situation konnte er keinen Aktenordner auspacken, ohne sich vollends einsam zu fühlen. Jetzt ist er auf das Treffen nicht vorbereitet, mit dem er sich im Büro etwas Luft verschaffen könnte.

Die Franz-Marc-Allee liegt in Osthofen-Tannbusch, dem Nobel-Stadtteil. Hohe Hecken, hohe Decken, tolle Autos, kleine Läden, in die die beschäftigungswilligen Ehefrauen der Besser- und Bestensverdiener abgeschoben werden. Hier gibt es mehr Hunde als Kinder und mehr Golfspieler als Arbeitslose. Das Gute an diesem Stadtteil ist, dass man keinen Parkplatz suchen muss. Auch Schönlebens Haus hat eine Auffahrt, in der schon ein roter Porsche parkt, und eins dieser Allradmonster, die nur in schwer zugänglichen Gebieten sinnvoll sind, aber immer in Gegenden wie Osthofen-Tannbusch stehen. Glänzend zeigen sie Brahmkamps eingedelltem Corsa ihre makellosen gelackten Karosserien. Alles an Schönlebens Haus ist ordentlich, aufgeräumt, rechtwinklig und kühl. Ein Gegenentwurf zur gemütlichen Verwahrlosung in Lorenz' Wohnung. Sauber ausgerichtete Grashalme, arrogante Schieferplatten, die einem den Weg zum Haus vorschreiben. Hier gibt es sicher niemanden, der einem telefonisch ins Rührei quatscht.

Lorenz hat in seinem Beruf oft mit viel Geld zu tun, aber nur als Zahlen in Excel-Tabellen und Formularen. Hier dagegen wohnt das Geld. Die Autos sagen »Geld«, der Springbrunnen vor dem Haus sagt »Geld«, die modernen Laternen längs der Auffahrt sollen in erster Linie Geld ausstrahlen und erst in zweiter Linie Licht. Das Haus ist ein Protzklotz. Neureich in Osthofen. Lorenz kennt diesen Typus, während er selber jetzt eher neuarm ist, seit Katrin ihm nicht nur im Bett, sondern auch auf dem Konto fehlt. Katrin, die schon lange aus der »Villa Hechtsuppe« ausziehen wollte, wie sie ihre gemeinsame Wohnung getauft hat, bei der es im Winter durch die undichten Fenster zieht. Katrin, die immer hoch hinauswollte. Wie ein Echo seiner eigenen Gedanken hört Lorenz jetzt ein heiteres Frauenlachen aus Richtung des Hauses. Vielleicht, denkt Lorenz, wäre Katrin in so einem Haus nicht auf den Gedanken gekommen, ihn zu verlassen. Lorenz latscht absichtlich direkt neben den Schieferplatten über den Rasen auf den Eingang zu.

Zwischen Garage und Haustür stehen Blumen Spalier. Natürlich keine Allerweltstulpen, sondern irgendwelche exotischen Pflanzen mit komplizierten, geschwungenen Köpfen. Auch die Botanik muss hier protzen. Er tritt beiläufig eine der Blumen um, als Rache für die verpassten Rühreier und den Anschiss von Kleinert. Irgendwo bellt ein Hund. Sicher eine vom Aussterben bedrohte Art. Lorenz nimmt ein paar Schritte Anlauf. Er wird Schönleben heimzahlen, dass der so ein Haus hat und solche Autos und nicht von Katrin verlassen wurde. Lorenz kickt eine Reihe besonders leuchtender Blumen mit Vollspann in die dahinterliegende Hecke. 1:0 für Brahmkamp im Blumenfußball. Lorenz reißt automatisch die Arme hoch und streckt seine Zeigefinger in die Luft. »I am the champion, my friend!«. Bei »… no time for losers …« ist er schon leicht außer Atem. Lorenz klappt seine ausgestreckten Arme wieder ein, setzt seinen offiziellen Gesichtsausdruck auf und geht zum Hauseingang.

Die massive Haustür öffnet sich, bevor er sie erreicht hat, und Alexander Schönleben steht im Türrahmen. »Ich wollte gerade … «, fängt Lorenz an.

»Ich weiß«, fällt ihm Schönleben ins Wort, »ich hab Sie schon gesehen!« Er deutet auf einen Monitor, der direkt neben der Wohnungstür in die Wand eingelassen ist. Anscheinend hängen überall Kameras. Eine zeigt direkt die Auffahrt und die umgetretenen Blumen. Der Blumenfußball wurde heute live im Fernsehen übertragen. »Da saß ein Rudel fetter Wespen, auf jeder Blume eine, super aggressiv«, lügt Lorenz los, aber sein

Gastgeber unterbricht erneut: »Kommen Sie rein.« Schönleben verschwindet im Inneren des Hauses.

Lorenz könnte sich ohrfeigen. Blumen umtreten fällt sicher nicht in die Kategorie »Job sichern«. »Ich muss mich wirklich entschuldigen.« Lorenz versucht, so zerknautscht wie möglich zu wirken, und Schönleben lacht: »Ich kann das Gemüse auch nicht leiden. Das meiste ist noch von den Vorbesitzern. Auch der Springbrunnen und der ganze Alarm-Tinnef. Ich würde mir so was nie hinstellen, aber die haben mir einen guten Preis gemacht, und ich wollte nicht monatelang 'ne Hütte suchen.«

Lorenz ist überrascht. Vielleicht hat er instinktiv sogar alles richtig gemacht. Schönleben ist schlank, um die vierzig und sagt »Hütte« und »Tinnef«. Er ist deutlich zu braun für den Osthofener Sommer und trägt eins dieser atmungsaktiven Sporthemden und eine Trainingshose mit den drei Streifen. Er schwirrt barfuß durch die Räume, seltsam aufgedreht, wie der Duracell-Hase nach einem doppelten Espresso. Schönleben wirkt ohnehin nicht wie ein Geschäftsmann, sondern wie ein etwas zu alter Animateur im Club Robinson, nur dass er nicht so gut aussieht. Am Hinterkopf lichtet sich das strohblonde Haar, das in kleinen Büscheln absteht und so aussieht, als würde ein Teddy seine Füllung verlieren. Die Nase ist leicht windschief, und auch die Zähne sehen so aus, als hätte eine Klammer ihnen gutgetan. »Machen Sie sich keine Gedanken wegen der Blumen«, sagt Schönleben und hackt auf einem Blackberry herum, während er gleichzeitig den riesigen Fernseher im Auge behält, auf dem stumm Nachrichten und Börsenkurse zu sehen sind. Schönleben strahlt so viel Energie aus, als hätte er eine kleine Turbine verschluckt.

Lorenz will Boden gutmachen. »Ich weiß nicht, wie viel Ihnen Herr Kleinert schon von mir erzählt hat …«

»Laufen Sie?« Lorenz kann mit der Frage nichts anfangen. »Laufen, joggen, Sie wissen schon.«

»Ähm …«

»Normalerweise lauf ich immer mit Otto Gassi«, Schönleben läuft auf der Stelle, um zu demonstrieren, was er meint, »aber wenn ich die Wahl hab zwischen Mensch und Hund …«

Der ist als Kind mal in Red Bull gefallen. »Ich hab leider was am Rücken«, lügt Brahmkamp los, prallt aber nur auf Schönlebens unverändertes Lächeln. »Was denn?«

»Bandscheibendings … sehr kompliziert.«

»Da ist Laufen doch das Beste.«

»In meinem Fall nicht. Da ist Laufen das Schlechteste.«

»Wieso?«

»Spinale Karthose.« Lorenz sieht Schönleben herausfordernd an. In Phantasielatein ist er kaum zu schlagen.

Schönleben ist aber nicht im mindesten beeindruckt. »Wir probieren's einfach mal. Wir können ja aufhören, wenn's nicht geht!«

Laufen. Ebenso wenig wird Lorenz sich selbst in die Luft sprengen. »Was haben Sie für 'ne Schuhgröße?«, fragt Schönleben.

Am verwirrendsten ist das Lächeln. Mit dem Lächeln kann man eine Kleinstadt den ganzen Tag lang mit Energie versorgen. »47, 48, eher größer.«

»Kann ich gar nicht glauben.« Schönleben ist nicht Kleinert. Dem kann man so schnell nichts vormachen. »Sieht mir eher nach 43, 44 aus!«

»Oder so«, sagt Lorenz dumpf.

»Wie ich!« Schönleben strahlt jetzt auch darüber, dass sie beide vielleicht gleich große Füße haben, und verschwindet in einem angrenzenden Raum. Lorenz wird nicht schlau aus dem

Mann. Ist dieses Laufen vielleicht doch die subtile Rache für das Blumenmassaker?

Der Raum, in dem er steht, ist genauso verwirrend. Von der Größe könnte man locker Squash darin spielen, zumal eine Seite komplett verglast ist. Eine Wand ist mit Natursteinen verkleidet, und in der Mitte ist ein moderner Kamin eingelassen. Die lederne Sitzlandschaft steht aber so, dass man weder auf den Fernseher noch den Kamin sehen kann, sondern auf die Fensterfront, vor der ein professionell gepflegter Garten liegt. In einer Ecke des Raumes thront ein Flügel, der dient aber anscheinend hauptsächlich als Ablage für Gläser, Flaschen und Unterlagen. Der Boden besteht aus großen Granitfliesen, auf denen Teppiche liegen, und ein roter, seidener Hausmantel, der vermutlich zu der Frau gehört, deren Lachen Lorenz vorhin gehört hat. Alles hier ist klar, einfach, gradlinig. Nicht wie bei Lorenz, in dessen Wohnung Beziehungsarchäologen Schicht um Schicht abtragen könnten, um bis zu den Anfängen vorzustoßen, so wie er selbst vorgestern den Kuss-Gutschein gefunden hat.

Schönleben kommt zurück und schwenkt ein Paar Turnschuhe und in der anderen Hand Sporthose, Socken und ein Trikot. »Wir laufen nur die kleine Runde, das schaffen Sie schon«, strahlt er und drückt Lorenz alles in die Arme.

Das Lächeln kommt ohne Häme, einladend, als hätte er ihn nicht zum Laufen, sondern zum Saufen aufgefordert. So geht sympathisch, denkt Lorenz gegen seinen Willen, andererseits kann der sympathische Schönleben jederzeit den verschnupften Kleinert anrufen. ›Ihr Herr Brahmkamp kam zu spät, hat meinen Vorgarten gerodet und sich dann geweigert, mit mir zu laufen!‹ Lorenz kann es sich nicht leisten, nach Katrin jetzt auch noch den Job zu verlieren. Er ist vierzig und nicht in einem Videospiel. Er hat nicht noch vier oder fünf Leben. Er hat nur dieses eine, das vermutlich schon zur Hälfte um ist.

Schönleben hat sich in Rekordzeit Tennissocken und Laufschuhe angezogen, während Lorenz sich noch nicht nennenswert bewegt hat. Er macht noch einen Versuch auszuweichen: »Ich dachte, wir reden über die Bauschuttdeponie, Herr Schö–«

»Können wir doch beim Laufen!«, strahlt Schönleben aus blauen Augen. »Ohne Laufen kommt der ganze Tag nicht in Schwung. Mittlerweile brauche ich das richtig«, sagt er und hat jetzt wieder die Finger auf dem Organizer, »und so können wir Ihre kleine Verspätung locker wieder rausholen …« Schönleben lächelt unergründlich wie der Sohn von Mona Lisa.

4

»Ich hatte gestern eine kleine Party«, sagt Schönleben, »deswegen sieht's im Haus noch ein bisschen chaotisch aus.« Er trabt locker, während Lorenz das Gefühl hat, seine inneren Organe werden in einer Lostrommel durcheinandergeschüttelt.

»Ich auch«, sagt er, »ganz kleine Party, nur mit mir.« Kurze Sätze bilden, sonst werden seine beiden Lungenflügel gleich nebeneinander am Wegrand liegen.

»Das sind oft die besten«, lacht Schönleben, »kommt auf den Grund an. Was war's denn bei Ihnen?« Lorenz winkt ab. »Also eine Frau. Solche Partys kenn ich auch.« Schönleben wirkt so professionell sympathisch, als wäre er ein Prototyp für Jörg Pilawa.

Sport ist eine der seltsamsten Betätigungen des Menschen. Kein Tier käme auf den Gedanken, Sport zu machen. Eine Antilope, die ein bisschen durch die Steppe joggt, um fit zu bleiben, ist nicht vorstellbar. Aber Schönleben ist keine Antilope. Er läuft, und Lorenz versucht Schritt zu halten.

Die Sonne hängt dezent hinter einem leichten Wolkenband, und Vogelgezwitscher untermalt Lorenz' Keuchen. Sie biegen in den Stadtwaldweg. Ein unregelmäßiges »plock!« weht von den Plätzen des Tennisvereins herüber. Ansonsten ist es leise. Es sind kaum Autos auf der Straße. Die Reichen sind schon längst unterwegs, denkt Lorenz, das Geld wird anderswo gemacht, und die Frauen, die berufslos in solchen Häusern leben, sind es gewohnt, keinen Krach zu machen. Lorenz ist hier und jetzt der Lauteste.

Und Schönleben hört nicht auf zu fragen. Wie es sonst so läuft im Leben? »Besser, als ich jetzt laufe«, keucht Lorenz und Schönleben lacht. Wo er so herkommt, was er so macht? Kein Wort über die Bauschuttdeponie. Stattdessen Fußball. Schönleben sagt, er hat Fußball quasi im Blut. Schließlich ist er während des Jahrhundertspiels geboren. WM-Halbfinale Deutschland gegen Italien in Mexiko 1970. Derselbe Jahrgang also wie Lorenz, dessen Körper den Notstand ausruft. Denkbar, dass sein Leben gar nicht erst zur Hälfte um ist, sondern schon komplett. Vermutlich sterben auf Joggingstrecken mehr Leute als in Raucherkneipen. Zusätzlich geht ihm die Heiterkeit seines Mitläufers auf die Nerven. Schönleben tut so, als flösse in seinen Adern eine Mischung aus Sekt und Konfetti. Lorenz dagegen hat Blutrauschen im Ohr.

»Können wir jetzt mal aufhören mit dem Quatsch?« Durch Lorenz' Atemnot kommt es wie ein Notruf heraus, und Schönleben hat ein Einsehen.

Sie pausieren am Rande der Tennisplätze. Auf dem einzigen besetzten Platz bemüht sich eine ältere, dralle Brünette, den Anweisungen des Tennislehrers zu folgen, der neben einem Einkaufswagen voller Bälle steht. An einer Holzbank macht Schönleben ein paar Liegestütze. »Tennis ist vorbei«, sagt er, während die Dralle talentlos die Bälle über den Platz schaufelt. »Golf ist das neue Tennis.« Er pumpt sich auf und nieder wie eine Schildkröte und redet ohne Anstrengung weiter. »Und im Golf ist noch mehr Geld zu holen als früher im Tennis. Das sollten wir nicht liegenlassen.« Lorenz hat eher das Gefühl, er selbst ist es, den man besser liegenlassen sollte. So ein Golfplatz ist ideal auf dem Gelände rund um die alte Bauschuttdeponie, findet Schönleben und klemmt sich, wie ein Flamingo auf einem Bein stehend, den anderen Fuß unter den Hintern.

Ein Designer-Outlet, dazu Restaurants, Kinos, alles so wie in Amerika. Einen Namen hat er für das Ganze auch schon: »Megapark Osthofen«. Die einsame Frau mit dem Tennisschläger versucht sich jetzt an der Rückhand. Sie erscheint Lorenz wie seine einzige Verbündete. Die will sicher auch lieber woanders sein. Schönleben vollführt eine Art Drei-Viertel-Spagat, redet aber locker weiter. Lorenz fühlt eine Mischung aus Bewunderung und Verachtung, ähnlich wie gegenüber Fernsehköchen und Pornodarstellern.

Schönleben redet von Investoren, die er an der Hand hat. »Das Interesse müssen wir nutzen. Da liegen aktuell große Chancen für uns.« Er sieht Lorenz an, als seien sie ein Team. »Wir müssen jetzt nur schnell sein«, sagt er. Lorenz ist sich inzwischen ganz sicher, dass dieser Schönleben ihn vorführen will.

»Schnell und Stadtverwaltung sind natürliche Gegensätze!« Lorenz kontert mit Humor, Schönleben lacht das Schönlebenlachen, was so echt und leicht wirkt, als sei er bei Julia Roberts in die Lehre gegangen. Schönleben spricht über den Weg, der ja bekanntlich immer da ist, wo auch ein Wille ist, und von den Vorschriften, die gemacht werden, damit sie auf ebendiesem Weg umgangen werden können. Währenddessen versucht Lorenz sich daran zu erinnern, was die Erkennungszeichen für einen Herzinfarkt sind.

Der Tennislehrer spielt seiner drallen Schülerin weitere Bälle zu, die sie verbissen ins Netz schlägt. »Wollen wir umkehren?«, fragt Schönleben unvermindert freundlich.

Lorenz will sich auf keinen Fall von diesem gebräunten Schnösel vorführen lassen. Er wird sterben oder durchhalten. Seine inneren Organe hassen ihn. Er ist sicher, dass das ein oder andere am Ende dieses Laufs ausgetauscht werden muss, aber er läuft weiter. Gott sei Dank stellt Schönleben jetzt keine Fragen mehr, sondern plaudert über sich. Er kommt aus einfachen Verhältnissen, ein kleines Kaff bei Lübeck, zum Vater hat er keinen Kontakt mehr, die Mutter dagegen ist gestorben, als Schönleben erst 14 war. Wenn Lorenz noch Luft hätte, könnte er jetzt lachen. Ihre Biographien sind so gleich wie ihre Schuhgrößen. Eine Banklehre hat Schönleben absolviert und dann gemerkt, dass er besser mit Geld umgehen kann als die meisten Kunden. Dann ist er vom platten Land weggezogen, und jetzt, jetzt kann er nicht meckern, sagt Schönleben, lacht und läuft. Lorenz läuft in seinem Schatten. Genau so hat sich Schönleben das vermutlich vorgestellt. Der Trottel aus der Stadtverwaltung eiert hinterher.

Nach außen aber bleibt Schönleben freundlich. Schade findet er es, dass Geldverdienen in Deutschland so einen schlechten Ruf hat. In Tannbusch sind fast alle Straßen nach Malern und Schriftstellern benannt, Leuten also, die sich in den meisten Fällen zu Lebzeiten kein Haus in Tannbusch hätten leisten können. »Kennen Sie auch nur *ein* Bild von Franz Marc? Sehen Sie. Aber der kriegt eine Eins-a-Straße hier!«

Lorenz muss an Kleinerts Anruf vom Morgen denken. Es kommt ihm vor, als sei das lange her. Schönleben redet weiter: »Ich war zum Beispiel auf dem Hermann-Hesse-Gymnasium. Aber Schriftsteller wollte damals natürlich keiner von uns werden! Fußballer schon eher. Zum Icke-Häßler-Gymnasium wären wir gerne gegangen, aber Hermann Hesse?!«

Wie eigentlich jeder, der es zu etwas gebracht hat, fühlt sich Schönleben offenbar zu wenig beachtet. »Vielleicht benennt man ja mal 'n Friedhof nach Ihnen, ich wär gleich der erste Kunde.« Lorenz röchelt. Es ist nicht mehr genug Luft in Osthofen, um ihn am Leben zu halten.

Schönleben öffnet lachend die Haustür. »War's so schlimm?« Lorenz nickt, und Schönleben lacht wieder sein beeindruckendes Lachen. Sein Gesicht ist nur leicht von Feuchtigkeit überzogen, wie die Rückseite einer angeleckten Briefmarke, während Lorenz' Poren weinen. »Gleich werden Sie sich super fühlen!« Schönleben ist schon wieder barfuß und wirft seinem Gast ein Handtuch zu. »Ich zeig Ihnen, wo Sie duschen können.« Schönleben deutet auf eine Wendeltreppe am Ende des Flurs. »Da unten finden Sie alles, was Sie brauchen.«

Lorenz torkelt in die angegebene Richtung. Sobald er auf halber Höhe der Treppe ist, gehen Lampen an, die in der Decke versenkt sind. Es riecht nach einem Saunaaufguss, in einem Regal liegen große, flauschige Handtücher, und ebenfalls in die Decke eingelassen sind kleine Lautsprecher, aus denen jetzt Musik tröpfelt. Lorenz sieht eine große, begehbare Dusche mit einem suppentellergroßen Duschkopf. Die gläserne Tür zur Dusche schließt mit einer Gummileiste, und in der Ecke der Dusche ist eine gekachelte Sitzecke, neben einem Bataillon teuer aussehender Fläschchen. Offenbar ist die Sitzecke beheizbar, ebenso wie die Handtuchhalter neben der Dusche. Und das ist ja offenbar nur das Gästebadezimmer! Das hier, das ist Katrins Badezimmerparadies. Das Sahnehäubchen auf der Demütigung ist der bodenlange holzgerahmte Spiegel, der einen verschwitzten, rotfleckigen Lorenz Brahmkamp zeigt. Er wäre jetzt schon wieder in der richtigen Stimmung für ein Bier. Lorenz pellt sich aus seinem Trikot, aus seinen geliehenen Schuhen und der geborgten Hose. Alles ist durchgeschwitzt und peinlich. Aber so leicht kriegt ihn Schönleben nicht klein. Lorenz lässt sich von Luxus nicht fertigmachen. Nur weil ihm Schönleben diesen Spiegel vorhält, der offenbar zeigen soll, was andere aus einem Leben gemacht haben, das ähnlich gestartet ist wie seins.

Leben ändern

Der Plan am Kühlschrank.

Abnehmen

Das zumindest hat er heute erreicht. Etliche Fettzellen sind sicher schon aus purer Angst verbrannt. Aus den Lautsprechern kommt meditative Beruhigungsmusik, die Lorenz noch weiter aufregt. Der ganze Vormittag war eine einzige Frechheit. Passend dazu sieht Lorenz in dem großen, gut ausgeleuchteten Spiegel jetzt deutlich die kleinen grauen Sprenkel in den Haaren über den Ohren. In dem schwach befunzelten Badezimmerschränkchen, in dessen verspiegelter Tür er sich normalerweise rasiert, fallen die grauen Haare weniger auf. Zu Hause betrachtet er sich ohnehin selten selbst. Vor dem Spiegel stehen ist ein Job für Schneewittchens Stiefmutter, nicht für Männer, findet Lorenz. Andererseits, bei anderen Männern in seinem Alter ist auf dem Kopf schon Kahler Asten, und auch sonst kann Lorenz eigentlich noch ganz zufrieden sein, findet er. Optisch kann er mit einem wie Schönleben mithalten. Optisch ist der nämlich nichts Besonderes, und das ist Lorenz schon lange. Gut, Schönleben hat ziemlich blaue Augen, die von Lorenz sind farblich eher unentschlossen. Nutellafarben vielleicht. Aber sie tun ihren Job. Noch braucht er keine Brille. Es gibt eine leichte Tendenz zu den Brahmkamp'schen Hamsterbäckchen, die auch seine Mutter hatte, aber das gleicht sich durch die windschiefe Nase bei Schönleben wieder aus. Der hat auf der anderen Seite natürlich dieses Lachen, etwas Vergleichbares kommt Lorenz nicht über die Lippen, aber insgesamt gibt es überhaupt keinen Grund, sich von diesem

Typen und seinem Badezimmerspiegel fertigmachen zu lassen. Lorenz zieht seinen Bauch ein und posiert, um es dem Spiegel zu zeigen. Nur die alberne Schlangenbeschwörerunterhose stört.

Lorenz sieht die blondierte Blondine erst sehr spät, die geräuschlos von irgendwo hergekommen ist. Sie trägt offenbar nichts weiter als den seidigen, roten Kimono, der zuvor im Wohnzimmer auf dem Teppich gelegen hatte, und sie tut so, als sei es für sie normal, hier fremde Männer in Unterhose, Sportsocken und Bodybuilderhaltung vor dem Spiegel vorzufinden. »Hi, ich bin Theresa«, sagt sie und hält ihm eine Hand hin, die in unglaublich roten, gleich langen Fingernägeln endet.

Er schüttelt sie und setzt blöde dazu: »Wie die Mutter?« Brahmkamp bereut es im gleichen Moment, andererseits gibt es in seiner Situation keinen wirklich sinnvollen Satz, und seiner führt zumindest dazu, dass sie lacht und dadurch die Kimonoseide von ihrer nackten Brust rutscht. »Genau wie die Mutter, nur nicht ganz so heilig!«, sagt sie, während Brahmkamp auf diese Brust starrt, die mit ihrer ganzen sanften, weichen, sehr erwünschten Rundung ein so perfekt designter Gegenentwurf zu all den sanften, weichen unerwünschten Rundungen bei Brahmkamp ist, dass man auch wegen der Form der Brust sagen könnte, diese Brust ist der Tropfen, der das Fass zum Überlaufen bringt, wenn man denn Brahmkamp als Fass bezeichnen will. Er hat Schönlebens Haus hingenommen, die Autos, das Laufen, das Badezimmer, aber eine solche Brustbesitzerin ist zu viel.

Theresa lacht. Ein fröhliches Lachen, ein weibliches Pendant zum Schönlebenlachen. Das Lachen, das er schon auf der Auffahrt gehört hat. Sie rafft ohne Hektik den dünnen Stoff wieder zusammen und sagt: »Bin sofort wieder weg.« Sie rumort im Regal hinter den flauschigen Handtüchern, und Lorenz starrt. Starrt auf das dichte Muster von hellen Sommersprossen an ihren Beinen und die seidige Falte des Kimonos, die ihren Hintern teilt, während sie sich vornübergebeugt hat, so dass jetzt beide Brüste erahnbar sind. Katrin ist seit drei Monaten aus dem Haus, und es ist lange her, dass Lorenz so nah bei einer so nackten Frau stand.

Sie sucht und findet ein kleines grünes Fläschchen, während Brahmkamp sich nicht von der Stelle bewegt. Sie schüttelt ihre Haare, von denen sie ein paar Millionen mehr zu haben scheint als normale Menschen. »Das war's schon«, sagt sie und will gehen.

»Ich bin Lorenz«, sagt Lorenz, obwohl unpassend viel Zeit vergangen ist, seit sie ihren Namen genannt hat.

Theresa bleibt stehen, sieht ihn kurz an und grinst. »Da kriegt ja der Begriff ›Schlange stehen‹ eine ganz neue Bedeutung.« Er braucht einen Moment, bis er begreift, dass sie seine Unterhose meint, auf der sich die beschworene Schlange albern beult. Lorenz ist froh, dass er durchs Laufen schon so rot ist, dass er röter nicht werden kann.

»Das ist ein Geschenk«, erklärt er, und Theresa lächelt und sagt: »Absolut. Das hab ich schon verstanden.« Wieder braucht Lorenz einen Moment, bis er begreift, dass sie nicht die Unterhose gemeint hat. »Aber im Augenblick kann ich nichts weiter anbieten als eine kalte Dusche.« Unbeeindruckt dreht sie sich um und hinterlässt kleine Tapsen auf dem Boden des Badezimmers.

Nach dem Duschen schleicht Lorenz die Wendeltreppe wieder hoch und hofft, Theresa nicht noch mal über den Weg zu laufen. Er hofft auch, dass sie Schönleben erst von ihrer

Begegnung vor dem Spiegel erzählt, wenn er wieder weg ist. Stattdessen trifft er oben auf einen älteren Mann mit komplett grauem Haar, was aber durch einen beeindruckendem Haarschnitt ausgeglichen wird. Es sieht aus, als hätte ein Designer jedes einzelne Haar mit Spezialkleber auf der Kopfhaut angebracht. Dazu trägt er ein blaugestreiftes Businesshemd mit einer Krawatte, die parallel zu offenbar seidenen Hosenträgern läuft. Lorenz dagegen kann nicht aufhören zu schwitzen. Die Frisur grüßt förmlich, und Lorenz nickt zurück.

Aus dem Nichts kommt Schönleben dazu, schon vollständig umgezogen und geföhnt. Er trägt jetzt eine Anzughose mit einem Gürtel, auf dessen goldener Schnalle die Buchstaben AS stehen, und dazu ein Hemd in hellem Lila, mit einem Muster aus kleinen Dollarzeichen, wie Lorenz beim zweiten Hinsehen feststellt. Schönleben hat sein Heizstrahlerlächeln angeknipst und verbreitet gute Laune mit einem langgezogenen »Ahh, da ist er ja!«, als hätte er lange auf Lorenz gewartet, um ihn der Frisur vorzustellen. »Das ist der Herr Brahmkamp, 'ne dicke Nummer bei der Stadt.«

Lorenz weiß nicht, ob »dicke Nummer« eine Anspielung auf sein Gewicht ist, aber Schönleben hat schon einen Arm um ihn gelegt und schiebt ihn sanft in Richtung der Haustür, während er der Frisur erklärt: »Wir waren gerade 'ne Runde laufen.« So wie Schönleben es sagt, klingt es, als täten sie das seit Jahren täglich. »Wir haben auch über den Megapark gesprochen. Herr Klarenberg ist einer der Investoren«, erklärt er an Lorenz gewandt, um direkt anschließend der Frisur zu versichern: »Sieht alles sehr gut aus!« Die Frisur, die also Klarenberg heißt, und Schönleben lachen verschwörerisch.

»Ich hab nichts anderes erwartet«, sagt Frisur.

Schönleben ist unterdessen mit Lorenz bei der Haustür angekommen. »Mir hat's Spaß gemacht. Können wir jederzeit wieder machen.« Schönleben zwinkert ihm zu, als hätten sie beide irgendeine Ferkelei veranstaltet.

Lorenz versucht einen letzten Akt von Widerstand: »Was die Deponie angeht: Das muss auch von anderen Referaten geprüft werden. Ob das gut aussieht, kann man also danach erst sagen.«

Schönleben lächelt eisern: »Sie machen das schon!« Es klingt halb wie eine Drohung, halb wie eine Prophezeiung. Schönleben öffnet die Haustür. Direkt davor steht Theresa, die jetzt knallenge Jeans und ein über die Schulter gezogenes Top trägt. Neben ihr steht schwanzwedelnd ein grimmiger Terrier und knurrt. »Wer hat die umgetrampelt?!« Theresa hat die Blumenüberreste in der Hand, an denen sich Lorenz zu Beginn seines Besuchs ausgetobt hat.

»Schatz, das ist der Herr Brahmkamp«, sagt Schönleben.

»Wir haben uns schon kennengelernt«, sagt Schatz und dann lauter: »Das sind meine Lieblingsblumen!« Der Hund unterstreicht Theresas schlechte Laune mit einem Bellen.

Das Ganze ist ein abgekartetes Spiel, einzig zu dem Zweck, ihn fertigzumachen. Lorenz versucht, Würde vorzutäuschen und erhobenen Hauptes zu seinem Wagen zu gehen. Aber die Muskeln in seinen Beinen wissen nichts von Würde und knicken zweimal kurz weg.

Als er an seinem Corsa angekommen ist, sieht er, dass Schönleben, Theresa und der Hund ihm nachschauen. Die beiden Menschen winken, der Hund hält skeptisch den Kopf schief.

5

Schönleben hat ihm laufend zeigen wollen, dass Widerstand seitens der Stadt gegen seine Pläne sinnlos ist. Lorenz reagiert darauf trotzig wie ein Teenager. Der wird sich noch wundern! Vor hundert Jahren hätte man sich duelliert. Heute ist die Rache aus Papier. Die Rache des Sachbearbeiters. Es fließt kein Blut, nur Tinte. Das ist der Fortschritt. Lorenz schreibt also einen Bericht. Finger weg von Schönleben! Er muss es allerdings sachlicher formulieren. Ein Argument wäre gut. Irgendein dubioses Indiz. Wie damals die angeblichen Massenvernichtungswaffen im Irak. Wenn der Krieg erst mal läuft, sind die Gründe nicht mehr so wichtig. Leider hat Schönleben nichts wirklich Angreifbares gesagt. Lorenz kaut an einem Bleistift und starrt auf seinen Bildschirm. Er wird schon was finden. Er ist bei der Stadt. Es gibt genug Vorschriften und Paragraphen, um ganze Imperien zu ruinieren. Brahmkamp schreibt, dass er im Folgenden seine Eindrücke des Treffens zusammenfassen möchte. Er schreibt, die Pläne für einen sogenannten Megapark sind »unausgegoren«, von einer »Unterstützung seitens der Stadt ist abzuraten«. Aber das reicht nicht. Er braucht mehr.

Sein Büro ist ein erprobtes Rachehauptquartier. Eins von Lorenz' Opfern sitzt ihm direkt gegenüber: sein Kollege Erich Schlindwein. Es ging um Postkartengrüße aus Michelbach, die Schlindwein jeden Sommer von seiner Schwester bekam und an seine Wand geheftet hatte, so dass sie ständig in Lorenz'

Blickfeld hingen und ihm die Laune verdarben. Auf den Karten vollzog sich ein ganz eigenes Waldsterben, denn die Sonne vergilbte den abgebildeten Westerwald, der ohnehin schon so mattgrün und traurig aussah wie aufgewärmter Spinat. Die Vorstellung, dass jemand Jahr für Jahr seinen Urlaub in aufgewärmtem Spinat verbrachte, und das sogar mit Postkarten verkündete, fand Lorenz deprimierend. Nicht zuletzt auch, weil Lorenz selbst kein Urlaubstalent hatte. Katrin träumte von Sonne, Lorenz buchte Fuerteventura, aber eine heimtückische Paella setzte beide Brahmkamps am zweiten Tag außer Gefecht. In den Jahren danach fuhren sie mit wechselndem Glück nach Lanzarote, Mallorca und sogar in die Dominikanische Republik, während bei Schlindwein jährlich eine Westerwaldkarte dazukam.

Gegen den Westerwald kam man nicht an. Früher oder später würde der Westerwald das ganze Büro überwuchern, früher oder später hätte der Westerwald gewonnen. Erich Schlindwein in seinen erdfarbenen Acrylpullundern war bereits der menschgewordene Westerwald. Lorenz wollte auf keinen Fall so enden, hatte aber insgeheim die Befürchtung, Fuerteventura oder Lanzarote wären letztlich nur Westerwald reloaded. Und Tapas die neuen Schnitzel.

Brahmkamps schickten jährlich dieselben SMS an Freunde und Verwandte aus dem Urlaub. Statt Karten.

Umso mehr wehrte er sich gegen den Westerwald. Aber alle Bitten und Drohungen, die Karten abzuhängen, prallten an Erich Schlindwein ab. Lorenz begann daraufhin einen subtilen Rachefeldzug, indem er alles Mögliche an seine Wand und also in Schlindweins Blickfeld hängte. Direkt auf Augenhöhe. Nackte Frauen, nackte Männer, Bilder von Unfällen, eine obszöne Zeichnung mit einem Comic-Schlindwein, über der

»Kollege kommt gleich« stand. Am Ende hängte Lorenz Poster mit moderner Kunst auf, vor denen Schlindwein schließlich kapitulierte. Eines Morgens waren alle Westerwaldgrüße verschwunden. Schlindwein sagte nichts, sondern setzte sich wie gewohnt an seinen Platz.

Natürlich waren die Grüße aus Michelbach harmlos im Vergleich zu der Demütigung bei Schönleben. Immer wieder sieht er sich japsend durch Tannbusch hoppeln, während Schönleben fröhlich vorwegläuft und redet, und, noch schlimmer, später im Badezimmer, vor dem Spiegel: »Hi, ich bin Theresa« – »Wie die Mutter?« – *»Wie die Mutter!«* Lorenz zerbeißt fast den Bleistift. Kein Zweifel, der Kerl wollte ihn vorführen, ihm zeigen, dass er mehr Geld, mehr Frauen, mehr Badezimmer, mehr alles hat und dass es sinnlos ist, ihn bei seinen Plänen für die Deponie aufhalten zu wollen.

Ein simpler Bericht ist viel zu lapidar. Lorenz will Rache für den Morgen. Eine dicke, eiserne Retourkutsche soll dem Schönleben in die trainierten Hacken fahren.

»Helmut ist in der Mauser«, sagt Erich Schlindwein aus seinem Chemiefaserungeheuer, das er über einem senffarbenen Hemd trägt. Er beobachtet die Tauben im Hof der Stadtverwaltung und hat dafür eigens ein Opernglas in seinem Schreibtisch und ein Notizheft, in das er seine Beobachtungen einträgt. Er behauptet, dass er die Tauben auseinanderhalten kann, und hat allen Namen gegeben. Eigentlich schwer zu glauben, dass seit Jahren größere Teile des Etats der Stadt Osthofen über seinen Schreibtisch laufen.

Aber Alexander Schönleben ist ein anderer Gegner als Erich Schlindwein. Lorenz braucht andere Geschütze, und er hat auch schon eine Idee, wo er die herbekommen kann.

Du, mein Schatz, bist wie ein Stern
Bist helle und von mir sehr fern
und zu gar nichts nütze ...
nee, halt, doch, jetzt fällt's mir ein
du hast Internet
kannst du's mir leih'n?

Schon wieder gerät ihm der Ton falsch. Aber er hat keine Zeit für eine zweite Fassung, und es ist ja nur eine Mail. Dafür reicht's.

Lorenz braucht Katrins Internetzugang, wenn er was über Schönleben herauskriegen will. Kleinert hat Lorenz vom Netz nehmen lassen, nachdem vermutlich Schlindwein ihn angeschwärzt hat, und eine Überprüfung seines Servers ergab, dass er 42 Prozent seiner Zeit im Internet für private Zwecke nutzte. Lorenz konnte spektakulär etliche privat genutzte Seiten noch in dienstliche umlügen, aber es gab beim besten Willen keine Dienstrelevanz für den Besuch bei »Detektei Schober – Wir überwachen diskret Ihren Partner« (Lorenz war eifersüchtig gewesen, als Katrin euphorisch ihr neues Hobby Tango anging). Auch die Seiten, auf denen Filmchen wie »Oralapostel« oder »Gabi und Gurke« liefen, konnte Brahmkamp nicht dienstlich begründen. Er war nur um eine Kündigung herumgekommen, weil das private Nutzen des Internets nicht explizit in seinem Arbeitsvertrag untersagt worden war.

Postwendend kommt von Katrin eine Mail zurück: *Der Netzverleih Brahmkamp hat jetzt geöffnet* :-)

Der angedeutete Smiley am Ende der Nachricht zeigt Lorenz deutlich, dass Katrin in letzter Zeit in schlechter Gesellschaft ist. Sie wird niedlich. Neulich hat er seine Noch-immer-Frau sogar mit irgendwas von Hello Kitty erwischt. Lorenz geht zum Fahrstuhl und fährt die zwei Etagen hoch zu Katrins Büro.

Er hat Glück, ihre Bürokollegin ist nicht da, und Katrin telefoniert, so dass er ein paar Momente Eingewöhnungszeit hat. Er hat ein bisschen Lampenfieber. Sie haben sich seit Wochen nicht gesehen, und er muss erst die echte Katrin, die da telefonierend vor ihm sitzt, mit der aus seiner Erinnerung in Übereinstimmung bringen. Katrin hat sich nicht nur blonde Strähnchen in ihre hellbraunen Haare machen lassen, sondern sie hat auch einen anderen Schnitt. Kürzer, praktischer. Sie trägt ein zweiteiliges grünes Oberteil, das er noch nie an ihr gesehen hat, und eine weiße Modeschmuckkette, die er auch nicht kennt. Katrin ist offenbar dabei, sich »neu zu erfinden«, wie eine Mini-Madonna der Osthofener Stadtverwaltung. Sie macht anscheinend einfach ohne ihn weiter. Der Anrufer bringt sie zum Lachen, und wenigstens das Lachen erkennt er wieder: die Grübchen, die Art, den Kopf beim Lachen nach hinten zu werfen, die Zähne, die nach wie vor so weiß und gleichmäßig sind wie Ferienhäuser auf einer griechischen Insel. Ein anderes Lachen als das von Schönleben.

Dann legt sie auf und sagt: »Na du?«, und wie immer, wenn er unsicher ist, poltert er los. »Was soll'n der Quatsch mit dem Smiley in der Mail? Hörst du jetzt auch PUR, oder was? Erst Tanzen und jetzt 'n Smiley. Ich mach mir langsam echt Sorgen!« Sie sieht ihn nachsichtig an und lässt ihn routiniert selbst darauf kommen, dass das keine gute Begrüßung war. »War ein beschissener Morgen«, entschuldigt sich Lorenz bei seiner Frau und hängt ein schüchternes »Und bei dir?« dran.

»Alles im Rahmen«, sagt sie und sieht so aus, als ob das stimmt. Sie tauschen kleine Lächeln aus. Er legt ihr einen Zettel hin. Sie entfaltet den alten Gutschein über zehn Küsse, und er sagt sanft: »Da steht nicht, wann der abläuft, insofern ist der eigentlich noch gültig, und ich dachte, ich könnte den demnächst mal einlösen.«

Sie hält das Lächeln. »Meinst du, so einfach geht das?« Er sieht sie an. All die Sätze, die er in den letzten Wochen im Kopf hatte, sind weg. Er ist ihr immer am nächsten, wenn sie nicht da ist. Sobald sie ihn verlassen hatte, war die Trennung für ihn kaum auszuhalten und unbedingt rückgängig zu machen.

Jetzt, da sie vor ihm sitzt, hat er das Gefühl, dass er nichts Sinnvolles sagen kann. »Nein, natürlich nicht, nicht einfach, mein ich, aber …«

Katrins Büro-Kollegin kommt zurück und grüßt direkt in seinen Satz. Ilona Bechtrup ist freundlich und tüchtig und gehört damit zu der Sorte Frauen, mit denen Lorenz gar nichts anfangen kann. Er misstraut tüchtigen Menschen allgemein. Leuten, die jeden Tag das kleine rote Rechteck auf der Plastikleiste des Monatskalenders weiterschieben. Er kann vor Frau Bechtrup nicht über Liebe reden und sagt also gar nichts mehr.

Katrin steht auf. Er hat fast vergessen, wie groß sie ist. Kaum kleiner als er selbst. »Du wolltest doch ins Internet …«

»Ja, ich hab jemanden kennengelernt und brauch n' paar Infos …«

Frau Bechtrup versucht angestrengt so zu tun, als hörte sie nicht zu.

»Glückwunsch«, sagt Katrin, »ich geh dann mal eine rauchen!«

Erst als sie schon fast an der Tür ist, fällt ihm das Missverständnis auf. »Nee! Einen Mann! Es geht um einen Mann!«

Frau Bechtrup schaut intensiv auf ein leeres Formular und Katrin sagt: »Dann erst recht Glückwunsch!« Zumindest ist ihr Humor nicht ganz kaputtgegangen, aber zwischen Katrin und ihm gibt es mehr Missverständnisse, seit sie die Münder nicht mehr zum Küssen, sondern nur noch zum Reden aufmachen. Nicht zuletzt das wollte er doch auch mit dem Gutschein sagen. Ständig hat er das Gefühl, alles klarstellen zu müssen. Aber Katrin sieht nicht so aus, als sollte er das ausgerechnet jetzt versuchen.

Lorenz setzt sich an ihren Tisch, durchsucht das Internet nach »Alexander Schönleben« und findet wenig. Das große Geld macht man offenbar, ohne dass es virtuelle Spuren hinterlässt. Schönleben hat keine Homepage, ist in keinem Netzwerk und nur in den Schlagzeilen der letzen Monate aufgetaucht, die Lorenz schon kennt. Als Sponsor beim Fußball, beim Händeschütteln mit dem Bürgermeister. Ansonsten sind es andere Alexander Schönlebens, auf die Brahmkamp stößt.

Lorenz zerknüllt den Zettel, auf dem er herumgekritzelt hat, und wirft ihn neben den Papierkorb. Frau Bechtrup sieht ihn missbilligend an. »Das ist dienstlich hier!«, sagt er genervt, und sie lächelt schief. Die Geschichte seiner Internetnutzung ging damals durchs Haus. Er kann sich denken, was sie denkt. Ilona Bechtrup war vermutlich immer schon alt und hat schon in der Schule so wie jetzt hinter ihrem Tisch gesessen und Missfallen ausgedünstet. Er versucht sich vorzustellen, wie sie in der Schule ausgesehen hat, er versucht sich vorzustellen, wie Schönleben in der Schule ausgesehen hat, und gibt »Hermann-Hesse-Gymnasium« ein. Es gibt eins, allerdings nicht in Schleswig-Holstein. Aber Lorenz hat noch ziemlich gut in den Ohren, wie Schönleben über sein Leben erzählt, über Schleswig-Holstein, wo er erst nach der Lehre weggezogen ist. »Bingo, Arschloch!«, sagt Lorenz laut zu »Alexander Schönleben« im Computer. Frau Bechtrup sieht ihn verstört an.

Das Freizeichen ertönt, und Brahmkamp geht in Gedanken noch mal durch, was er Schönleben fragen wird. Er sitzt in seinem Büro und malt nervös Strichmännchen auf ein Blatt. Er hat sich von Kleinerts Sekretärin Schönlebens Nummer besorgt, und um seine Ruhe zu haben, hat er Schlindwein vorgelogen, dass den Kollegen der Öffentlichkeitsarbeit eine Taube vor die Scheibe geflogen ist. (»Dass die immer noch ohne Helm fliegen, ist unverantwortlich!«, hat Brahmkamp gesagt, und Schlindwein ist tatsächlich gleich losgegangen.)

Lorenz malt sich aus, wie es jetzt in Schönlebens Prachtbunker klingelt, wie Schönleben energiegeladen durchs Haus saust. Stattdessen meldet sich mit sanfter Stimme eine Frau, die Lorenz sofort wiedererkennt. Theresa. »Hier ist noch mal Brahmkamp … von heute Morgen«, sagt er, und von ihr kommt nur ein kühles »Wer?« Lorenz ist nicht bereit, sich gleich wieder unterkriegen zu lassen. So selbstbewusst wie möglich sagt er: »Lorenz Brahmkamp. Ich trage eine Unterhose mit einer Schlange drauf.« Noch immer reagiert Theresa nicht. »Wie viele nackte Männer treffen Sie denn täglich in der Dusche?« Schweigen am anderen Ende, am Telefon ist sie nicht so schlagfertig wie im Badezimmer, und Lorenz wird dienstlich: »Ich müsste noch mal mit Herrn Schönleben sprechen.« Er hört ihn schon. Schönleben sagt aus einiger Entfernung »Wer ist es denn, Frau Balz?«, und Frau Balz antwortet höchst befremdet: »Ein Herr Bratkampf. Er sagt, er trägt eine Unterhose.«

Lorenz braucht eine Sekunde zu lang, um zu beschließen, dass Auflegen jetzt das Klügste wäre. Schönleben ist schon am Apparat und unvermindert freundlich. »Herr Brahmkamp, was kann ich tun? Meine Sekretärin sagt was von einer Unterhose …«

Lorenz spürt, dass er rot wird. »Ich glaube, das hat sie falsch verstanden, ich sprach von einer Unter*suchung*.« Wie schon beim Laufen, will Lorenz auch jetzt nicht aufgeben.

»Ich fürchte, ich kann noch nicht ganz folgen«, sagt Schönleben und Lorenz macht weiter: »Ich müsste noch ein paar Dinge wissen, wegen der Bauschuttdeponie …«

»Okay, schießen Sie los!«

»Ich hab festgestellt, dass es kein Hermann-Hesse-Gymnasium in Schleswig Holstein gibt.« Das ist das dämlichste Telefonat, was er je geführt hat. Er ist heilfroh, dass Schlindwein nicht da ist. Er sollte jetzt endgültig auflegen. Schon wieder hört er nur leises Rauschen im Telefonhörer. »Weil Sie gesagt haben, Sie waren auf dem Hermann-Hesse-Gymnasium.«

Zwei Sekunden Rauschen. »Nein«, dementiert Schönleben, aber Lorenz redet weiter: »Und dass Ihnen das Icke-Häßler-Gymnasium lieber gewesen wäre!«

Rauschen, dann, eine Nuance weniger freundlich: »Jetzt glaube ich, dass *Sie* da was nicht richtig verstanden haben. Sie waren ja heute Morgen auch, wie soll ich sagen, körperlich nicht so ganz auf der Höhe.«

»Aber ich bin nicht mit den Ohren gelaufen. Ich weiß, was ich gehört habe!« Schönleben hat sich wieder gefangen. »Ich habe vermutlich erzählt, dass ich zusammen mit meinem Freund Hermann Hessler auf dem Gymnasium war …«

Lorenz hört den vertrauten Klang der Lüge. Aber lügen kann der offenbar nicht so gut wie laufen. Das hätte Lorenz an Schönlebens Stelle besser hingekriegt. Hermann Hessler! Billig. Regelrecht albern.

»Sonst noch was?«, fragt Schönleben, und Brahmkamp sagt sehr ruhig: »Nein, im Augenblick wär's das erst mal.« Lorenz hat das Gefühl, dass er gerade den Anschlusstreffer erzielt hat.

6

Kleinerts Sekretärin, Frau Dressel, hat eine Physiognomie, die so einfallslos ist wie die Speisekarte einer Imbissbude. Alles an ihr ist grau, und Lorenz vermutet, dass sie allein mit ihrer Frisur den Sauerstoff aus ihrer Umgebung saugt. Seit zehn Minuten sitzt er ihr in Kleinerts Vorzimmer gegenüber, ohne dass sie ihn auch nur angesehen hätte. Sie hat natürlich die Mail mit Schönlebens korrekter Adresse und dem vorverlegten Termin gespeichert und ihrem Chef vorgelegt, und auch Schlindwein hat sich über Brahmkamp beschwert, als klar wurde, dass nebenan keine Taube gegen das Fenster geflogen war. Aber das allein hätte nicht ausgereicht, damit Kleinert ihn antanzen lässt. Schönleben muss sich über ihn beschwert haben. Der nette Herr Schönleben hat Lorenz' Nachfrage als Kriegserklärung aufgefasst und gleich zur mächtigsten Waffe der Reichen gegriffen: zum Telefon. Und Kleinert, als kleiner, schwach bezahlter Dezernent einer verschuldeten Stadt am Rande des Ruhrgebiets, wird Brahmkamp gerne opfern. Lorenz hätte einfach alles auf sich beruhen lassen können. Aber hätte eine Oma Räder, wär sie ein Auto. Jetzt sitzt Lorenz in Kleinerts Vorzimmer und wartet auf seinen Abschuss. Er hat nichts in der Hand, außer einem nicht existenten Hermann-Hesse-Gymnasium und einem Gefühl.

Es gehört zu Kleinerts Taktik, ihn lange warten zu lassen. Ähnlich wie früher Lorenz' Mutter, die, statt ihn zu strafen, sagte: »Warte, bis dein Vater wieder zu Hause ist.« Sie ging davon aus, dass die Wartezeit schlimmer war als die eigentliche

Strafe. Diese Zeiten sind vorbei und gleichzeitig natürlich nicht. Jeder schleppt die ganze Zeit seine Kindheit mit sich herum, vermutlich sogar Kleinerts Sekretärin.

Sie hat ihm nichts zu trinken angeboten und hämmert stattdessen in ihren Computer, um ihm zu zeigen, wie fleißig sie ist, im Gegensatz zu ihm. Hin und wieder mümmelt sie getrocknete Bananenchips, denn sie ist »auf Diät«. Lorenz nimmt sich vor, bei nächster Gelegenheit Salzwasser in ihre Hydrokultur zu kippen. Aber wenn Kleinert ihn feuert, wird er nicht mehr viele Gelegenheiten bekommen. Er ist kein Beamter, nur Angestellter, und mit seinem beruflichen Kerbholz kann Kleinert ihn jederzeit feuern. Und dann? Immer wenn Katrin ihm mal wieder vorgeworfen hat, sich karrierevernichtend zu benehmen, hat er darüber geredet, dass er auf seinen Job ja nicht angewiesen sei, dass er jederzeit etwas anderes machen könne, zum Beispiel ein kleines Restaurant eröffnen. Angeblich hatte er sich sogar schon nach geeigneten Läden umgesehen, was natürlich nicht stimmte. In Wirklichkeit hat er sich neulich in der Stadt umgesehen, in welchen Hauseingängen man zur Not übernachten könnte, wenn es hart auf hart kommt.

Kleinerts Wartetaktik geht auf: Lorenz hat jetzt Angst, und als ob sein Chef einen Sensor dafür hätte, öffnet sich die Tür, und Kleinert winkt ihn herein. Kleinert ist nur ein paar Jahre älter als Lorenz, aber er sieht jetzt viel älter aus. Seine Zähne haben mittlerweile die Farbe von Taxis angenommen, und seine Stirn greift auf seinem Kopf immer weiter um sich. An dem kann man doch sehen, wohin Karrieremachen führt. Den sollte sich Katrin mal angucken!

Zu allem Überfluss hat Kleinert sich heute für ein cognacfarbenes Jackett mit einer schmierig roten Krawatte entschieden. Lorenz spürt sein Herz schlagen. »Herr Schönleben hat mich angerufen«, beginnt Kleinert und wirkt krank. Sein Gesicht hat die Farbe von Recyclingpapier, sein Atem riecht nach Kräuterbonbons. Aber selbst so ein kleiner, sinnloser Körper wie der von Kleinert wehrt sich offenbar gegen das Sterben.

Lorenz beschließt, in die Offensive zu gehen: »Ich weiß nicht, was der Schönleben Ihnen erzählt hat, aber ich kann Ihnen nur sagen: Der Typ ist nicht koscher. Das ist ein total durchtriebener Drecksack, der lügt wie gedruckt. Ich weiß, dass Sie nichts von mir halten, aber dieses eine Mal müssen Sie mir vertrauen, denn ich weiß, dass ich absolut recht habe. Bei dem Kerl ist was faul, Herr Kleinert. Ich würde an Ihrer Stelle nichts von dem glauben, was er Ihnen erzählt hat.« Lorenz hat schnell geredet, während Kleinerts rotgeäderte Augen zwinkern.

»Mir hat er gesagt, er hält große Stücke auf Sie«, sagt Kleinert dann, und Brahmkamp schluckt. Eine unsichtbare Taube gurrt durchs Fenster. Man hört das Tippen aus dem Vorzimmer. »Er will Sie unbedingt im ›Papageno‹ dabeihaben.« Kleinerts Gesichtsausdruck lässt keinen Zweifel daran, was er selbst von seinem Angestellten hält.

»Im ›Papageno‹ …«, wiederholt Lorenz blöde.

»Am Donnerstag, mit dem Bürgermeister. Olschewski, Rieger, meine Wenigkeit und noch ein paar Leute. Und Sie sollen auch kommen.« Kleinert schnäuzt sich ausgiebig. »Aber ich kann das auch gerne für Sie absagen.« In seiner Stimme halten sich Grippe und Verachtung die Waage.

Lorenz schüttelt den Kopf. »Man muss ja jedem auch eine zweite Chance geben«, sagt er und merkt, wie schwach er auf den Füßen ist.

Kleinert hält die Audienz für beendet. Im Rausgehen hört

Lorenz noch: »Es wäre schön, wenn Sie sich dann zumindest passend anziehen würden!«

Lorenz ist innerlich noch nicht wieder stabil genug, um eine Bemerkung über Kleinerts Jackett zu machen. Er muss erst einmal durchatmen.

7

Der Hamster darf in seinem Rad bleiben. Der Gefangene wird aus dem Todestrakt zurückverlegt in den normalen Knast.

Was Lorenz am meisten ärgert, ist, dass er nass geschwitzt aus Kleinerts Büro gekommen ist. Er hat bei dem kurzen Gespräch vermutlich mehr Kalorien verloren als Kleinerts Sekretärin bei ihrer Bananen-Chips-Diät. Er findet es peinlich, wie sehr er offenbar an seinem Schreibtisch hängt. Später, zu Hause, wiederholt er in seinem Kopf die Szenen bei Schönleben und Kleinert. Eine bewährte Taktik, mit Niederlagen umzugehen. Letztlich ist alles eine Frage der Interpretation. Jede Geschichte kann zurechtgebogen werden wie eine Banane nach EU-Norm. Nach der dritten Flasche Bier hat Lorenz sich selbst überzeugt, dass er sich eigentlich sogar ziemlich clever verhalten hat, dass Kleinert im Grunde Angst vor ihm hat, und Schönleben auch. Bald ist Lorenz sicher, dass die beiden beim nächsten Mal nicht so billig davonkommen werden. Beim nächsten Mal ist er viel besser vorbereitet. Beim nächsten Mal müssen die beiden sich warm anziehen.

Das nächste Mal ist Donnerstag, und da muss sich Lorenz zunächst anziehen. Man ist in der Gastronomie ja mittlerweile gewohnt, dass die Kellner besser gekleidet sind als die Gäste. Das »Papageno« ist aber das, was die Presse einen »Nobelitaliener« nennt, und da wird erwartet, dass sich der Gast zumindest bemüht, und so steht Lorenz vor seinem Kleiderschrank wie der Vegetarier vorm großen Grillteller. Er versteht nichts von Mode. Männer gehen nicht bummeln, und Lorenz geht nicht einfach so in die Herrenabteilung eines Kaufhauses, ebenso wenig, wie er ohne Schmerzen zum Arzt geht. Für ihn hat immer Katrin entschieden, wann es Zeit war, eine neue Hose oder ein neues Jackett zu kaufen.

Lorenz ist kein Anzugtyp. Der eine dunkle Anzug, den er hat, ist zuletzt bei der Beerdigung von Katrins Patenonkel zum Einsatz gekommen. Das ist allerdings zehn Kilo her, wie Lorenz beim Anprobieren feststellt. Der Haken, der die Hose verschließt, hat keine Chance gegen den Brahmkampbauch, und auch wenn er die Hose wenigstens per Knopf zumachen will, muss er die Wampe einziehen. Er darf nur flach atmen, nichts essen und sich nicht setzen, merkt er, als er sich setzt und der Knopf wegplatzt. Das geht so nicht. Er ist Schönleben und Kleinert nicht gewachsen, wenn er die Luft anhalten muss beim Essen. Selbst die Gürtel, die er hat, passen nicht mehr, und Nähen ist was für Schwule, Chirurgen und Mädchen. So ist Lorenz erzogen worden, deswegen waren Nadel und Faden Katrins Domäne. Er kann es nicht. Aber er hat auch keine wirkliche Alternative zum Anzug. Noch liegt er allerdings gut in der Zeit, und Lorenz hat eine Lösung.

Seit Jahren führt sein Arbeitsweg an einer Änderungsschneiderei vorbei, wo ein älterer türkischer Mann meistens hinter einer Nähmaschine sitzt. Bei den türkischen Männern hat Nähen offenbar ein anderes Image. Er trägt ein Maßband um den Hals, wie ein Arzt ein Stethoskop, vermutlich um Kunden einen gewissen Eindruck von Kompetenz zu vermitteln. Ein Radio krächzt türkische Musik, der Bärtige lächelt und sagt freundlich mehrmals »Kümmelsport«. Lorenz braucht eine Weile, bis er das als »Komme sofort« identifiziert hat. Tatsächlich steht der Mann jetzt auf und schlurft lächelnd nach vorne, wo Lorenz ihm sein Problem erläutert. Er muss die Hose, die er trägt, mit den Händen festhalten. Bestimmt kann man doch den Knopf versetzen oder die Hose sonst wie mal eben schnell weiten. Der Mann mit dem Maßband lächelt verständnisvoll, sagt mehrfach »Ah« und nickt, dann sagt er »tä?« und sieht Lorenz erwartungsvoll an. Lorenz braucht wieder einen Moment, bis er verstanden hat, dass ihm gerade Tee angeboten worden ist, und schüttelt den Kopf. Lorenz ist eindringlich. Er braucht diese Hose heute noch, jetzt gleich, sofort, es ist ein Hosen-Notfall.

»Ah, Chef, kein Problem«, wiederholt der Herr der Nähmaschine ruhig und nimmt ein Hosenbein prüfend zwischen die Finger. »Gut Stoff, kein Problem.«

»Das heißt, Sie können das jetzt machen?«

Der Mann nickt freundlich, und Lorenz ist erleichtert. Er hat, wie die meisten Deutschen, eine Sympathie für die leicht anarchistisch anmutenden Zustände in Südeuropa, die sich auch in dieser Änderungsschneiderei wiederfinden. Stoffballen und Stoffreste stehen und liegen, ohne erkennbare Ordnung, neben Schuhen, Zeitungen und undefinierbaren Geräten.

»Tä?«

Jetzt nickt Lorenz lächelnd. Ein bisschen was von der türkischen Unbekümmertheit würde den Deutschen gut stehen, findet er. Der Schneider, zum Beispiel, wirkt wie die türkische Version von Herrn Schlindwein. Einer, der in seinem Tempo arbeitet, nur, im Unterschied zu Schlindwein, eben gutgelaunt. Der Änderungsschneider verschwindet hinter einem Vorhang und rumort mit Gläsern und Löffeln, während Lorenz seine Hose auszieht und auf den Tresen legt. Eine Mutter zerrt draußen ihre kleine Tochter vom Fenster weg, obwohl er dieses Mal nicht seine Notunterhose trägt. Dann erscheint der bärtige Änderungsschneider wieder und stellt Lorenz ein Glas

Tee auf den Tresen. Alles ist einfacher mit einem Glas Tee. Lorenz merkt, dass sich die Ruhe des Änderungsschneiders langsam auf ihn überträgt. So ohne Hose hat er Bauch- und Beinfreiheit. Aus dem türkischen Bart dringen wieder freundlich brummige Umlaute, die Lorenz schnell als Smalltalk übers Wetter entschlüsselt. Während auf türkischer Seite über die Klimaunterschiede zwischen Osthofen und der Türkei geredet wird, setzt sich der Mann wieder an seine Maschine und nimmt gelassen die Arbeit auf, die er vorher unterbrochen hat. Lorenz deutet auf seine Hose, die, unverändert eng, auf dem Tresen liegt und sagt vorsichtig »Ähh …«, was der Änderungsschneider als Wunsch nach mehr Tee interpretiert, weswegen er wieder hinter dem Vorhang verschwindet.

»Nein, keinen Tee! Bitte! Die Hose! Wie gesagt, ich brauch' die so pronto as possible«, Lorenz vergallopiert sich völlig in den Fremdsprachen, »ich hab gleich ein Geschäftsessen!«

Er redet gegen den Vorhang, hinter dem der bärtige Mann gelassen sagt: »Klar, Chef, morge fertig! Kein Problem!«

Lorenz kapituliert vor der südländischen Unbekümmertheit. Kein Wunder, dass diese Länder alle pleite sind. Er zieht seine Hose wieder an und verlässt den Laden. Er schwitzt schon wieder.

Dass sein Name an dem fremden Briefkasten steht, gibt Lorenz einen Stich ins Herz. Wenn schon nicht ihn, so hat Katrin wenigstens noch seinen Namen behalten, auch wenn hinter »Brahmkamp« noch »Süppel« steht. Hans-Joachim »Hajo« Süppel, erfolgreicher Makler, Junggeselle, und angeblich nur guter Freund von Katrin, in dessen Wohnung sie ein Zimmer hat. Übergangsweise. Aber nach aktuellem Stand war ihre Ehe das ja auch.

Lorenz hustet seinen Namen in die Gegensprechanlage und spricht von einem Notfall. Katrin empfängt ihn mit besorgtem Gesichtsausdruck. Ihre neue Bleibe ist eine riesige Altbau-Eigentumswohnung über zwei Etagen. Hajo Süppel hat von Haus aus Geld und vermehrt es kräftig durch andere Häuser, sprich Immobilienhandel. Katrin kennt ihn angeblich aus dem Tanzkurs. Immer wieder hat sie von seinem guten Geschmack geschwärmt. Und in der Tat: stuckverzierte Decken, dunkles Parkett, italienische Möbel, Schwarzweißfotografien an den Wänden. Alles ist widerlich geschmacksicher eingerichtet, wie im Katalog, findet Lorenz, und Katrin wirkt so, als sei sie gleich miteingerichtet worden, mit ihrer neuen Frisur und ihrem neuen Modeschmuck. Sie passt jetzt hierhin wie die demonstrativ ausliegenden Kunstkataloge auf dem Couchtisch. In den letzten Zügen seiner Ehe hat Lorenz Hajo kennengelernt, und beide waren sich sofort zutiefst unsympathisch.

Lorenz erläutert die Hose, die unerklärlicherweise am Bund eingelaufen sei. Jetzt drängt die Zeit, wenn er es noch rechtzeitig ins »Papageno« schaffen will, »und Donald Duck ist der Einzige, der ohne Hose in der Öffentlichkeit rumlaufen darf«. Katrin lacht nicht. »Das ist der Notfall? Deine Hose ist zu eng?« Sie rollt die Augen, wie Restauranttester Rach, wenn ihm wieder ein Stück Pressspan mit Ketchup vorgesetzt worden ist. Wie Rach findet auch Katrin, dass alles am Charakter hängt. Am Charakter, der bei Lorenz neben all seinen liebenswerten Eigenschaften großteils aus Disziplinlosigkeit und Faulheit besteht, wie sie schon mehrfach festgestellt hat. Deswegen lügt Lorenz vorsichtshalber los, dass er keineswegs erst auf den letzten Drücker darüber nachgedacht habe, was er anziehen soll, sondern der türkische Teufelsschneider, dem er die

Hose schon vor Tagen gebracht habe, sei einfach nicht in die Puschen gekommen.

»Wer ist es denn, Katileini?«, ruft Hajo Süppel aus der oberen Etage, und jetzt rollt Lorenz die Augen. »Katileini?«

»Keiner! Schon gut!«, ruft Katrin zurück.

»Katileini???«, wiederholt Lorenz, während Katrin ihn in ihr Zimmer schiebt. »So heißt vielleicht 'n finnischer Skiflieger, aber so nennt man doch keine erwachsene Frau! Wie kommt der überhaupt dazu, aus Katrin Katileini zu machen?!«

Lorenz regt sich routiniert auf, und ebenso routiniert bremst Katrin ihn ein: »Meinst du, es ist schlau, dass du jetzt hier so auf dicke Hose machst?«

Schön auf den Punkt. Katrins alter Tonfall. Ihm fehlen ihre kleinen Streitigkeiten. Das Vertraute der gegenseitigen Sticheleien. Lästern ist Liebe. Er zieht seine Hose aus. »Übersteigerte Verniedlichung ist nur getarnte Verachtung, das weiß man doch, Katileini!« Lorenz will das schöne Spiel so schnell nicht aufgeben.

»Wie viel dicker bist du denn geworden?«

Auch Katrin ist in dem Spiel nach wie vor gut, stellt Lorenz fest. »Ich hab doch gesagt, dass die Hose in der Reinigung eingelaufen ist!«

»Vielleicht auch durch Kalorien eingelaufen!« Sie lächelt. Katrin wirft einen fachmännischen Blick auf die Hose. »Ich kann dir den Knopf ein Stück versetzen, mehr geht nicht. Sonst muss man hinten die Naht auftrennen und einen Keil reinnähen, dafür hab ich jetzt keine Zeit.«

»Das wär ja schon mal mehr, als der Türke gemacht hat.« Er will eigentlich etwas sagen, was sich dankbarer anhört, aber wie bei den Gedichten verrutscht ihm auch hier der Ton.

Katrin nimmt seine Hose und sucht Nadel und Faden.

»Was ist das denn überhaupt für 'ne Geschichte mit dem ›Papageno‹?«

Weil diese Wohnung so verdammt fehlerlos eingerichtet ist, entscheidet sich Lorenz gegen die Wahrheit und erzählt stattdessen von seinem quasi unmittelbar bevorstehenden Aufstieg im Referat Planung & Bauaufsicht, weil der Schönleben einen Narren an ihm gefressen hat und dadurch auch der Kleinert jetzt plötzlich auf ihn steht. Sie soll mal sehen. »Ich werd' doch noch 'ne große Nummer im Haus. Warte mal ab!« Katrin lächelt milde und setzt eine Brille auf, um den Faden in die Nadel zu bekommen. »Seit wann trägst du denn eine Brille?«

Katrin sieht freundlich auf seinen Bauch. »Unsere Körper verändern sich eben.«

Der Anblick von Katrin mit Brille gibt ihm noch einen Stich ins Herz. Sie wollten eigentlich zusammen alt werden, jetzt wird sie einfach alleine alt, ohne ihn. Die Brille gibt ihr etwas Verletzliches. Lorenz würde seine Frau gerne in den Arm nehmen, ihr sagen, dass sie nur zu zweit eine Chance haben gegen die allmächtige Zeit. Er macht einen Schritt auf sie zu, genau in dem Moment, als Hajo Süppel seinen globusrunden Kopf durch die Tür steckt. »Ah, der Herr Ex! Hebe die Haare ... beziehungsweise habe die Ehre!« Süppel grinst.

»Ich bin gleich so weit!«, sagt Katrin, ohne hochzublicken.

»Ich dachte schon, hier bahnt sich eine Wiedervereinigung an.« Katrins Mitbewohner blickt süffisant auf den ohne Hose im Zimmer stehenden Lorenz.

»Hat er 'n Witzebuch gefrühstückt, oder was?« Lorenz wird unwirsch, ohne Hose in der fremden Wohnung fühlt er sich angreifbar. »Wenn du weiter so blöd grinst, kann sie in deinem Gesicht gleich auch noch was nähen!« Er hat sich von Schönleben und Kleinert demütigen lassen, von Hajo Süppel lässt er sich das nicht auch noch bieten.

Schon reden alle durcheinander. Katrin will, dass er ihre Freunde anständig behandelt, Hajo findet Lorenz »etwas mimöslich«, Lorenz findet ihn wiederum »halbschwul«, Katrin hält ihren Mann für sozial nicht kompatibel, Hajo verkündet, schwul sei für ihn leider kein Schimpfwort, auch wenn er, Hetero-Hajo, gar nicht auf Männer stehe, nur auf Frauen. Auf schöne, erwachsene, selbstbewusste Frauen. Der hosenlose Lorenz schreit ihn an: »Fickst du meine Frau??!«, Hajo spricht von Niveau-Limbo, den er nicht mitmachen wolle, Lorenz nennt Hajo daraufhin »Limbo-Bimbo«, was der nun aber doch als Beleidigung auffasst. Katrin hat längst aufgehört zu nähen, eine Vase geht zu Bruch, Lorenz versucht ungeschickt, Hajo Süppel in Katrins Kleiderschrank zu schubsen, Katrin wirft die Hose in den Hausflur und Lorenz aus der Wohnung. Der Knopf an der Hose hängt am sprichwörtlichen Faden.

So ist es immer. Eigentlich schwimmt sein Herz in Liebe, und dann bricht er einen Weltkrieg vom Zaun. Vielleicht macht ihn das so typisch deutsch, denkt Lorenz. Sein klägliches »Katrin, jetzt warte doch mal …« verhallt im Hausflur.

8

Im »Papageno« sind schon etliche schlechtsitzende Anzüge versammelt.

Schlechtsitzende Anzüge sind das Markenzeichen von Kommunalpolitik, deswegen fällt Lorenz in seiner zu engen Hose nicht auf. Auffallend dagegen Alexander Schönleben mit einem glänzenden, silbergrauen Anzug, schwarzem Hemd und einer platinfarbenen Krawatte. Als sei Osthofen ein Vorort von Las Vegas. Die strohigen Haare sind gebändigt, das Lächeln ständig auf Stand-by. Wie ein Großmeister bei einer Partie Simultanschach hält Schönleben mehrere Smalltalks gleichzeitig am Laufen. Er löst sich von einem Männergrüppchen und begrüßt Lorenz mit ausgestrecktem Arm und einem extra Lachen. »Herr Brahmkamp, klasse, dass Sie's einrichten konnten!« So überschwänglich, als hätte Lorenz sich heute Abend auch mit Angelina Jolie treffen können, sich aber dann doch für das Essen mit Schönleben entschieden. »Auch 'n Bierchen vorm Vino?« Ohne eine Antwort abzuwarten, schnippt Schönleben einen Kellner herbei: »Angelo, bringen Sie meinem Herrn Brahmkamp auch mal ein Bierchen!«

Meinem Herrn Brahmkamp! Als hätte er ihn gekauft oder geleast. Lorenz fühlt schon wieder eine Demütigung in sich hochsteigen, aber er reißt sich zusammen. Er ist heute Abend hier, um seinen Job zu behalten. Direkt am Eingang hat Kleinert ihn zur Seite genommen: »Blamieren Sie mich nicht! Blamieren Sie mich bloß nicht!«

Er sieht, dass Kleinert ihn im Auge hat, am Ende der u-förmigen Bar, an der man sich für die Aperitifs versammelt hat. Kleinert hat immer noch eine Hautfarbe wie nasser Karton. Mitgenommen und ramponiert sieht er aus, die Grippe hat ganze Arbeit geleistet.

»Wir machen das hier heute ganz zwanglos«, strahlt Schönleben weiter in Lorenz' Gesicht, offenbar keine Spur nachtragend wegen des Telefonats. Hermann Hesse ist vergessen. »Losers have meetings, winners have parties«, tönt Schönleben, jetzt schon halb an das Männergrüppchen gewandt, bei dem er zuvor gestanden hat. Er erntet dröhnendes Gelächter. Wer lachend im »Papageno« steht, gehört zu den Gewinnern in Osthofen. Günther Olschewski, aus Parteiproporzgründen stellvertretender Bürgermeister, macht den Witz, dass »funghi al tonno« auf Italienisch »Pils vom Fass« heißt, und wieder lachen alle.

Lorenz erwartet sehnlichst das Bier. Er braucht etwas, woran er sich festhalten kann. Er ist nicht halb so locker wie der Knopf an seiner Hose. Lorenz will nicht hier sein, er gehört hier nicht hin. Alles Dezernenten, Bürgermeister, Führungspersonal. Außer Lorenz ist hier keiner aus der unteren Ebene. Warum hat Schönleben ausgerechnet ihn eingeladen? Irgendwas stimmt nach wie vor nicht.

Lorenz stellt sich neben Marlis Zerfeld aus dem Umweltreferat, die wirkt als einzige Frau wenigstens ähnlich fehl am Platz hier wie er. Sie ist eine üppige grauhaarige Person mit einer Vorliebe für großen Modenschmuck und bunte Brillengestelle und trinkt tapfer Wasser. Die hat früher auf dem Schulhof sicher genauso neben den Jungs gestanden, die gut in Physik waren. Aber stehen ist gut. Lorenz muss darauf achten, nicht zu sehr auszuatmen. Alle Augen hängen an Schönleben, der zwischen den schlechten Anzügen pendelt und gute Laune verströmt wie ein wandelnder Wunderbaum. Es ist Klassenausflugsstimmung. Man ist mal raus aus dem Muff. Man ist unter sich.

Das »Papageno« fühlt sich seinem Namen offenbar nicht verpflichtet, denn Eros Ramazotti singt aus den Boxen. Die Wände sind pergamentfarben lackiert, es gibt Milchglaslampen in schwarzmetallenen Rahmen, Leinen-Servietten, weiße Tischtücher und die unvermeidliche Vitrine mit »Antipasti«. Kellner schwirren herum, die allesamt perfektes Deutsch sprechen, natürlich mit leicht italienischem Akzent, weswegen die Gäste sofort auf »bonna sera«, »una birra, prego« und »molto grazie« umschalten. Man kennt sich aus und kommt rum, soll das heißen. Letztlich, denkt Lorenz, ist so ein Laden wie das »Papageno« nur die Fortsetzung des Büros mit anderen Mitteln. So ein Restaurant will Lorenz auf keinen Fall eröffnen.

Theresa kommt dazu, genauso aus dem Nichts wie neulich in ihrem Badezimmer, nur dass sie dieses Mal ihre Wölbungen in ein grasgrün glänzendes Kleid verpackt hat, was angesichts der allgemeinen grau-blauen Stangenware wirkt wie ein Cocktailschirmchen auf einer Erbsensuppe. Die hochhackigen Wildlederschuhe, die sie trägt, besorgen den Rest. Sie könnte nicht mehr Aufmerksamkeit erzielen, wenn sie brennen oder fliegen würde. Es folgt ein Plattitüdenfestival von »Je später der Abend …« bis »Jetzt kommen die schönen Frauen«, was von Marlis Zerfeld mit einem intensiven Blick in die Antipasti-Vitrine quittiert wird. Schönleben führt Theresa still triumphierend herum und stellt vor. Sie lächelt nichtssagend wie eine Lottofee. Die will auch nicht hier sein, denkt Lorenz. Die anderen bemühen sich um sie. Auch Kleinert. Solche Frauen gibt es sonst nicht in Osthofen. Hier trägt man keine knalligen

Farben. Osthofen trägt gedeckt. Die grasgrüne Frau an seiner Seite lässt Schönleben noch exotischer wirken. Erst jetzt sieht Lorenz Schönlebens Schuhe, die mattglänzend silbergrau sind, während ringsherum alle anderen Füße in schwarzer Beliebigkeit stecken. Lorenz hofft intensiv, dass der Knopf an seiner Hose hält, als die beiden zu ihm kommen.

»Wir kennen uns ja schon«, sagt Theresa, mit einem fast ehrlichen Lächeln, bildet Lorenz sich ein. Er lächelt zurück, während Schönleben weiter plaudert und sogar Marlis Zerfeld wieder elegant in die Unterhaltung einspannt. Dann geht's an die Tische. Lorenz setzt sich neben die grasgrüne Theresa, seine Verbündete. Sie gehören beide nicht hierhin.

Direkt daneben platziert sich Schönleben. »Wer hat Bock auf Austern?« Schönleben übertönt Eros Ramazotti und sämtliche andere Unterhaltungen. »Carmelo, wie sieht's austernmäßig aus?«, dröhnt er in Richtung des »Papageno«-Chefs.

Lorenz sieht zum ersten Mal die abgebissenen Fingernägel an der Hand seines Gastgebers. Ein merkwürdiger Kontrast zu Schönlebens ansonsten eleganter Fassade. Diese traurig abgekauten Fingerspitzen passen so wenig zu den Schuhen, der Krawatte und der makellosen Frau wie das Hermann-Hesse-Gymnasium zu seiner Geschichte. Irgendwas stimmt einfach nicht mit dem.

Schönleben dirigiert einen Kellner mit Wein zu den Gästen und gleichzeitig Carmelo an die Antipasti-Vitrine, er hat zudem Kleinert und die anderen im Blick wie ein Akrobat aus dem chinesischen Staatszirkus, der auf dünnen Bambusrohren zehn Teller gleichzeitig rotieren lässt und dabei noch lächelt.

»Er zaubert wieder«, sagt Theresa, die Lorenz' Blick aufgefangen hat. Sie sagt es wie eine Zuschauerin, die den Trick schon oft gesehen hat.

»Zaubern kann ich auch«, sagt Lorenz, und Gott sei Dank haftet der Teelöffel wirklich an seiner Nase, und Lorenz streckt flügelartig beide Arme aus, während der Löffelgriff von seinem Nasenrücken baumelt. Theresa lacht. Jetzt sogar wirklich. Marlis Zerfeld lacht nicht. »Mein Auftritt neulich in Ihrem Badezimmer ist ja nicht ganz so gut gelaufen.« Lorenz will das Lachen nutzen und nicht länger um den Brei herumreden, den er sich selbst eingebrockt hat.

»Lassen Sie sich deswegen keine grauen Haare wachsen«, spricht Theresas sagenhaft sanft geschwungener Mund.

»Zu spät«, sagt Lorenz und zeigt auf seine gesprenkelten Koteletten, »alles Ihretwegen.« Sie lacht wirklich prima.

»Noch einer Fisch mit Füßen?!« Unüberhörbar Schönleben. Er nimmt Bestellungen für Tintenfisch entgegen. Er hat alles im Griff und läuft energiegeladen durch den Raum wie eine Flipperkugel beim Bonusspiel. Lorenz bückt sich nach seiner heruntergefallenen Serviette. Damoklesschwertartig hängt der Hosenknopf an seinem Faden. Ringsum schwirren alle Blicke zu Theresa. Parteiübergreifend versuchen es die Herren mit abgestandenen Komplimenten oder Witzigkeiten. Theresas Lachen ist wie ein Lagerfeuer, und jeder richtige Mann ist bemüht, es nicht ausgehen zu lassen.

Günther Olschewski hat es geschafft, den Platz gegenüber von Theresa zu besetzen. Wie immer hat er sorgfältig eine seiner letzten Haarsträhnen quer über den gewaltigen Schädel gekämmt. »Kennen Sie den, wo der Mann mit 'nem Frosch auf dem Kopf zum Arzt kommt und der Arzt sagt: ›Wie kann ich Ihnen helfen?‹, und der Frosch sagt: ›Ich glaub, ich hab 'n Geschwür am Arsch!?‹«

Er lacht seinen Witz an, während Theresa schweigt und Lorenz einspringt: »Nee, wie geht der denn?«

»Wer?«

»Der Witz, wo der Mann mit dem Frosch auf dem Kopf zum Arzt kommt?«

Dass Theresa jetzt lacht, irritiert den alten Olschewski am meisten. »Ich hol mir noch so'n Bierchen, dann rutscht der Wein gleich besser!« Er steht polternd auf und wirft seinen Stuhl um. Männer sind in Theresas Gegenwart offenbar häufiger peinlich. Wahrscheinlich reagieren deutsche Männer bei schönen Frauen ähnlich gehemmt wie bei verschleierten. Man will das Offensichtliche nicht ansprechen.

»Mögen Sie Austern?«, fragt Theresa, als der Kellner große Teller mit Austern auf den Tisch stellt.

Lorenz schüttelt den Kopf. »Die sehen so aus, als hätte Kollege Kleinert sich Muscheln unter die Nase gehalten.« Lorenz deutet auf seinen noch immer schwer verschnupften Chef, und Theresa lacht wieder. Lorenz hält die Flamme am Leben. Vielleicht sollte er es mit einem Vierzeiler versuchen.

Alexander Schönleben muss gar nicht am Kopfende sitzen, um das Zentrum der Aufmerksamkeit zu sein. Er hat natürliche Autorität. Alle sind eine Spur aufgekratzter und freundlicher, als Lorenz sie kennt. Als hätte man ihnen den Grauschleier genommen. Für die, die keine Austern mögen, gibt es gegrilltes Gemüse und anschließend natürlich Pasta für alle. Jede Nudel eine Bedrohung für den Knopf an seiner Hose, gleichzeitig allerdings lecker, eine Kombination, der Lorenz nicht gewachsen ist. Schönleben beugt sich über Theresa und spricht knapp über ihrer grasgrünen Brust zu Lorenz. »Hauen Sie ordentlich rein. Geht alles auf meinen Deckel!« Er meint es ernst. Keine Häme zu erkennen. Lorenz weiß noch immer nicht, warum er eingeladen wurde. So ein kleines Licht wie er – und doch hat er die ganze Zeit den Eindruck, dass es Schönleben mindestens so sehr um ihn geht wie um die anderen.

Die Spekulationen werden vom Ossobuco verdrängt, das es unter anderem als Hauptgang gibt. Für andere gibt es Fisch. Darüber zigfach gehörte Geschichten aus dem Leben der Stadtverwaltung, jetzt aufbereitet für Schönleben und seine Frau. Ein bisschen Geschichte. Der Anfang der Eisenverhüttung in Osthofen, die Schließung von Zeche Teutonia in den frühen Neunzigern und jetzt Chipherstellung, Halbleiter, Pharmakonzerne. Und jede Menge Kultur und Sport und nicht zu vergessen: die Menschen hier. Die Menschen. Unser wichtigstes Kapital. Die Leier können die Herren aus der Stadtverwaltung im Schlaf wegkurbeln und dabei kauen und trinken, unabhängig von Parteizugehörigkeit. Schönleben kaut und trinkt mit und nickt, wenn es was zu nicken gibt. Zwischendurch nimmt er einen Anruf entgegen, spricht englisch in sein Handy, und ordert mehr Wein für alle. Lorenz sagt nichts und nickt nicht. Er sieht hin und wieder verstohlen zu Theresa. Marlis Zerfeld hat sich mit Pastasauce bekleckert und weiß es nicht. Günter Olschewski fragt einen der italienischen Kellner, was weiß mit roten Streifen ist und durch die Luft fliegt. »Möwe mit Krampfadern.« Olschewski lacht, der Kellner schenkt Wein nach.

Vielleicht will niemand von denen, die jetzt am Tisch sitzen, wirklich hier sein, denkt Lorenz. Wie viel Zeit man im Leben da ist, wo man nicht sein will.

Geschäftsessen sind wie Verwandtenbesuche zu Weihnachten, etwas, was man durchstehen muss und bei dem man hofft, dass es genug zu trinken gibt. Und je mehr Karriere, desto mehr Geschäftsessen. Dass er das nicht will und nie gewollt hat, müsste eigentlich auch Katrin verstehen. Vielleicht hätte Katrin ihn nach einem Abend im »Papageno« nicht mehr so zum Karrieremachen angehalten.

Unerwartet ist Schönleben aufgestanden, schlägt Lorenz von hinten auf die Schulter und beugt sich zu ihm runter: »Ist doch alles nicht schlecht hier, oder?« Verschwörerischer Ton. Lorenz kann seinem Kopf kein höfliches Nicken abringen. »Und da ist noch mehr drin.«

Der meint nicht das Essen. Die strahlend blauen Augen bohren Blicke. Das Lächeln ist so, als müsse einem Außerirdischen gezeigt werden, was sympathisch ist. Aber der bedrohlich lose Knopf an der Hose lässt Lorenz steif dasitzen.

»Skepsis find' ich ja erst mal gut«, Schönleben verstärkt den Druck seiner Hand auf Lorenz, »kommt aber immer drauf an, in welche Richtung!« Lorenz hat die abgekauten Fingernägel im Blick. »In meiner Richtung ist für uns alle was drin.« Die Schönlebenaugen blicken in den hintersten Winkel des Brahmkampkopfes. »Wir verstehen uns.« Halb Frage, halb Feststellung, halb Drohung.

Lorenz sagt nichts, blickt starr und hofft, dass seine Hose hält. Schönleben schlägt ihm noch mal krachend auf die Schulter. Er hat alles gesagt. Er wendet sich anderen zu. Eine Zeitlang hört man den Soundtrack von Besteck auf Porzellan, gemischt mit Al Bano und Romina Power.

Zum Dessert zaubert Schönleben wieder. Carmelo rollt einen Teewagen herein, auf dem ein Kuchen steht, auf dem »Megapark Osthofen« steht. Aus grüngefärbtem Marzipan hat jemand einen Golfplatz geformt. In allen Ecken des Kuchens stecken brennende Wunderkerzen. »Ahs« und »Ohs« und Applaus von allen.

Kleine Marzipanhäuschen hier und da. So könnte alles mal werden, begeistert er sich, hier ist das Einkaufszentrum, hier ist Platz für Gastronomie und Kinos. Schönleben fährt sich durch die jetzt wieder abstehenden Haare und wedelt mit allen Armen über das Marzipan. Alles durchgerechnet, alles durchgeplant. So was gibt's auch in Madrid und in Hongkong, selbst gesehen hat er's. Hongkong, Madrid, Osthofen. So soll es sein. Die Herren applaudieren. Ganz großes Stühlerücken. Alle wollen das jetzt aus der Nähe sehen. »Volare« singt es aus den Boxen. »Einen Grappa für den Papa!«, setzt Kollege Olschewski nach und wirft einen Blick auf den Kuchen. Alle stehen um den Teewagen herum. Einzig Lorenz sitzt noch. Der Knopf hat gegen das Ossobuco verloren, just als die Wunderkerzen ausgingen. Lorenz angelt mit dem Fuß nach dem vermaledeiten Ding, das seine Hose zusammengehalten hat. Jetzt müssen seine beiden Hände einspringen. In der Spiegelung der Fensterscheibe sieht er, dass Schönleben ihn sieht, wie er allein trotzig sitzengeblieben ist. Wie ein Atheist beim Hochamt, während alle anderen stehend »Großer Gott, wir loben dich« singen, so muss es aussehen für ihn.

»Herr Brahmkamp! Kein Interesse?!« Schönleben ruft es durch den Raum, Köpfe drehen sich kurz, auch der pappige, der Kleinert gehört und aus dem wässrige Augen auf Lorenz blicken.

»Doch, doch, auf jeden Fall! Ich guck's mir gleich in Ruhe an!« Lorenz winkt heiter zu Schönleben herüber und wirkt dadurch erst recht, als hätte er über seiner Hauptspeise den Verstand verloren. Selbst Marlis Zerfeld ist irritiert. Kleinert tuschelt mit seinem Nachbarn. Schönleben wirft einen letzten Blick auf Lorenz und nimmt dann mit ausschweifenden Armen die Präsentation wieder auf.

Wie immer aus dem Nichts kommt Theresa zurück und

setzt sich wieder neben Lorenz. »Sie haben völlig recht. Er wird schon genug bewundert …« Sie meint Schönleben.

»Nein …« Lorenz will erklären, aber Theresa lacht.

»Stimmt, er wird natürlich nie genug bewundert.«

Lorenz hält seine Hose fest. Nachdem der Knopf weg ist, hält es auch den Reißverschluss nicht mehr oben.

»Krieg ich noch Wein?« Theresa deutet auf die Flasche, die neben Lorenz in einem Kühler steht.

Lorenz rührt sich nicht und sagt schließlich: »Meine Hose ist offen.«

Theresa sieht ihn an und sagt nichts. Es ist schwer zu sagen, was sie denkt. Im Hintergrund reden alle laut von »Zugangsstraßen« und »Infrastruktur«.

»Der scheiß Knopf ist abgegangen, gerade eben!« Lorenz versucht ihr seine Lage zu erklären. Ungelogen habe er ja etliche Anzüge, lügt Lorenz, sich aber ausgerechnet für diesen hier entschieden.

»Ich hab mich auch schon öfter falsch entschieden«, sagt Theresa und lächelt, »kommen Sie mit!«

Auch auf der Toilette läuft Musik. Tatsächlich Adriano Celentano. Alle italienischen Restaurants bekommen offenbar zur Eröffnung dieselbe CD geschenkt und haben strikte Anweisung, sie nie zu wechseln. Während Lorenz weiter seine Hose festhält, kramt Theresa in ihrer winzig kleinen Handtasche. »Ich hab eigentlich immer Sicherheitsnadeln dabei …« Man hat für gnädiges, weiches Licht gesorgt. Lorenz sieht die hellhäutigen Arme, die aus Theresas Kleid herausragen. Ihr Gesicht im Spiegel über dem Waschbecken. Sie sieht so sauber aus, als sei sie aus Seife gemacht. Ihr Körper raschelt mit dem glänzend grünen Stoff. »Wusst' ich's doch!« Sie hält triumphierend zwei Sicherheitsnadeln hoch. »Das geht bestimmt …«

Lorenz fummelt erfolglos. Einfach kein Handwerker. Zwei derartig linke Hände, man glaubt es gar nicht. Sie lacht, hockt sich vor Lorenz und fummelt nun ihrerseits, fummelt an seiner Hosenlasche, und Lorenz versucht nicht an die Brüste im Kimono zu denken und denkt nur noch an die Brüste im Kimono. Wie es wäre, wenn diese Finger, diese Hände, diese Arme … diese ganze Frau …

Im Hintergrund öffnet sich die Tür, und Lorenz sieht im Spiegel über den Waschbecken das Gesicht von seinem Chef. Kleinert stutzt, als er Schönlebens grasgrüne Frau am Boden hocken sieht, halb verdeckt von seinem Angestellten. Fast scheint es Lorenz, als käme wieder etwas Farbe in das Gesicht seines Chefs. Theresa klemmt stöhnend die Sicherheitsnadel zu und hat Kleinert nicht gesehen. Man ist mittendrin in einem von Olschewskis Witzen. Aber Kleinert hat ein Gesicht, das selten zum Lachen benutzt wird. Auch jetzt nicht. Lorenz hat schon einen Satz auf der Zunge, aber Kleinert ist schneller. Er dreht auf seinen billigen Gummisohlen um und geht wieder.

»So, fertig«, sagt Theresa nichtsahnend, »bei dem blöden Licht hier gar nicht so einfach.«

9

Erich Schlindwein krümelt Marmorkuchen auf seinen dunkelgrünen Pullunder. Es sollte eine Religion geben für Kaffee und Kuchen, hat er mal gesagt, als Lorenz und er noch geredet haben. »Einen Kuchengott, an den könnte ich glauben.« Jetzt hält er kauend sein Opernglas vors Gesicht und grunzt zufrieden. Er verbringt alle Kaffee- und Mittagspausen in seinem Büro und beobachtet die Tauben. »Der Walter, der ist ein Schlawiner«, sagt er zu sich selbst und macht eine Notiz in seinem Buch, »der hatte sie alle.«

Lorenz ist zu spät gekommen. Auch das hat Schlindwein vermerkt, in einem anderen Buch. Schlindwein ist ein bart- und gottloser Nikolaus. Er führt Buch über Tauben und Kollegen. Eines Tages wird sein ganz privater 6. Dezember kommen.

Der Abend im »Papageno« steckt Lorenz noch in den Knochen. Er hat offenbar mehr getrunken als gedacht. Kleinert sah vom Ende des Tisches immer wieder zu ihm hin, daran erinnert er sich noch, weiß aber nicht mehr, ob er wirklich irgendwann sein Glas grüßend in Richtung seines Chefs erhoben hat oder nicht. Theresa saß weiterhin neben ihm und erkundigte sich hin und wieder, ob die Hose hielt. Schönleben warf ihm zwinkernd ein paar Blicke zu und bot ihm noch konspirativ »was ganz Besonderes« an. Einen französischen Cognac, Paul Giraud, 25 Jahre alt. Nach zwei Gläsern davon, sagte Schönleben, hätten sich dann hoffentlich endgültig alle Fragen erübrigt. So wie der sich bemüht hat, hat der eine

Menge zu verbergen. Lorenz ist sich sicher, dass das Hermann-Hesse-Gymnasium nur die Spitze des Eisbergs ist.

»Ich muss mal wieder!« Schlindwein entschuldigt sich bei seinen Tauben, dass er zwischendurch Formulare ausfüllen muss.

So langsam nimmt der Vortag in Lorenz' Kopf wieder Gestalt an. Auch die Szene bei Hajo Süppel. Er hat ihn in den Kleiderschrank gestoßen. Eine Vase ist zu Bruch gegangen. Katrin mit Brille. Er ist rausgeschmissen worden. Er wird sich entschuldigen müssen. Er fährt seinen Rechner hoch.

Scherben, weißt du, bringen Glück
Das können wir doch gebrauchen
Alles nehme ich zurück
Die Hajo-Flüche und auch dich
Komm lass uns eine rauchen!
Alle Friedenspfeifen essen um eins in der Kantine? Ja?

Er schickt die Mail ab. Gleichzeitig klingelt das Telefon. Frau Dressel bittet ihn hoch zu Kleinert. Fordert ihn vielmehr auf. Umgehend. Erich Schlindwein nimmt wie jeden Tag seine Tablette gegen zu niedrigen Blutdruck.

Lorenz wechselt das Stockwerk und tauscht den Anblick von Erich Schlindwein gegen den von Frau Dressel. Beides Büromenschen, austauschbar wie Klarsichthüllen.

Lorenz wartet wieder in Kleinerts Vorzimmer, wie vor wenigen Tagen, als er Angst hatte, entlassen zu werden. Jetzt aber hat er sich nichts zuschulden kommen lassen, jetzt wird es um seine Einschätzung des Megaparks gehen. Er hat also Muße, Frau Dressel zu beobachten, deren Seele sich im Laufe der Jahre verflüchtigt hat wie Wasserdampf beim Kaffeekochen.

Sie besteht nur noch aus Ordnung, Ablage, Überstunden. Erstaunlich, denkt Lorenz, wie viel, rein biologisch, zusammenkommen muss, damit ein Mensch entsteht. Welche Kämpfe die Spermien veranstalten, um sich in der Eizelle festzusetzen. Und dann kommt am Ende Frau Dressel dabei heraus.

Sie gibt sich heute besonders viel Mühe, Lorenz zu ignorieren. Mit Blicken desinfiziert sie alles, was Lorenz in ihrem Büro anfasst.

»Haben Sie irgendwas mit den Haaren gemacht? Sie sehen heute so anders aus!«, flötet Lorenz in die seit Jahrzehnten gleiche Frisur, nur um zu sehen, wie die Dressel sich windet. Ob es einen Herrn Dressel gibt?

Die Tür zum Büro wird aufgerissen, Kleinert winkt ihn herein. Röchelnd, schniefend, schnupfend. Der ist dabei, seine Grippe zu verschleppen. Aber zu Hause bleiben ist nicht drin. Osthofen würde unweigerlich untergehen. Kleinert ist in Kleinerts Welt unersetzlich. Lorenz hat fast schon Mitleid. Auch Kleinert bietet ihm keinen Stuhl an, sondern schnieft ausführlich in ein Papiertaschentuch und sagt dann: »Was haben Sie sich dabei gedacht?«

Die Alkoholnachwirkungen verlangsamen Lorenz' Reaktionsvermögen. Hat er also doch wieder was angestellt? Er legt sich Entschuldigungen in alle Richtungen parat. Einen wie Kleinert schafft er normalerweise auch noch mit Restalkohol.

»Wobei jetzt genau?«

Kleinert schnupft noch mal. Ausgesucht langweilige Fotos von Osthofen hängen an den Wänden. Die Stadt sieht darauf so deprimiert aus, dass die Bilder sich gut und gerne in Selbstmordabsicht selbst aufgehängt haben könnten. Zu allem Überfluss liegt dieselbe Stadt draußen noch mal in echt vor dem Fenster des Büros. Der Chef kann anscheinend gar nicht genug kriegen von Osthofen. »Ach, jetzt tun Sie doch nicht so!«, hustet Kleinert, »ich dachte, ich seh nicht richtig! Mit der Frau vom Schönleben!«

Lorenz braucht einen Moment, dann fällt ihm die Szene auf der Herrentoilette wieder ein, Kleinerts Gesicht im Spiegel, er muss beinah lachen. »Mir ist der Knopf geplatzt …«, fängt er an.

»Mir platzt gleich der Kragen!«, kontert Kleinert ungewohnt schlagfertig.

»Sie hat mir Sicherheitsnadeln geliehen …«, setzt Lorenz noch mal an, aber Kleinert winkt genervt ab.

»Ersparen Sie mir doch Ihre Ausreden. Jedes Mal lügen Sie mir irgendwas vor!«

Frau Dressel steckt ihre mumifizierte Frisur in den Raum und verkündet weiteren Besuch. Günter Olschewski kommt dazu und Herbert Rieger, der Stadtkämmerer. Die drei stehen Lorenz gegenüber wie die Jury eines Verwaltungscastings. »Er streitet es natürlich ab!«, sagt Kleinert genervt zu den beiden anderen.

Lorenz hat das Gefühl, dass hier aus Spaß schnell Ernst werden kann. Olschewskis über die Stirn gekämmte Haare sind schon leicht verrutscht. »Was wird mir denn vorgeworfen?«, fragt Lorenz.

Kleinert winkt schniefend ab, und Olschewski lacht genüsslich: »Einen direkten Vorwurf kann ich Ihnen nicht machen. Die Alte ist schon ein scharfes Gerät!«

Lorenz lacht mit. Wo gelacht wird, wird's nicht ernst. Auch Rieger nickt, dabei kann sich Lorenz nicht erinnern, ob der am Vorabend überhaupt dabei war. Rieger ist einer von denen, die man immer vergisst. »Ich weiß ja nicht, was Sie glauben, gesehen zu haben …« Lorenz versucht heiter zu bleiben.

»Meinen Sie, das werd' ich hier noch mal in den Mund nehmen?« Kleinert wird laut, und Olschewski kriegt sich prustend nicht mehr ein, wegen der Doppeldeutigkeit, und macht damit gleich weiter: »Stefan, guter Sex findet im Kopf statt!« Kleinert hat also tatsächlich auch einen Vornamen, und Olschewski will sich gar nicht mehr beruhigen vor Zotigkeit.

»Hören Sie mal, das ist nun wirklich Quatsch!« Lorenz hat das Gefühl, er muss schnell einschreiten, bevor sich alles verselbständigt.

»Sie hatten die Hose offen! Direkt vorm Waschbecken!« Kleinert spricht, als würde ihm anschließend der Mund mit Seife ausgewaschen.

Lorenz muss jetzt richtigstellen. »Theresa hat mir Sicherheitsnadeln geliehen ...«, fängt er an.

»Mutter Theresa ...!«, wirft Olschewski dröhnend ein, »hilft, wo sie kann!«

Lorenz korrigiert sich: »Ich meine, Frau Schönleben. Wir haben uns neulich beim Duschen kennengelernt.«

Olschewski klatscht begeistert in die Hände. »Wird ja immer besser!« In der Wahrheit verstrickt sich Lorenz viel leichter als in seinen Lügen. »Dafür schmeiß ich Sie auf der Stelle raus!« Kleinert fuchtelt mit seinem gebrauchten Taschentuch vor Lorenz' Gesicht herum. Der verschwiegene Herbert Rieger wendet sich tuschelnd an die beiden anderen.

Lorenz erinnert sich schwach, dass er im Deutschunterricht mal etwas von Kafka lesen musste. Es ging um jemanden, der verzweifelt versucht herauszufinden, weshalb er angeklagt wird, weil er sich keiner Schuld bewusst ist. Am Ende, erinnert sich Lorenz, wird der Mann zum Tode verurteilt, ohne zu wissen, wofür. Die drei flüstern.

»Ich hab nichts gemacht, das ist doch albern!« Lorenz wird jetzt auch lauter.

Der stille Herr Rieger winkt ab und hat dann überraschend eine Akte in der Hand. Die Akte Brahmkamp. Er listet mit neutraler Stimme Vorfälle der letzten Jahre auf. Fünf Großmütter, Erich Schlindwein und der kleine Vorfall, bei dem man Lorenz mit seiner Frau in der Materialausgabe erwischt hat. Auch ›Gabi und Gurke‹ wird wieder rausgezerrt, das blöde verwaschene, unscharfe Internetfilmchen. Mit Riegers neutraler Paragraphenstimme klingt es so, als sei ja jetzt klar, was Lorenz für einer ist. Sexbesessen. Gabi und Gurke, mehr muss man nicht sagen. Kleinert ergänzt aus dem Stand, wie Lorenz sich vor und nach dem ersten Termin bei Schönleben verhalten hat. Brahmkamp = Sex und Lügen. Als sei er die BILD-Zeitung.

»Wissen Sie, was das für die Stadt heißt, wenn jemand derartig investieren will? Wie viele Arbeitsplätze da dranhängen?« Rieger hat ehrlichen Abscheu in der Stimme.

Vor ein paar Minuten schien draußen noch die Sonne. Gestern war ein Knopf an seiner Hose locker. »Nicht mehr tragbar«, hört Lorenz aus der Mitte der Dreifaltigkeit. Köpfe nicken. »Mit der Frau von Alexander Schönleben ...«, Köpfe schütteln sich, Kleinert schneuzt sich abschließend.

Mit der Wahrheit kommt er jetzt endgültig nicht mehr weiter, spürt Lorenz. »Das Ding ist nur, sie gibt den Ton an bei den beiden. Hinter den Kulissen.« Die drei Männer, die ihm gegenüberstehen, sehen ihn an. Die drei Könige. »Allein schon von daher wär's besser, wenn Sie mich nicht rausschmeißen! Das käm bei ihr auf jeden Fall nicht gut an.«

Olschewskis quergelegte Strähne verrutscht. Rieger klammert sich an seine Akte und setzt sich auf den Besucherstuhl. Bis jetzt, merkt Lorenz zu spät, hatten die beiden noch Zweifel an Kleinerts Geschichte. »Ich hatte mich ehrlich gesagt schon gefragt, warum der Schönleben Sie überhaupt eingeladen hat, gestern.« Olschewski sieht Lorenz zum ersten Mal richtig an. Er ist sichtbar geworden.

»Ich sag ja, Herr Olschewski, hinter den Kulissen zieht sie die Fäden.«

Eine große Mulmigkeit kriecht in Lorenz hoch. Vielleicht ist er dem Kafka-Ding gerade gar nicht ausgewichen, sondern hat ihm soeben erst die Tür aufgemacht. Aber jetzt gibt's kein Zurück mehr. Jetzt weitermachen. Ist ja eh ein schmaler Grat zwischen Lüge und Phantasie. Das eine ist nicht so gut, von dem anderen kann man gar nicht genug haben. So heißt es immer. Also hat Lorenz jetzt Phantasie, und so ist der Schönleben kurzerhand impotent, schon länger, aber das muss auf jeden Fall unter uns bleiben. Und sie, die Theresa, kommt ja kaum raus, Stichwort goldener Käfig. Ganz schön ausgehungert ist die, und er meint das jetzt nicht in Bezug auf Lebensmittel, knick, knack. Kleinert schwitzt und schnäuzt, Olschewski atmet hörbar, Rieger sieht aus dem Fenster.

Irgendwas hat er wohl richtig gemacht bei der Theresa Schönleben, sagt Lorenz, gleich von Anfang an, er kann es sich selbst nicht erklären. Aber er war laufen mit Schönleben und dann duschen, und da kam sie schon, nichts weiter an als einen seidenen Kimono.

Klingt den drei Musketieren glaubwürdiger als die Geschichte von den Sicherheitsnadeln. Und kommt ihnen auch ganz recht. Mit silbernen Schuhen rumlaufen, aber ein Schlappschwanz, wenn's drauf ankommt, dieser Schönleben. Da braucht der gar nicht so rumzuzaubern beim Italiener. Olschewski ist zufrieden und legt sich das Haar zurecht. Selbst Kleinert hört auf, sich zu schnäuzen.

Über die Theresa und ihn hat man jetzt einen sehr guten Einfluss auf den Schönleben, sagt Lorenz. Das wär doch dumm, den nicht zu nutzen. In der Tat, einen trojanischen Hengst hat man da beim Schönleben im Schlafzimmer oder in der Dusche. Olschewski findet zu alter zotiger Form zurück. Und wer weiß, was die Alte sonst noch so ausplaudert. Die Dreieinigkeit berät sich kurz, und Olschewski ist derjenige, der dann redet. Unappetitlich, das Ganze, keine Frage, aber man will mal jede Menge Augen zudrücken, und wenn's schiefgehen sollte, hat man von nichts was gewusst. Kleinert macht eine scheuchende Bewegung. Lorenz kann gehen. Draußen sitzt Frau Dressels Frisur so unverändert, als wäre nichts passiert.

Lorenz bewegt sich vorsichtig. Er traut seinen Knien nicht. Die könnten zu weich sein, um ihn zu tragen. Er wird das alles irgendwie wieder geradebiegen, das ist keine Frage. Sobald Kleinert wieder gesund ist, sobald der wieder klar denken kann, schreibt er ihm eine Mail, geht er bei ihm vorbei und stellt alles richtig. Aber jetzt hatte er bei Kafka Kleinert keine andere Chance.

Kurz vor dem Aufzug holt Olschewski ihn ein. Die Strähne jetzt wieder vorschriftsmäßig quergelegt. Eine Masse Mann. Er guckt sich um, ob noch jemand zuhört. »Ich privat, ich sag mal: Hut ab!« Olschewski grinst ihn verschwörerisch an. »In Hinsicht auf Weiber hab ich selbst 'n Kerbholz wie 'n Baseballschläger! Aber die Schönleben ...«, er nickt kennerhaft, »Hut ab!« Der Aufzug kommt, und Olschewski steigt mit ein. »Kleinert, der alte Schrumpfgermane, der geht ja schon zum Lachen in den Keller. Möcht' nicht wissen, wo der zum Vögeln hingeht ... mal unter uns gesprochen.« Lorenz versucht das richtige Maß des Mitlachens zu finden. Olschewski zeigt einen gewissen Respekt, eine verwässerte Form der gestrigen Reaktion auf das Auftauchen von Theresa im »Papageno«. »Die Schönleben ist schon ’n heißes Eisen ...« Er kriegt anscheinend keinen Satz ohne Doppeldeutigkeit zustande. »Aber, ich sag mal so: Sie können sich dran verbrennen, oder Sie sind Ihres Glückes Schmied.«

Der Mann hat sich nicht trotz, sondern wegen all seiner Binsen so lange in der Osthofener Politik gehalten, versteht Lorenz jetzt, während der Aufzug zwischen dem fünften und ersten Stock des Stadthauses ruckelt. Der gesamte Bau wird vermutlich nur von Binsen zusammengehalten. Olschewski bewegt sich in der Stadtpolitik Osthofens sicher wie ein Wal im Weltmeer. Er weiß, wo die Strömungen sind. Und Lorenz ist plötzlich kein ganz kleiner Fisch mehr, kein Plankton, Lorenz ist seit ein paar Minuten mindestens ein Zitronenhai.

Sie steigen gemeinsam aus. Olschewskis Strähne liegt seelenruhig und felsenfest quer über seinem Schädel und täuscht Haare vor, wo keine mehr sind. Auch das eine Art Notlüge. Sie gehen gemeinsam in Richtung Kantine, aber kurz vorher bleibt Olschewski stehen. Er muss noch mal telefonieren. Sich jetzt mit Lorenz beim Essen zu zeigen wäre offenbar das falsche Signal. Stattdessen eine knuffende Verabschiedung mit einem Blondinenwitz, den Olschewski wie immer selbst belacht.

Lorenz will sich ein stilles Eckchen in der Kantine suchen und langsam ausatmen.

»Seit wann ist der Olschewski denn so freundlich zu dir?« Katrin löst sich aus einem Menschenknäuel und kommt auf ihn zu. Heute in vertrautem Outfit und mit einer Kette, die Lorenz ihr geschenkt hat. Mehr die Katrin, die er kennt. Und sie lächelt auch wie früher: »Ich wusste gar nicht, dass der dich überhaupt kennt. Du scheinst ja echt auf dem aufsteigenden Ast zu sein.«

Lorenz erinnert sich. Er hat ihr am Vortag vorgelogen, dass es aufwärtsgehe mit ihm, dass Kleinert jetzt große Stücke auf ihn halte und er deswegen mitmüsse ins »Papageno«.

Katrin drückt ihm ein Tablett in die Hand. »Versöhnungsessen der Friedenspfeifen, hast du doch geschrieben.«

Der Ton passt eigentlich nicht dazu, dass sie ihm gestern Abend noch seine Hose an den Kopf geworfen hat. Lorenz hat das Gefühl, er kann nicht noch mehr Verwirrung vertragen. Er hat nicht einmal Hunger, aber er nickt.

Sie entscheiden sich beide für das Seelachsfilet und setzen sich ans Fenster. Die Mittagssonne strahlt herein und zeigt, dass die Fenster schon länger nicht mehr geputzt wurden. Überall muss gespart werden.

»Ich glaub, ich hab gestern 'n bisschen überreagiert«, sagt Katrin und schabt die Panade vom Fisch. »Hormonzirkus, wahrscheinlich.« Sie flunscht den Katrinflunsch, den er gut kennt, die vorgeschobene Unterlippe und der Blick aus gesenktem Kopf, während sie die Kartoffeln teilt. So gemütlich vertraut wie der Vorspann vom *Aktuellen Sportstudio.*

»War auch nicht so direkt mein Tag.« Lorenz stochert in seinem Essen. Zwei vorsichtige Lächeln über den beiden Fischleichen auf ihren Tellern, gestorben für nichts und wieder nichts, denn gegessen werden die heute nicht mehr.

Dann erzählt Katrin, dass Hajo Süppel, kaum dass Lorenz aus dem Haus gescheucht war, vorgeschlagen hatte, ob man nicht jetzt, wo sogar der Ex denke, dass da was liefe zwischen ihnen, ob man da nicht Nägel mit Köpfen machen solle, also mit ihren beiden Köpfen, hihi, und dass er, der Hajo, sie, die Katileini, ja schon seit dem Tanzkurs ziemlich knorke gefunden hätte – »knorke hat er wirklich gesagt, stell dir vor«, sagt Katrin –, und sie, sagt Katrin, habe zu lang gebraucht, eine freundliche Ablehnung zu formulieren, und deswegen sei der Hajo in der Luft verhungert mit geschlossenen Augen und geöffneten Lippen. Sekundenlang sei der fußballförmige Kopf von Hajo Süppel vor ihr rumgeschwebt, bis auch der Hajo gemerkt habe, dass das wohl nix wird mit dem Kuss und ihnen beiden, und sie habe ganz peinlich noch rumgeeiert, dass das jetzt nicht gegen ihn gehe.

Sie kann über sich selbst schon wieder lachen. Lorenz lacht mit. Geschieht ihm recht, dem reichen, schnöseligen Designer-Hajo.

»Hast du aber nicht wirklich geglaubt, dass da was läuft mit Hajo und mir, oder?«

»Nee, Quatsch! Hallo?!«, lügt Lorenz, »natürlich nicht.«

Durch die schmutzige Scheibe scheint die Sonne auf Katrins blonde, neue Strähnchen, auf ihre vertrauten Augen, auf die leichten Falten neben dem Mund, denen sie anfangs affige Namen gegeben hat, damit sie sich schämen und von selbst wieder verschwinden sollten. Peggy und Mandy hießen die beiden. »Peggy und Mandy gehen nicht weg!« Er hört noch Katrins Klage aus dem Badezimmer. Ein bisschen sieht es jetzt so aus, als sei es Katrin, von der das Licht ausgeht. Ihre Hand bestreichelt seine kurz.

»Alles nicht so einfach, hm?«, fragt sie freundlich eine rhetorische Frage.

Lorenz muss seine Augen im Auge behalten, damit sie nicht schnurstracks eine Träne losschicken. Lorenz Brahmkamp ist nicht gemacht für so viel Gefühlsdurcheinander. Er muss jetzt schnell was Lustiges sagen oder was Gemeines, sonst sind die Tränen auf dem Weg. »Süppel aus dem Sack, so hieß ja schon das Märchen, was will man da erwarten?«, sagt er und Katrin widerspricht schnell, der Hajo sei eigentlich wirklich in Ordnung. Ein bisschen affektiert mitunter, klar, aber egal, sie jedenfalls ist noch nicht so weit, schon wieder irgendwen zu küssen. Höchstens Brad Pitt vielleicht, aber auch nur, wenn er gerade mal wieder keinen Bart hat.

»Irgendwie fand ich das gestern im Nachhinein eigentlich ganz … ja, ganz sexy, wie du dich da für mich geprügelt hast. Muss ich sagen …« Katrin grinst, keinen Tag älter als sechzehn. Seine Frau flirtet mit ihm.

»Jetzt bild dir mal keine Schwachheiten ein! Geprügelt! Ich hab ihn ein bisschen in den Schrank geschubst! Den Brad Pitt, *den* verklopp' ich. Wie 'n Viertelpfund Gehacktes sieht der aus, wenn ich den erwische.«

Katrin befühlt seine Oberarme, Lorenz zeigt, wie groß genau Brad Pitt am Ende aussehen wird. Playmobilmännchen. Mit Hut. Und Bart. Katrin lacht. Das guckt sie sich an, sagt sie, will aber nicht garantieren, dass sie Lorenz dann nicht wieder eine Hose an den Kopf schmeißt. Der Brad Pitt, der stehe bestimmt unter Naturschutz, den dürfe man gar nicht so verhauen. Aber das von gestern jedenfalls, das tut ihr leid, sagt sie, und wieder liegt ihre Hand auf seiner.

Der Fisch ist mittlerweile kalt. Lorenz dagegen ist warm. Ein Rendezvous ist das hier. Ein Date. Wie der Hajo mit seinem kugelrunden Kopf da so planetenartig vor ihr rumgeschwebt ist. Katrin macht es noch mal vor. So was geht, wenn man sich seit Jahren kennt. Es ist federleicht zwischen ihnen. Die Sonne legt sich passend ins Zeug.

»Und bei dir? Frauenmäßig?« Katrins helle Zähne, das kleine Muttermal neben dem Auge.

»Die feine Frau Jolie nervt ganz schön«, sagt Lorenz. »Im Bett natürlich 'ne Wucht, aber ständig bringt sie neue Kinder mit. Ich sag, geh mal einkaufen, Angelina, wir brauchen Eier,

Butter, Milch. Sie kommt mit ’nem neuen Blag nach Hause! Die Butter hat sie aber natürlich vergessen!«

»Wirklich?« Katrin spielt mit, fährt sich, tausendmal gesehen, durchs Haar.

»Nee, wirklich warte ich natürlich auf dich.« Die Kantine als Ort der Wahrheit, so gut wie jede Kirche.

Jetzt ist es an Katrin zu schlucken. Seine Hand auf ihrer Hand auf seiner Hand. Wie bei diesem Kinderspiel. »Wirklich?« Dieselbe Frage noch mal, eine ganz andere Frage jetzt. Seine Hand könnte auch auf einer Bibel liegen, statt auf der Resopalplatte des Kantinentisches.

Lorenz nickt. »Das reim ich dir doch seit Wochen! Ich kann mit anderen Frauen nix anfangen.« Das Tränchen, das seit Minuten im Augenwinkel bereitsteht, macht sich auf den Weg die Wange herunter.

»Mahlzeit!«, sagt Herbert Rieger, kalt wie der tote Fisch auf Lorenz’ Teller. Er schiebt mit seinem Tablett an ihrem Fenstertisch vorbei und hat seine Augen natürlich auf den zärtlich übereinandergestapelten Händen von Herrn und Frau Brahmkamp. »Mahlzeit!« Lorenz löst die Hände und reibt seine Schulter an seine Wange.

Katrin ist beeindruckt. »Erst der Olschewski, jetzt grüßt dich sogar der Rieger. Was ist denn los?«

Lorenz hört gar nicht mehr auf, Punkte bei ihr gutzumachen. »Ich hab doch gesagt, ich werd’ noch ’ne ganz große Nummer.« Lorenz kriegt den Satz kaum raus.

Und Katrin sieht ihn an, als betrachte sie ihren Mann zum ersten Mal aus einem ganz anderen Blickwinkel.

10

Platz für Sehnsucht ist in der kleinsten Hütte. Auch und gerade in einem Büro. An Arbeit ist bei der Arbeit nicht mehr zu denken. Nur an Katrin.

Lorenz pfeift lautlos vor sich hin. Die Sonne sieht schon herbstlich aus, warm und gütig. In Lorenz aber ist der Mai ausgebrochen. Das Herz. Endlich mal wieder macht es sich anders bemerkbar als durch Stiche beim Treppensteigen.

Erich Schlindwein in seinem Ganzjahrespullunder kümmert sich unterdessen um Formulare. Vielleicht, denkt Lorenz, mag der Tauben, weil die fliegen können und er nicht. Sehnsucht ist manchmal so verschlungen wie eine Büroklammer. Vielleicht ist Erich Schlindwein auch ein Mensch. Lorenz ist großzügig. Das zuständige Organ in seinem Körper schüttet Glückshormone aus. Da bleibt auch noch was für Erich Schlindwein übrig.

Du, mein Schatz, gehörst zu mir
Wie Pommes frites zu Mayo
Wie das Salz zum Toten Meer
Wie Ginger einst zu Fred Astaire
Nicht zu nem Horst wie Hajo

Der längste Vierzeiler der Welt. Schon wieder nicht ganz richtig, aber irgendwas muss er ihr jetzt schnell schicken. Gereimtes oder Ungereimtes. »Liebe ist wie Grünkohl. Noch mal aufgewärmt am besten.« Hm. Auch nicht so doll. Aber wie soll man es sagen, ohne gleich schwülstig und kitschig zu klingen? Das ganze Liebesding ist durch zu viele Schlager, Illustrierte und Filme verdorben. Liebe ist Hollywood.

»Komm, mein Schatz, wir machen ein Sequel. Alles wie beim ersten Mal und doch ein bisschen anders. Du und ich, wir sind *Rocky 2*.« Schlechtes Beispiel. *Terminator 2*. Schon eher. Noch besser: *Zurück in die Zukunft 2*. Einen passenderen Titel gibt's ja gar nicht! Und *der* zweite Teil war zumindest nicht schlecht.

In Lorenz überschlagen sich Gedanken und Gefühle. Vielleicht nichts von alldem schicken. Ganz anders: *Es heißt, ein Bier, das nicht getrunken wird, hat seinen Beruf verfehlt. Wollen wir nach der Arbeit ein, zwei Gläschen vor Depressionen bewahren?*

Er kann gar nicht anders als locker, fröhlich. Seine Fingerspitzen klimpern auf der Tischplatte, auf seinem Monitor, auf Unterlagen. Er muss fast lachen, als er an seinen Auftritt bei Kleinert denkt, an den wuchtigen Olschewski im Fahrstuhl. Ihm ist egal, wofür die ihn mittlerweile halten, sollen die doch denken, was sie wollen.

Die Antwort kommt: *Hab schon der Mamutschka zugesagt und: Bier mit mir, da warten wir … lieber noch. (Ich kann's nicht mit dem Reimen!)* ☺

Ihre Mutter hatte vor einem halben Jahr einen Schlaganfall. Aber selbst die Absage und der Smiley, rund und doof wie Hajo Süppels Kopf, können Lorenz' Laune nicht trüben. Er geht noch mal in die Kantine, holt sich zwei belegte Brötchen und bringt Erich Schlindwein ein Stück Kuchen mit. Der sieht ihn verstört an. »Lecker!«, sagt Lorenz auffordernd und kneift ihm ein Auge zu. Alles wird gut werden. Lorenz fährt seinen Computer runter. Das hat eh keinen Sinn mehr mit dem Arbeiten heute. »Bin krank, ich mach Schluss!«, ruft er Erich Schlindwein lachend zu und geht.

Irgendwas noch anfangen mit dem Hollywood-Tag. Zwei – ach, komm – drei Kugeln Stracciatella – ja, natürlich mit Sahne – beim Venezia am Hanse-Markt. Einer Politesse ruft er strahlend zu: »Steht Ihnen toll, die Uniform, Sie können das tragen!«, dem Penner vorm Supermarkt schenkt er eine Flasche spanischen Rotwein, im Autoradio dreht er Udo Lindenberg auf: »Eigentlich bin ich ganz anders ...« Recht hat der Udo. Zwischendurch sieht Lorenz immer mal wieder Katrins Hand auf seiner Hand. Ihre Augen in der Sonne. »Irgendwie fand ich das gestern ganz sexy, wie du dich für mich geprügelt hast.« Ach, Katileini!

Zu Hause hängt unverändert sein Plan am Kühlschrank.

Ziel: Katrin
Plan: 1. Abnehmen

Hat er nicht heute den Fisch liegengelassen?

2. Job sichern

Ist er nicht heute gestärkt aus Kleinerts Büro gekommen?

3. Ehrlich werden

Hat nicht jeder Plan Mängel?

Seine Laune bleibt gut. Der Tag ist ja noch längst nicht vorbei. Er hat Energie wie Alexander Schönleben, und er weiß auch schon, wohin damit. In den Baumarkt. Heute ist ein guter Tag dafür. Kirchen, Krankenhäuser und Baumärkte sind eigentlich Orte, die Lorenz meidet. Aber heute geht's. Heute muss es gehen.

Von der Besetzung her findet Lorenz es wieder mal »wie Sozialamt mit Werkzeug«. Genervte Männer, direkt von der heimatlichen Baustelle, die offenbar glauben, dass man mit Unterhemd und Blaumann bestens angezogen ist, genervte Paare, mit unterschiedlichen Geschmäckern, von genervten Paaren genervte Bedienungen, genervte Kinder, deren Eltern sich alles anders vorgestellt hatten. Dazwischen Ratlose wie Lorenz. Aber er steht gusseisern gutgelaunt vor der »Badewelt Amazonas«, betrachtet lächelnd die »Duschabtrennung Aurora 3«, erwägt kurz die »variable Duschtrennwand La Luna vario«, kauft dann aber das Komplettpaket, »Duschtempel Sanistar deluxe«, Trennwand plus Brausekopf, plus Halterung, plus Seifenablage, plus plus. Er lässt es krachen. Katrin hatte recht. Er hat vieles zu lange schleifen lassen. Sie wird Augen machen, wenn sie demnächst wieder nach Hause kommt. Leben ändern mit einem Duschtempel. Irgendwo muss man ja anfangen. Der Corsa ist randvoll. Lorenz fährt quasi blind, vertraut aber darauf, dass das Schicksal kein Arschloch ist. Das Leben macht nicht erst Hoffnung und schickt einem dann von rechts einen Siebentonner, den man nicht sieht. Und tatsächlich: Alles geht gut.

Er sucht den Bohrer, er sucht den Zollstock, er sucht den Schraubenzieher. Wär doch gelacht! Der alte Duschvorhang kommt weg. Endgültig Schluss mit den morgendlichen Pfützen im Bad. Lorenz macht ein Handy-Foto vom alten Duschvorhang im Mülleimer und schickt es Katrin. »Der eiserne Vorhang ist gefallen«. Sie hat schon recht gehabt. Er hat zu lange den Arsch nicht hochgekriegt. Jetzt aber. Wie geht das also mit dem Duschtempel? Die Anleitung schreckt ab. Mehrsprachig, mit Zeichnungen, die aussehen, als sei die Montage nicht so einfach. So schwer wird es aber ja wohl nicht sein. Aufstellen, ausmessen, andübeln, das wird er schon hinkriegen, denkt Lorenz. Heute ist ein guter Tag. Heute geht das. Aber das Badezimmer ist klein und fensterlos, die Beleuchtung reicht zum Rasieren, für Bauarbeiten müsste es heller sein. Die Duschwand kippt ein ums andere Mal bedrohlich, die Duschtasse ist rutschig, auf den Kacheln sind Bleistiftmarkierungen nicht zu sehen. Ein zweiter Mann wäre gut, denkt Lorenz, einer, der die scheiß Wand mal halten kann, während man die verschissenen Markierungen auf die Kacheln malt. Wie sich diese Genies vom Duschtempel »Sanistar deluxe« das wohl vorstellen? Wie soll man das denn alleine hinkriegen? Oder gehen die davon aus, dass der Mensch vier Arme hat? Oder Freunde?

Lorenz macht sich ein Bier auf. Er erinnert sich: Vorm Bohren im Badezimmer Sicherung rausdrehen, wegen … wegen irgendwas, aber sicher ist sicher. Ohne Sicherung gibt's aber auch kein Licht im Bad und kein Strom zum Bohren, merkt Lorenz. Also mit Sicherung bohren. Wird schon schiefgehen. Geht auch schief. Die Kachel kriegt Risse, rund um das gebohrte Loch. Wird man aber kaum sehen, wenn der Tempel erst mal steht, hofft Lorenz. Jetzt fällt ihm auf, was er vergessen hat zu kaufen: Fugenmasse. Natürlich! Gottverfluchte Fugenmasse! Ohne das Zeug bleibt eine Ritze zwischen Tempel und Wand, das Wasser läuft wie gehabt auf den Boden, und alles bleibt wie es war, nur anders. Statt zurück in die Zukunft wäre es eher ein Comeback der Vergangenheit und damit das völlig falsche Signal. Lorenz öffnet noch ein Bier. Da kommt aber auch nicht mal einer dieser bekittelten Baumarktfritzen auf die Idee zu sagen: »Guter Mann, ich sehe, Sie wollen einen Duschtempel kaufen, haben Sie denn auch Fugenmasse?« Null. Schön doof lassen die einen vor die Wand laufen, vor die Duschwand, die überteuerte Dreckskiste! Arschlöcher!

Lorenz merkt, dass sich sein Vorrat an guter Laune rapide dem Ende zuneigt. Aber es nutzt nichts: Er muss zurück zum Baumarkt. Lorenz ist entschlossen, das durchzuziehen. Er läuft durch die endlos langen Regalreihen. In der Badezimmerschränkeausstellung sieht er sich gleichzeitig in verschiedenen Spiegeln: Er trägt eine alte, durchgewetzte Jeans und ein knatschbuntes T-Shirt. Auf der Vorderseite steht »Ich hätte jeden haben können«. Ein Relikt von Katrin von irgendeinem Junggesellinnenabschied und zu kurz für Lorenz. Er hat beides zum Arbeiten angezogen und ist gedankenlos so aus dem Haus gegangen. Er sieht in den vielen Spiegeln der Badezimmerschränke über dem T-Shirt sein genervtes Gesicht. Er ist in Rekordzeit ein echter Baumarktkunde geworden!

Die Fugenmasse heißt »Manhattan«. Er fragt einen quarkhäutigen Auszubildenden, ob er zur Installation eines Duschtempels außer der Fugenmasse Manhattan noch irgendetwas anderes braucht, denn wenn jetzt noch was fehlen würde, käme er nur noch mal in den Baumarkt, um Amok zu laufen und Geiseln zu nehmen, aber der Auszubildende hat ein Gesicht, an dem Fragen abprallen wie Fliegen an einer Windschutzscheibe. »Weiß nicht, glaub nicht«, sagt er und sortiert unbeeindruckt weiter kleine Kartons aus großen Kartons in Regale. Vielleicht der Sohn von Frau Dressel.

Der Corsa muckt, schnurrt dann aber erneut unfallfrei heim. Die nagelneue Duschtempelruine hat sich in Lorenz' Abwesenheit kein Stück verändert. Die Fugenmasse Manhattan versaut im ersten Anlauf den Boden. Lorenz holt aus der

Küche noch ein Bier und einen Stapel Altpapier, der sich jetzt endlich mal nützlich machen kann. Die Dübel lassen sich auch mit Gewalt nicht komplett in der Wand versenken. Aber das kann bestimmt mit Manhattan repariert werden. Muss man halt etwas dicker auftragen. Lorenz überlegt, ob es in Manhattan einen Baumarkt gibt, in dem Fugenmasse angeboten wird, die »Osthofen« heißt, weil es so exotisch klingt.

Obwohl die Dübel herausragen, halten die Schrauben die eine Wand des Tempels leidlich. Lorenz hofft, dass die Kombination mit der anderen Seite die Lösung bringt. Manhattan schmiert. Lorenz hat jetzt endgültig keine Lust mehr. Er versucht, sich Katrins Gesicht in der Sonne vorzustellen, aber es gelingt ihm nicht mehr. Vielleicht sind Renovierungen aus Euphorie keine gute Idee. Lorenz denkt an das fehlerfreie Luxusbad in Schönlebens Haus. Nichts war verkleckert, nichts wackelig, alles war deprimierend perfekt im Vergleich zu dem, was er hier veranstaltet.

Er setzt sich auf den Klodeckel. Er liest die spanische Version der Gebrauchsanleitung auf der Fugenmasse. Das Bierflaschenetikett muss abgeknibbelt werden, Lorenz prüft, ob Manhattan wie versprochen aushärtet, und unter dem herausgebohrten Kachelstaub liegt eine Frisur, die Lorenz schon die ganze Zeit bekannt vorkommt. Kann ja nicht. Oder doch? Lorenz nimmt die Zeitung hoch. Unter dem Foto steht's: »Musste Insolvenz anmelden: Götz Ludwig Klarenberg (54)«. Götz Ludwig Klarenbergs Frisur hatte letzte Woche noch in Schönlebens Haus gestanden und war ihm als »einer der Investoren« vorgestellt worden. Laut der alten Zeitung war Klarenberg da allerdings schon pleite. Der Kachelstaub fällt von Klarenbergs Frisur endgültig auf den verschmierten Boden. Bei Alexander Schönleben stimmt offenbar nichts. Aber sein Badezimmer ist tadellos.

11

»Das Badezimmer ist jetzt tadellos!«, lügt Lorenz ins Telefon.

In Wahrheit muss er die Dusche nun mit einer Hand festhalten, weil er zwei der mitgelieferten Dübel für die Duschhalterung kaputtgebohrt hat und demnächst also wieder in den Baumarkt muss. Die zweite Wand hat die erste auch keineswegs stabilisiert. Im Gegenteil. Der tolle, teure Tempel wackelt, und die Türen lassen sich nicht richtig schließen. Das Wasser spritzt und sammelt sich unverdrossen wie gewohnt auf dem Boden.

Aber mit so einer Wahrheit kommt man ja nicht weiter. Der Wille zählt, der Wille versetzt Berge und Duschwände. Und er will ja. Der Plan am Kühlschrank gilt. Deswegen hat er Katrin angerufen, morgens, kurz nach Arbeitsbeginn. Er sucht eine Spur des Herzklopfens vom Vortag.

»Du hast ganz alleine 'ne Duschwand montiert?«, fragt seine ungläubige Frau, und Lorenz bleibt auf dem eingeschlagenen Weg.

»Klar, warum denn nicht?« Er rettet sich in Sprüche. Handwerk hat doppelten Boden, die Axt im Haus und so weiter … Eine goldene Kundenkarte im Baumarkt wird er wohl nicht mehr bekommen, sagt Lorenz, aber wenn's drauf ankommt, wenn's sein muss, wenn er ihr, Katrin, eine Freude machen kann, dann greift er eben auch zum Bohrer.

Ganz gerührt ist sie, sagt sie, und Lorenz setzt nach, dass das mit ihr und Hajo Süppel ja nach dem Auftritt neulich keine Dauerlösung mehr sein könne, insofern sei er dabei, alles für ihre Rückkehr vorzubereiten. Da wird sie einsilbiger. »Is vielleicht 'n bisschen früh dafür, Lorenz …«

»Dann ruf ich in 'ner halben Stunde noch mal an«, sagt er, und sie sagt freundlich: »Du Spinner!« Aber das Gefühl vom Vortag stellt sich noch nicht wieder ein.

Erich Schlindwein stempelt gleichzeitig Unterlagen, so heftig, als gelte es Nägel in die Arche zu hämmern, und auch bei Katrin hört er im Hintergrund die fleißige Illona Bechtrup rumoren.

Das mit ihrer Rückkehr müssen sie mal wann anders besprechen, findet Katrin, und es klingt wie eine Absage, wie eine Ausrede, die er ihr nicht durchgehen lassen sollte. Oder eben vielleicht gerade doch. Im Flirten ist er mittlerweile noch schlechter als im Heimwerken. Lorenz hat keine Ahnung, wann man Frauen in Ruhe lassen sollte oder wann man besser am Ball bleibt und wie das überhaupt alles funktioniert. Er ist völlig aus der Übung. Flirten ist nicht Fahrradfahren, Flirten kann man offenbar verlernen.

Seit Katrin weg ist, hat Lorenz ein paar Versuche bei Frauen gemacht. Er hat es in seiner Stammkneipe bei Linda, einer Bedienung, probiert. Er gab ihr Getränke aus, sie setzte sich an seinen Tisch. Es wurde ordentlich was weggelächelt auf beiden Seiten, und von Lindas Seite fielen vielversprechende Sätze wie: »Ich wohne ja praktisch gleich um die Ecke.« Nur konnte Lorenz seinen Bierkonsum nicht vernünftig timen und war lange vor Ende ihrer Schicht so blau, dass er alle weiteren Pläne verschieben musste. Linda war aber nicht nachtragend, sondern lächelte auch bei seinem nächsten Besuch. Lorenz kaufte daraufhin einem Rosen-Inder den ganzen Strauß ab und trank nach jedem dritten Bier eine Cola. Auf dem Herrenklo sprach ihn dann beim Pinkeln ein anderer Stammgast an, er wolle ihm nicht den Abend versauen, aber die Rosen seien eine Fehlinvestition, denn die Linda sei anstrengend und schlecht im Bett. Das sei im Übrigen auch die Meinung von Lutz und dem einen Blonden, der immer nur zum Zeitunglesen in die Kneipe käme, auch den könne Lorenz gern fragen, wie im Grunde eigentlich die meisten Stammgäste. Lorenz warf einen Blick auf den Stammgast, auf Lutz und den Blonden mit der Zeitung und fand, so weit unten sei er noch nicht. Als Lorenz aufbrach, ohne Trinkgeld zu geben, lächelte Linda nicht mehr.

Auf einer Fortbildung hat er es dann bei einer Kollegin aus Oberhausen versucht. Er hatte sich verspätet, und der einzig freie Platz war der neben Carola, einer auf den ersten Blick unauffälligen Mittdreißigerin, die auf den zweiten Blick aber durchaus hübsch wirkte. Sie tuschelten während des Vortrags, er log ihr vor, auch gern zu wandern und sich ebenfalls sehr für Zoos und Trödelmärkte zu interessieren. Und *Herr der Ringe*. Lorenz gab Gas und tischte in der Pause bewährte Anekdoten aus der Osthofener Stadtverwaltung auf, für die sie dankbares Publikum war. Sie brachen zur gemeinsamen Mittagspause auf, und erst als Carola aufstand, stellte Lorenz fest, dass sie in der südlichen Körperhälfte von der Natur ziemlich mies behandelt worden war. Ausladend war das Wort. Was nicht umsonst das Gegenteil zu einladend ist. Lorenz versuchte noch, seine Enttäuschung wegzulächeln, blieb aber während des Mittagessens einsilbig, und Carola setzte sich nachmittags auf einen anderen Platz.

Lorenz hat auch Vanessa angerufen, seine Ex-Freundin, von deren Ehe er wusste, dass sie seit Jahren mehr oder weniger im Koma lag. Sie trafen sich in Mannheim, wo Vanessa inzwischen wohnte, beschworen alte Zeiten, tranken alte Getränke –

Genever, Kir Royal, Cuba libre – und tauschten Neues über alte Bekannte aus: Die Dings zum zweiten Mal geschieden, Wolfgang hat gar keine Haare mehr, und Angelika, weißt du noch? Angelika neulich mal getroffen und nicht mehr wiedererkannt.

An diesem Abend suchte Lorenz die alte junge Vanessa, die er kannte, in der älteren Frau, die ihm jetzt gegenübersaß, und ihr ging es mit ihm umgekehrt offenbar ähnlich. Die Gesprächspausen wurden mit Alkohol gefüllt. Pflichtgemäß kam man lachend auf »Was-wäre-wenn«. Wenn Vanessa damals zum Beispiel nicht weggezogen wäre, sondern stattdessen mit Lorenz ... Im Grunde aber unvorstellbar. Wie klänge »Bohemian Rhapsody« von den Flippers? Wie sähe Mannheim ohne Weltkrieg aus? Wer würde gewinnen, wenn der frühe Mike Tyson gegen den frühen Muhammad Ali boxt? Sinnlos.

Vanessa und Lorenz küssten sich sogar vor dem langweiligen Hotel, in dem er ein Einzelzimmer gebucht hatte. Aber der Kuss und die ganze Vanessa war wie eine Wiederholung von *Ein Colt für alle Fälle*. Auch das war in seiner Erinnerung groß- und einzigartig, aber auch der Stuntman Colt Seavers hielt einer erneuten Betrachtung nicht stand. Im Gegenteil. Lorenz konnte sich kaum mehr vorstellen, wie er selbst gewesen sein musste, um das damals gut zu finden. Das galt sowohl für Colt Seavers als auch für Vanessa Klopsch geb. Wrangel. Lorenz schien bei ihr dasselbe auszulösen. Deswegen hieß es nicht »Willst du noch mit hochkommen?«, sondern: »Mach's gut!« – »Du auch!«

Lorenz hat auch schon Kleinanzeigen durchgeblättert und im Internet gestöbert, aber er kam sich albern vor, so als wolle er mit vierzig plötzlich mit Skateboardfahren anfangen oder sich tätowieren lassen. Dabei wimmelt es in den diversen Foren vor alleinerziehenden Frauen im passenden Alter oder haufenweise Ex-Frauen, die noch mal neu anfangen wollen. Auch Männer seines Alters tummeln sich reichlich, und in der Kantine über dem Seelachsfilet ist ihm sonnenklar geworden, dass er eben nicht noch mal neu anfangen will.

Er will nicht noch mal irgendwem erklären, warum er keine Pilze mag, dass er nicht gern im ganz Dunklen schläft, dass er von Jazz Zahnschmerzen bekommt, dass seine Mutter früh gestorben ist, dass er hinterm rechten Ohr empfindlich ist, Dessous albern findet, nicht an Gott glaubt, lieber ans Meer als in die Berge fährt und noch immer Hoffnung hat, dass nach dem Tod irgendwas kommt.

Katrin weiß das alles, und er weiß Ähnliches auch über sie. Und dutzendfach mehr. Für Lorenz ist Liebe nicht Geigen in rosa Wolken, sondern wortlose Vertrautheit. Er will keine Schmetterlinge im Bauch, sondern Katrins Hand auf seiner. Echt, aus Fleisch und Blut und Knochen und so viel … ja, handfester als Schmetterlinge. Und eins von den Dingen, die er über sie weiß, ist, dass sie es auch so sieht. Im Grunde. Im Grunde sind sie Topf und Deckel. Nur dass Katrin sich irgendwo eine handfeste Midlife-Crisis eingefangen hat und nun kein Topf mehr sein will. Sondern Wok, mindestens.

Aber das wird vorbeigehen. Er muss nur dranbleiben. Er muss sie mal wieder außerhalb ihrer Büros treffen. Draußen irgendwo. Er muss die gemeinsame Ausgangssperre umgehen, die sie ihnen momentan auferlegt. Er muss sie zu einem Date zwingen.

12

Die Gelegenheit zum Date kommt kurz darauf. Frau Dressel schickt eine Mail, im Auftrag von Herrn Kleinert. Eine Terminanfrage für eine Ortsbesichtigung der ehemaligen Bauschuttdeponie. Marlis Zerfeld aus dem Umweltreferat hat bezüglich des Megaparks nämlich Fragen. § 28a des Naturschutzgesetzes weist Teile des Geländes um die ehemalige Bauschuttdeponie als »besonders geschützten Lebensraum« aus. Mehr als 35 Brutvogelarten, darunter Rote-Liste-Arten wie Wachtelkönig, Feldschwirl und Neuntöter sowie Großschmetterlinge wie den Schwalbenschwanz kann man hier antreffen. Der Feldschwirl hat im Stadthaus keine Lobby, ebenso wenig wie Marlis Zerfeld, aber es wird bestimmt wieder Bürger geben, die protestieren, die Presse wird sich einschalten, und Wahlen stehen an. Deswegen ist es gut, wenn man Umweltfragen so früh wie möglich angeht. Seit Lorenz für die hohen Herren der trojanische Hengst ist, wird er bei allen Dingen, die Schönleben betreffen, in Kenntnis gesetzt. Er wählt Frau Dressels Durchwahl und bittet sie, auch Frau Brahmkamp aus dem Referat Haushalt und Finanzen zu der Ortsbesichtigung zu laden. Säuerliches Schweigen am anderen Ende. Frau Dressel gehört zu den Frauen, die nicht wie Wein altern, sondern wie Milch.

»Frau Brahmkamp?«, fragt sie skeptisch.

»Ja, meine Frau!« Es tut gut, das noch mal laut zu sagen, in die wattige Stille von Frau Dressel.

»Von der hat Herr Kleinert aber nicht gesprochen.«

So nutzlos wie die Königin von England, die Frau Dressel. Lorenz wird lauter: »Aber ich, ich spreche von ihr. Beziehungsweise Herr Schönleben. Der vor allem. Und Sie setzen jetzt meine Frau auf die scheiß Teilnehmerliste, sonst wird das für Sie nämlich eine Arschbombe ins Fettnäpfchen, denn dann muss ich mit dem Alex reden, also dem Herrn Schönleben, und dann macht die Firma Heulen & Zähneklappern in Ihrem Büro 'ne Zweigstelle auf, Frau Dressel! Wollen Sie das??«

Die Frage bleibt unbeantwortet. Lorenz legt auf und sieht in das fassungslose Gesicht von Erich Schlindwein, das verschreckt aus dem Pullunder guckt. Lorenz hält den Blick. Er kann auch anders. Es hat gutgetan, laut zu werden.

»Wieso will der Schönleben mich bei 'nem Ortstermin dabeihaben?« Katrin ist ratlos.

»Ich hab ihm halt viel von dir vorgeschwärmt«, lügt Lorenz. Explizit darauf bestanden habe der Schönleben, dass sie bei dem Termin dabei ist, sagt er.

Es hat alles geklappt. Die Dressel hat Katrin eine Mail geschickt, ohne Lorenz zu erwähnen. Katrin hat ihn sofort angerufen, was denn jetzt passiert sei, und komm doch mal vorbei, nein, komm du, gut, bis gleich.

Jetzt hat Lorenz es in der Hand. »Am praktischsten ist wahrscheinlich, wenn wir zusammen mit dem Corsa fahren«, schlägt er beiläufig vor.

Die Bauschuttdeponie liegt ein ganzes Stück außerhalb, ein neues indisches Restaurant liegt in der Nähe, hat Lorenz recherchiert, und wo man schon mal da ist … wird er sagen: »Du magst doch gerne indisch.« – »Klar«, wird sie sagen. »Ja, komm, dann lass uns jetzt nicht alberner sein als Dick und Doof … ein Essen ganz ohne Verpflichtungen … das wird keine Butterfahrt, du musst keine Heizdecke kaufen und nicht gleich wieder zu mir zurückziehen. Nur essen. Und essen muss der Mensch sowieso.« – »Also gut«, wird sie sagen, und er: »Na siehste.« Und dann muss man sehen, wie's läuft. Nicht zu viel wollen, einfach locker bleiben, nicht zu viel erwarten. Am besten, er bestellt gleich zu Anfang Alkohol. Dann reden, ganz locker, witzig sein, Fehler eingestehen, ganz ernsthaft reden. Er wird sagen, dass sie recht hatte, dass er in Zukunft seinen Arsch mehr hochkriegen wird, dass er ehrlicher werden wird. Dann wird er lügen: »Ich kann nicht mehr fahren …«, und hinterherschieben: »Hier ist ganz in der Nähe ein Hotel, hab ich vorhin gesehen …«, und: »Komm, ein kleines Abenteuer, wir sind ja noch keine hundert.«

Es wird ein perfekter Abend sein, sie haben beide kein Gepäck, nicht mal eine Zahnbürste, sie machen kein Licht im Zimmer, da fällt der erste Kuss leichter, dann wird er sie weiter küssen, in die dünnhäutige Stelle am Hals und weiter, weiter, ein einfacher Reißverschluss, ein BH, dessen Haken er spielend öffnet, denn zehn linke Daumen hat er nur beim Handwerken. Katrin nackt im Halbdunkel des Zimmers und … – »Getrennt ist, glaube ich, besser. Vielleicht leih' ich mir Hajos Wagen«, sagt die reale, sehr angezogene Katrin auf dem Gang des Osthofener Stadthauses mitten in seine Phantasie hinein. »Ist ja dann nachher auch einfacher mit dem Nach-Hause-Fahren!«

Aber Lorenz lässt sich nicht so schnell unterkriegen. »Nee, Schönleben hat schon was von anschließendem Umtrunk erzählt«, lügt er los, »das wär ja blöd, wenn wir da beide nichts trinken können. Weißt du doch: Verhandelt wird in Flaschen!«

Kein wichtiger Deal kommt ohne Alkohol zustande, das weiß auch Katrin. Und Lorenz grinst wie Pontius Pilatus. Er hat wirklich keine Hintergedanken, sagt er, aber mit dem Corsa ist es einfach am einfachsten.

Von einem Tag auf den anderen ist es Herbst. Das Weinlaub am Rathaus färbt sich, und die Sonne wird altersmilde.

Der Corsa schleppt sich durch Osthofen. In den Geschäften hängen – offenbar jetzt ganzjährig – »Sale«-Plakate. Vereinzelt sind die Schaufenster auch leer, weil die Läden zu vermieten sind. Hier und da wird gebaut, hier und da müsste gebaut werden, wird aber nicht. Zum Beispiel auf der Kaiserstraße, der Hauptstraße Osthofens, die Krater aufweist wie ein aknevernarbtes Gesicht. Schlaglöcher, in denen mittelgroße Tiere bequem wohnen könnten.

Lorenz fährt, Katrin redet über ihre Mutter, die sich nach dem Schlaganfall langsam wieder berappelt. Vertraute Wege, vertraute Töne, vertraute Anblicke. Der alte Corsa, Katrin neben sich, draußen die Heimat. Lorenz ist in dieser Gegend zur Schule gegangen. Vorne an der Ecke war Schreibwaren Uhde. Lorenz erinnert sich an das Schild im Fenster. Schreibschrift. Auch an Frau Uhde, stets in blickdichten, dunkelbraunen Strumpfhosen. Es gab Wundertüten für eine Mark, linierte und karierte Hefte für die Schule und durchsichtige Schutzumschläge. Frau Uhde verkaufte Superman und auf den einschlägigen Illustrierten in den Ständern wurden nackte Brüste sorgfältig mit Pappen abgedeckt. Frau Uhde ist vermutlich schon längst umgezogen, auf den Hauptfriedhof. Aus Schreibwaren Uhde wurde ein Copy-Shop, jetzt ist auch der längst wieder weg und einem Internet-Wettbüro gewichen, betrieben von südländisch aussehenden Männern mit blickdichten Sonnenbrillen. Zwanzig Jahre zwischen Wundertüte und Pferdewette. Die wenigen Quadratmeter von Schreibwaren

Uhde erzählen die jüngere Geschichte von Osthofen, mindestens.

Das ganze Ruhrgebiet sieht aus wie ein nicht eingelöstes Versprechen. Ausgerechnet jetzt kommt dieser Schönleben und will einen Golfplatz bauen und ein Hotel und Kinos und was sonst noch alles, als hätten die Leute Zeit, Lust und vor allem Geld für so was. Lorenz schüttelt den Kopf. »Aber wenn keiner was macht, wird ja auch nichts besser!« Katrin ist natürlich aufseiten des Neuen. Es muss nach vorne gehen, es muss anders werden. Lorenz dagegen hätte gern Frau Uhde wieder. Vielleicht passen er und Katrin doch weniger zusammen, als er immer gedacht hat.

Dann singt sie mit, als das Radio Amy Winehouse spielt. Sie wohnten noch zusammen, als das Lied rauskam, und Katrin war durch die Wohnung gelaufen und hatte in eine Bürste gesungen, wie ein Teenager. Jetzt singen sie beide, während Osthofen draußen vorbeihuscht. Um die Stimmung nicht zu gefährden, gibt Lorenz seiner Frau recht: Das ist schon ein ganz interessanter Typ, dieser Schönleben. Der bringt Leben in die Bude, keine Frage. Der tickt anders als die Leute im Stadthaus. »Muss er ja, wenn er auf dich so große Stücke hält!«, sagt sie lachend.

Die ehemalige Bauschuttdeponie liegt in Osthofen-Dahlbek, einem Vorort, der fast schon ländlich wirkt. Ein paar Jungs versuchen einen Drachen steigen zu lassen. Wie früher, ganz altmodisch mit Leine und Loslaufen. Keine Fernsteuerung, keine Batterien. Ein paar Dinge bleiben also doch gleich. Lorenz hatte auch Drachen steigen lassen, nicht weit von hier, vor Ewigkeiten, dreißig Jahre her. Die Schnur, die man ordentlich aufwickeln musste, damit es funktionierte, der Geruch des Klebers, mit dem das Holzskelett des Drachens zusammengeklebt wurde. Kindheit besteht aus solchen Momenten und Gerüchen.

Etwas weiter stehen Autos im Halbkreis. Lorenz erkennt Kleinert und Olschewski und auch Marlis Zerfeld, die besonders auffällt, weil sie sich heute für einen wallenden, hellen Mantel entschieden hat, an dem eine rote Möwenbrosche prangt. Alle gruppieren sich um Schönleben, der schon wieder zaubert. Weit ausholende Gesten, Business-Tai-Chi. Lorenz parkt seinen Corsa verschämt neben den anderen Autos. Überraschte Blicke, als Katrin mit aussteigt. Aber keiner sagt etwas. Kleinert hält ihn jetzt für schmieriger als Schmierseife, sieht Lorenz, Olschewski mustert Katrin, vermutlich aus Gewohnheit. Der hat bei allen Frauen diesen Nacktscanner-Blick. Schönleben lässt sich ohnehin nicht irritieren. Er nimmt den Faden schnell wieder auf. Was für Chancen hier liegen, wie viele Arbeitsplätze direkt und indirekt an dem Projekt hängen, einen Projektleiter hat er auch schon, Architekten ebenfalls, international erfahrene Leute, machen grad was in Abu Dhabi und den Emiraten. Kopfnicken. Da, im arabischen Raum, passiert ja jetzt eh das meiste. Kopfnicken. Dann taucht sogar der Oberbürgermeister auf. Dr. Jürgen Grosskamp. Mit der Erfahrung von Hunderten von Bürgerversammlungen, Wahlkundgebungen, Eröffnungen von Bier- und Weinwochen usw. muss er gar nicht mehr groß mit Fakten belästigt werden. Er kann sofort mitreden. Aus dem bartumrandeten Mund kommen x-mal erprobte Sätze. »Investoren sind uns immer willkommen … bin ich selber gern bereit … können Sie mich jederzeit ansprechen … wir sind ja auf Initiativen aus der Wirtschaft angewiesen.«

Schönleben übernimmt wieder. »Wenn man da hinten zum Beispiel das Hotel … muss gar nicht groß sein, dafür aber fünf

Sterne … und Wellness. Wellness ist überhaupt das A und O. Ein Riesenthema, auch zukünftig.« Kopfnicken. »Demnächst gibt's nur noch *high class* und *no class*, nur noch ALDI und Feinkost Käfer. Oben und unten. Dazwischen wird's eng. Und unten hat Osthofen ja schon.« Hohoho, Lachen, spaßiger Widerspruch. »Da vorne könnte man sogar einen künstlichen See anlegen. Ökologisch ja bestimmt auch interessant.« Schönlebens Arme schwirren wieder. Napoleon erläutert vor Waterloo, wie er die Schlacht gewinnen will, denkt Lorenz. Noch weiß Napoleon nicht, dass Waterloo sein Waterloo wird. Kleinert, Olschewski und die anderen wissen es auch nicht. »Noch ist alles möglich«, sagt auch Schönleben, meint natürlich aber nicht seine mögliche Niederlage, sondern dass man auch ein Sporthotel bauen kann, dann eben Sport plus Wellness. Nicken, große Blicke in eine leere herbstliche Landschaft. Noch ist hier gar nichts, nur kleine Hügel, Bäume und viel Gras.

Auch Lorenz guckt in die gleiche Richtung wie alle anderen und stellt sich nah neben Katrin. Weiter hinten haben die Jungs es geschafft, den Drachen in die Luft zu bringen. Er flattert im Zickzack durch den herbstlichen Himmel. Besser geht's doch nicht, denkt Lorenz. Wieso muss man da jetzt noch Wellness hinmachen? Eine Parkbank würde doch völlig reichen. Katrin und er könnten darauf sitzen und den Jungs mit dem Drachen zuschauen, wie sie glückliche Momente erleben, von denen sie jetzt noch gar nicht wissen, dass sie sich in dreißig Jahren daran erinnern werden. Warum muss es immer weiter gehen, warum muss alles besser werden, größer, mehr? Lorenz will Schönleben in die Parade fahren, aber natürlich ist es aussichtslos, jetzt für eine Parkbank zu plädieren und fürs Drachensteigenlassen.

Schönleben ist ein Drachentöter. Der redet immer noch, wippt in seinen Schuhen, kann gar nicht erwarten, dass es losgeht. Heute trägt er eine dunkle Lederjacke und hat einen teuer aussehenden knittrigen Schal locker um den Hals gewunden, so wie man das jetzt in Modeanzeigen sieht. Die anderen stehen in wetterfester Unauffälligkeit herum. Am Morgen hat es geregnet, und man weiß ja nie.

»Mit drei- bis vierhundert Millionen Euro muss man schon rechnen«, sagt Schönleben. Aber, kein Problem, die Investoren hat er, kennt er. Versorgungsleitungen seitens der Stadt müssen gelegt werden. »Glauben Sie, dass man dafür eine Mehrheit im Rat kriegt, Herr Oberbürgermeister?«

»Lieber Herr Schönleben, bei einem Projekt dieser Größenordnung binden die Ihnen da noch ein Schleifchen drum.«

Marlis Zerfeld trägt Bedenken vor, andere als Lorenz. Sie verhaspelt sich bei den bedrohten Tiernamen und warnt vor Unmut in der Bevölkerung. Schönleben hat leichtes Spiel. Rücksichtnahme auf die Natur ist ja selbstverständlich, sagt er, aber andererseits, seine Lederjacke ist auch nicht auf Bäumen gewachsen, sei aber doch nun mal schön und habe die Wirtschaft angekurbelt, denn, Scheiße, sagt er, Scheiße, echtes Leder in der Qualität, da schlackere man mit den Ohren, was das koste. Lachen, Nicken, so sieht's aus. Marlis Zerfeld will noch etwas sagen, wird aber von Schönleben locker übertönt. Er hat noch eine Überraschung dabei. Er geht zu seinem Allradmonster und öffnet die Heckklappe.

»Schließlich stehen wir ja auf einem zukünftigen Golfplatz.« Er wuchtet Golfsäcke heraus, drei, vier. Großes Gelächter bei fast allen. Immer für eine Überraschung gut, dieser Schönleben. Wer von den Herren spielt denn überhaupt? Olschewski natürlich. Kann man denn Golf spielen und trotzdem noch

Sex haben?, fragt der Oberbürgermeister. Je nach Platzverhältnissen geht das sogar gleichzeitig, zotet Schönleben zurück. Alle lachen, bis auf Kleinert. Kleinert lacht aber vermutlich eh nur an hohen Feiertagen, denkt Lorenz und schaut an Kleinert vorbei auf Katrin, der Schönleben jetzt einen Golfschläger in die Hand drückt. Einfach mal probieren, sagt er und lässt Golfbälle auf den Rasen purzeln. Man steht zunächst rum, aber Bälle und Schläger haben eine ganz eigene Magie. Man kann nicht tatenlos beides in der Hand haben. Und so geht's bald los. Abschläge, kreuz und quer.

»Aber gucken Sie erst, wo Sie hinschlagen! So ein Golfball kann schnell ein Geschoss werden!« Schönleben ist wieder überall und liegt jedem im Ohr: »Man muss sich nur mal vorstellen, wie das hier aussieht, wenn das Gras erst mal ein Green ist«, sagt er. Natürlich hat Schönleben auch einen Golfplatzspezialisten an der Hand, der schon Plätze in Bahrain gebaut hat. Unter anderem. Einer der Top-Leute weltweit. Natürlich kostet das, aber Investoren hat er, sagt Schönleben wiederholt. Olschewski läuft hinter seinem Ball her.

»Gleich gibt's noch Negerküsse, und wir spielen Schnappdie-Wurst, dann ist es ein perfekter Kindergeburtstag«, sagt Lorenz zu Katrin, die mit ihrem Schläger versucht, einen Ball zu treffen.

»Komm, das ist doch 'ne lustige Idee«, sagt sie und drischt gegen die weiße Kugel, die aber nur ein Stück übers Gras hoppelt.

Lorenz hat das Gefühl, dass er jetzt bald mal seinen Plan ansprechen sollte. Inder – Alkohol – Hotel – Katrin nackt. »So langsam krieg ich richtig Hunger«, sagt Lorenz und merkt zu spät, dass Katrin längst ihrem Ball nachgelaufen ist und ihn gar nicht mehr hört. Er trottet hinterher, und auch alle anderen verteilen sich auf dem Gelände.

»Ich find das echt genial, wie der seine Ideen verkauft!« Katrin blickt auf Schönleben, der gerade auf den Oberbürgermeister einredet.

»Hier soll's ja 'n neuen Inder geben, hab ich gehört«, sagt Lorenz, und Katrin erwidert: »Der ist endlich mal anders!«

»Wer, der Inder?«

»Nee, Schönleben.«

»Weißt du noch, dieses geniale Hühnchen, das du mal bei dem Inder hattest, wo wir mal waren?«

»Das hat schon was!«

»Das Hühnchen?«

»Welches Hühnchen? Das Konzept hier mein' ich, vom Schönleben!«

»Ich red vom Inder! *Der* hat was! Hühnchen nämlich! Der Schönleben hat gar nix! Was soll'n der haben? Ich hab nie gesagt, dass der was hat!«

»Nee, Lorenz, wenn wir hier zum Inder gehen, kommen wir da nachher nicht mehr weg, ich kenn uns doch!«

Lorenz hat eine Wut auf das Leben, das so kompliziert ist. Nie kann man einfach direkt sagen, was man will. Immer muss man Umwege einschlagen. Schönleben muss dieses alberne Minigolf veranstalten, um seinen Megapark durchzukriegen, Lorenz muss seine Frau zum Inder überreden, für einen Versuch, seine Ehe zu retten. Nur dass es bei Schönleben natürlich klappt und bei ihm schon wieder so zu enden droht wie beim Duschtempel »Sanistar de luxe«.

»Was ist mit Ihnen, Herr Brahmkamp? Versuchen Sie's auch mal!« Schönleben steht neben ihm und hält ihm einen Schläger hin.

»So weit kommt's noch«, sagt Lorenz so abweisend wie

möglich, »Golf ist wie Angeln, nur mit Rumlaufen und ohne Fische. Das ist nichts für mich!«

»Nee, komm, ich will auch mal sehen, wie du dich anstellst!«, fällt Katrin ihm in den Rücken.

»So einfach, wie Sie denken, ist es gar nicht.« Schönleben ist unbeeindruckt fröhlich wie immer. Er greift zu seinem Schläger und drischt auf den Ball, der mit sattem »Plock« in den Himmel aufsteigt wie der Drachen der Jungs.

Trotzig und genervt nimmt Lorenz Katrins Schläger und semmelt gegen ihren Ball. Er hackt beim ersten Versuch in den Boden und trifft beim zweiten Mal nur Luft. Im dritten Anlauf fliegt der Ball ein Stück, allerdings in Richtung des Oberbürgermeisters, der telefonierend in der Gegend steht.

»Ihr Mann hat einen leichten Linksdrall«, kommentiert Schönleben, »das kann man dem OB ja nicht vorwerfen!«

Katrin kichert. Wie ein Schulmädchen, findet Lorenz. Unnötig, übertrieben. Was soll das denn jetzt? Schönleben will offenbar unbedingt auf allen Gebieten gewinnen, im Laufen, Golfen, Witzigsein.

»Nee, unser OB ist … der hat … kann …« Ausgerechnet jetzt lässt Lorenz seine Schlagfertigkeit im Stich. Einen Moment stehen Katrin und Schönleben vor ihm, sehen ihn an und warten auf das Ende seines Satzes. Es kommt aber keines. »Ich bin einfach nur abgerutscht«, sagt Lorenz trotzig und stapft dem Ball hinterher. Unwahrscheinlich, dass er Katrin jetzt noch zum Inder gelotst kriegt. Er muss ganz andere Saiten aufziehen. Welche, das muss er sich noch ausdenken.

Die Sonne verschwindet passend zu Lorenz' Laune hinter einer Wolke, Feuchtigkeit dringt durch die zu dünnen Sohlen seiner Schuhe. Wo ist der Ball? Was macht er überhaupt hier? Er könnte sich ohrfeigen, besser noch jemand anderen. Hajo

Süppel, Erich Schlindwein, irgendeinen, der sich nicht richtig wehren kann. Wo ist jetzt der verschissene Ball? Lorenz sieht sich um. Katrin steht vor Schönleben, der steht hinter ihr und hält ihre Arme. Die beiden lachen, Schönleben lacht sein Lachen und Katrin ihrs. Er kann sich Schönlebens blitzeblaue Augen jetzt schon vorstellen, und er, Lorenz, steht blöd in der Gegend herum mit einem Golfschläger in der Hand, vorgeblich auf der Suche nach einem Ball. Schönleben mit der ältesten Nummer der Erde. So hat Adam schon Eva rumgekriegt. ›Ich zeig Ihnen mal, wie Sie das machen müssen mit dem Feigenblatt.‹ Und Katrin ist drauf und dran, darauf reinzufallen! ›Ich lern das nie!‹, kichert ihr Gesichtsausdruck. Lorenz ist zu weit weg, um wirklich etwas zu hören.

Mal sehen, wie der Schönleben gleich grinst, wenn er den Golfschläger im Gesicht hat, denkt es in Lorenz. Ganz ohne Zähne grinst es sich bestimmt anders. Schönleben und Katrin holen lachend aus. Besser 'n Linksdrall beim Golf als 'n Vollknall beim Reden. Lorenz' lahmes Hirn spuckt erst jetzt einen ersten Antwortvorschlag an Schönleben aus. Aber dem muss man ganz anders kommen. Nicht locker flapsig. Vielleicht, denkt Lorenz, sollte ich die Pleite-Frisur ins Spiel bringen, einer von den angeblichen Investoren, die Schönleben hier so munter auftischt. Wie heißt der noch? Schönlebens Arme auf Katrins Armen sausen durch die Luft. Götz Ludwig Klarenberg. So heißt der, der ist nämlich pleite, den reibe ich Schönleben schön unter die Nase, denkt Lorenz, dann spürt er links neben seinem linkem Auge einen Schlag, und Sekundenbruchteile später wird es schwarz in und um Lorenz. Er fällt auf den Boden, gerade und präzise wie eine Schranke. Hände und Arme wollen nichts abfedern. Lorenz landet mit dem Gesicht voran auf dem Gras.

Die Schrecksekunde dauert länger. Dass jemand auf einer offiziellen Veranstaltung wie dieser einfach umfällt, ist eigentlich nicht vorgesehen. Da weiß man nicht, wie man reagieren soll. Katrin läuft los und Schönleben hinterher und dann auch die anderen. Die Platzwunde neben Lorenz' Augenbraue hat ordnungsgemäß angefangen zu bluten. Alle stehen oder hocken ratlos neben Lorenz. Ratschläge und Tipps gehen durcheinander.

»Die Beine hochlegen!«

»Nee, den Kopf!«

»Irgendwas sollten wir auf jeden Fall hochlegen.«

»Auf keinen Fall den Kopf hochlegen, wegen dem Erbrochenen!«

»Er bricht doch gar nicht.«

»Noch liegt der Kopf ja auch nicht hoch!«

Erste Hilfe ist bei allen lange her. Man hat mal was im Fernsehen gesehen, man hat einen Schwager, der Arzt ist und mal was gesagt hat. Marlis Zerfeld misst den Puls. Am Hals kann sie keinen fühlen, vielleicht am Handgelenk. Katrin sucht ihr Handy. Kleinert warnt, wenn man jetzt den Notarzt ruft, solange der Oberbürgermeister noch da ist, dann steht's morgen in der Zeitung. Marlis Zerfeld kommt auf einen Puls von 16. Jemand kennt einen Hausarzt ganz in der Nähe, den er mal anrufen kann. Marlis hat vergessen, dass der Puls sich auf eine Minute bezieht, sie also die 16 noch mit vier multiplizieren muss. Katrin horcht an Lorenz' Brustkorb. Keiner traut sich an eine Mund-zu-Mund-Beatmung. Herzmassage? Olschewski war neulich bei einer Thai-Massage, sagt er, unerschütterlich munter, das hat sein Herz auch wieder flottgemacht. Einer hat was von Fußzonenreflexmassagen gehört. Schönleben fasst an und richtet Lorenz auf. Schlaff und schlapp hängt er in Schönlebens Armen. Blut tropft aufs Gras. Der Golfball, der Lorenz getroffen hat, liegt in aller Unschuld da.

»War ja abzusehen, dass der Brahmkamp wieder Ärger macht«, sagt Kleinert so leise, dass Katrin es nicht hört.

Olschewskis Erste Hilfe besteht darin, dass er Lorenz mit der flachen Hand durchs Gesicht patscht. Mit Erfolg. Lorenz öffnet die Augen ein kleines Stück. Das Licht strahlt grell in seinen Kopf. Was ist passiert? Da steht ... wie heißt der noch? ... Kleinert heißt der, während er selbst sitzt, er sitzt, es ist feucht am Hintern und im Gesicht, der Kopf schmerzt von außen und innen.

»Da isser ja wieder!«, sagt eine Stimme.

Lorenz versucht sich zu erinnern. Katrin. Der Inder. Der Drachen in der Luft. Schönleben. Das Feuchte in seinem Gesicht ist Blut, stellt er fest, als er mit den Fingern die schmerzende Stelle befühlt.

»Was machst du denn für Sachen?«, fragt Katrin, erleichtert und besorgt, ihr Gesicht taucht in seinem Blickfeld auf. Er fühlt sich wie am Morgen nach einer durchsoffenen Nacht. »Du bist genau in den Ball gelaufen«, sagt Katrin.

»Alles wieder paletti!«, sagt eine Stimme hinter ihm.

Lorenz registriert, dass er in den Armen von Schönleben hängt. Jetzt ist Lorenz wieder im Bilde. Katrins Arme unter Schönlebens Armen, so war's, und er wollte diesem Bananenbieger Bescheid stoßen, dieses affige Theater, wie er hinter Katrin gestanden hat ...

»Dieses Affentheater«, sagt Lorenz laut, für alle völlig überraschend. »Dieses totale Affentheater ...« Er hatte doch noch ein Argument! Lorenz versucht sich zu erinnern. »Der Klarenberg zum Beispiel ist doch längst pleite, das weiß ich! Götz

Ludwig Klarenberg.« Sein Gehirn funktioniert wie eine Eins. Er sieht in perplexe Gesichter. Auch Olschewski ist für einen Moment sprachlos. Die haben wohl nicht damit gerechnet, dass er so schnell schon wieder so klar ist, denkt Lorenz. Ist er aber. Lorenz weiß genau, was er sagen wollte, bevor er umgekippt ist. »Sie machen hier rum, auf große Hose … dicke Hose … dabei ist da nichts drin … dahinter! Ich weiß doch Bescheid! Über den Klarenberg! Und auch sonst.« Lorenz fühlt sich fit, er wird dem Schönleben die Meinung sagen, so wie er das vorgehabt hat, er muss sich nur umdrehen, dann kann er es ihm direkt ins Gesicht sagen.

»Und ich will Ihnen noch was sagen …«, sagt Lorenz und sackt dann erneut zusammen.

13

Als er das nächste Mal wach wird, sitzt er auf einer Couch. Sie fährt, ruhig und sanft und sicher. Nein, es ist ein Auto, stellt Lorenz fest, er sitzt in einem Auto. Es riecht nach Leder. Nach ein paar Momenten weiß er wieder, dass er umgefallen ist, draußen auf dem Gras.

»Keine Sorge«, sagt Schönleben am Steuer, »wir sind gleich da.«

»Wo?«

»Krankenhaus. Ich bring Sie ins Krankenhaus ...« Schönleben ist freundlich. »Womöglich haben Sie eine Gehirnerschütterung. Da sollte man kein Risiko eingehen.«

Lorenz' Kopf dröhnt. Seine Jacke und seine Hose sind voller Gras- und Blutflecken. Er hat keine Ahnung, wie viel Zeit vergangen ist, seit er umgefallen ist. Lorenz versucht sich zu erinnern. Hat er nicht dem Schönleben ordentlich eins mitgegeben? Hat er den nicht beschimpft? Warum sollte der ihn dann aber so nett ins Krankenhaus fahren? Wahrscheinlich spielt ihm sein Gedächtnis einen Streich. Wahrscheinlich hat er nichts gesagt.

Von der Rückbank des Wagens sieht er einmal mehr die abgekauten Fingernägel von Schönleben auf dem Lenkrad und im Rückspiegel Schönlebens Augen. Nur die Augen. Wie im *Tatort*-Vorspann. Schönlebens Augen sehen ihn über den Rückspiegel an. Er erinnert sich nicht mehr richtig, warum er umgefallen ist.

»Wie fühlen Sie sich?«

»Als hätten mir beide Klitschkos eine reingehauen …« Lustig geht also schon wieder. Im Vergleich zu seinem Corsa ist dieser Wagen hier unglaublich leise. Man sitzt hoch und sicher und weich. Er könnte ewig so gefahren werden. Reich sein ist vermutlich nicht so schlecht. Man hat ein perfektes Badezimmer und eine Couch auf Rädern. »Was genau ist eigentlich passiert? Ich weiß gar nichts mehr …« Als hätte ihm jemand ein Stück Gedächtnis entfernt.

»Sie sind direkt in einen Golfball gelaufen«, sagt Schönleben und bringt ihn auf Stand. Katrin hat den Corsa genommen und fährt damit zum Krankenhaus, aber im Corsa war die Rückbank vollgerümpelt, deswegen hat er angeboten, Lorenz zu fahren. Schließlich fühle er sich an dem Unfall irgendwie mitschuldig.

Schönleben sagt noch mehr, aber Lorenz kann nicht mehr zuhören. Der Corsa. Vollgerümpelt. Richtig. Da waren noch Verpackungsüberreste vom Duschtempel drin. So war's. Er hat im Badezimmer versucht, eine Duschkabine aufzubauen. Dann ist er mit Katrin zur alten Bauschuttdeponie gefahren. Das Wellnesshotel. Er erinnert sich. Die Golfschläger, die Schönleben verteilt hat … In seinem Kopf hat einer die Memorykarten durcheinandergemischt.

Schönleben parkt vor dem St.-Marien-Krankenhaus. Alte Männer in alten Bademänteln stehen rauchend davor. Jemand zieht einen fahrbaren Ständer mit einem Tropf hinter sich her. Lorenz hat das Gefühl, dass es um ihn nicht so schlimm bestellt ist, dass er hier sein müsste. Für einen Moment steht er unschlüssig vor dem verwirrenden Wegweiser des Krankenhauses. Schönleben weiß aber schon Bescheid, er nimmt ihn vorsichtig am Arm und bahnt sich einen Weg zur Notaufnahme. Der weiß immer, wo's langgeht, denkt Lorenz. Durch den speziellen Krankenhausgeruch fühlt sich Lorenz gleich schlechter als noch in Schönlebens Auto. Er muss ein Formular ausfüllen.

»Was ist denn passiert?«, fragt ein Pfleger, uninteressiert, als würde er in einem Drive-Through die Bestellung aufnehmen.

»Ich habe einen Kopfball an den Golf bekommen«, sagt Lorenz und braucht eine Sekunde, um seinen Fehler zu bemerken.

»Er hat vielleicht eine Gehirnerschütterung!«, assistiert Schönleben, und der Pfleger nickt und macht sich eine Notiz.

»Ich brauch' noch die Krankenkasse, und Sie müssen diese Seite auch ausfüllen«, sagt der Pfleger, und Schönleben sagt: »Darum kümmere ich mich schon. Er braucht einen Arzt, und ich würde es sehr begrüßen, wenn Sie das jetzt möglich machen könnten.« Er bleibt freundlich. Es ist eine leichte Verschiebung im Ton, die den Pfleger aufblicken lässt, wo ihn Schönlebens Augen treffen.

Der Pfleger nickt und greift zum Telefon. »Nehmen Sie da vorne schon mal Platz«, sagt er verunsichert.

Lorenz und Schönleben sitzen im Wartebereich und spiegeln sich in der Glastür, die sich ab und an von Geisterhand öffnet und bekittelte Menschen austreten lässt, oder Leute, denen man die frischen Verbände ansieht. Im Spiegelbild sind er und Schönleben ein ulkiges Gespann, ein seltsames Paar, findet Lorenz, wie Walther Matthau und … wie hieß der andere noch? Oder wie Kylie Minogue und Nick Cave … Nick Cave, auf den Namen muss man erst mal kommen … sein Gehirn funktioniert doch einwandfrei, oder, ein anderes Gespann, die Maus und der blaue Elefant, der viel kleiner ist als die Maus, aus der *Sendung mit der Maus* … Vielleicht ist sein Gehirn doch erschüttert worden, denkt Lorenz und versucht sich zu konzentrieren. Gleich wird einer von den Bekittelten kommen und alles wieder in Ordnung bringen.

»Was Sie da vorhin über den Klarenberg gesagt haben, das hat mich ein bisschen überrascht«, sagt Schönleben plötzlich.

»Götz Ludwig Klarenberg«, sagt Lorenz mit fester Stimme. Der lag in der Zeitung auf dem Badezimmerboden. Das Gehirn funktioniert.

Schönleben nickt. »Über den wissen Sie Bescheid, hm?«

Lorenz nickt nur leicht, nicken tut noch weh. »Götz Ludwig Klarenberg und Manhattan!« So war's, so hieß die graue Fugenmasse auf der Zeitungsfrisur.

Schönleben sieht ihn an: »Manhattan? Woher wissen Sie denn von der Geschichte?«

Lorenz kapiert zum ersten Mal, was das heißt, wenn man sagt, jemanden mit ganz neuen Augen sehen. Denn es sind zwar noch die alten königsblauen Schönlebenaugen, in die er jetzt sieht, aber sie haben einen neuen, einen noch nicht gesehenen Ausdruck. »War beides in der Zeitung«, sagt Lorenz.

Schönleben schaut, als wolle er Lorenz bis auf den Grund seines Schädels sehen. »In der Zeitung ...« Schönleben wiederholt das, und Lorenz sieht ihn mit kindlichem Stolz an. Funktioniert alles wieder in seinem Oberstübchen. »Ich hab Sie unterschätzt«, sagt Schönleben. »Aber der Klarenberg hat mit der ganzen Manhattan-Geschichte nichts zu tun. New York war dem eine Nummer zu groß.«

Lorenz hat das Gefühl, dass er nicht richtig folgen kann. Aber nachfragen oder widersprechen ist zu anstrengend. Also sagt er nichts. Schönleben deutet das als Zeichen einer unvermuteten Coolness.

»Okay, raus mit der Sprache, was wissen Sie noch?«

Im Grunde ist eigentlich alles wieder da, denkt Lorenz, der

Baumarkt, das Badezimmer, der zukünftige Golfplatz. Die Memorykarten sind wieder sortiert, deswegen sagt Lorenz langsam: »Alles, ich denke, ich weiß alles!«

Schönleben scheint beeindruckt zu sein. »Und was wollen Sie?«

Das ist leicht zu beantworten. »So eine fahrbare Couch wie Sie. Und so ein Badezimmer!«

Lorenz lächelt über die »fahrbare Couch«, Schönleben lächelt über Lorenz' Lächeln und nickt. Er will etwas sagen, aber dann kommt der Pfleger.

»Kommen Sie bitte mit! Der Doktor ist jetzt da!«

Der Doktor ist in Wahrheit noch nicht da, aber Lorenz wird in ein Behandlungszimmer gebracht, soll auf der Liege Platz nehmen und warten. Jetzt, allein, ohne Schönleben, setzt bei Lorenz der alte Krankenhaus-Fluchtreflex ein. Er will weg. Das Zimmer sieht aus wie eine alte, billige IKEA-Küche ohne Herd. Ehemals weiße Schränke, schmucklose Kacheln. Eine Spüle, und statt Kochutensilien liegen hier jetzt Einmalhandschuhe, Wattestäbchen und Desinfektionsmittel. Die Fenster sind vergittert, was noch mehr dazu führt, dass Lorenz wieder rauswill.

Im Nebenzimmer krakeelt ein Mann, er habe dieses Mal ganz sicher Aids oder Mumps, irgendwas mit s am Ende auf jeden Fall, es sei ja alles geschwollen und er müsse deswegen hierbleiben, zur Beobachtung. Eine andere männliche Stimme erklärt dem Mann geduldig, dass das Krankenhaus kein Hotel sei und er nichts für ihn tun könne. Er sei obdachlos, aber gesund. Leider. Nichts zu machen. Wiedersehen.

Der Besitzer der zweiten Stimme kommt anschließend zu Lorenz und stellt sich als Doktor Vogt vor, ein kleiner, müder, rundlicher Mann, in dessen Glatze sich das Deckenlicht spiegelt. »Was ist denn passiert«?

»Ich bin direkt in einen Golfball gelaufen.« Lorenz wiederholt das, was Schönleben über den Unfall gesagt hat. Er selbst kann sich nicht mehr erinnern, aber er will unbedingt nach Hause und nicht womöglich noch tagelang im Krankenhaus bleiben.

Dr. Vogt leuchtet Lorenz mit einer winzigen Taschenlampe in die Augen und pendelt mit seinem Zeigefinger vor Lorenz' Gesicht.

»Ich fühl mich schon wieder topfit!« Lorenz versucht ein selbstbewusstes Lächeln.

Dr. Vogt tupft Desinfektionsmittel auf die Platzwunde an Lorenz' Schläfe. »Wissen Sie, was für ein Wochentag heute ist?«

Meint der das ernst? »Ich glaube, September.« Lorenz wartet auf die Reaktion von Dr. Vogt. »War Spaß«, sagt Lorenz, als Dr. Vogt nicht anfängt zu lachen, »heute ist Donnerstag, gestern war Mittwoch, und wenn's nicht total scheiße läuft, ist morgen Freitag.«

Dr. Vogt erläutert im genervten Tonfall eines alleinerziehenden Vaters, dass er eine Hirnblutung oder Quetschung ausschließen will und deswegen gucken muss, wie sehr das Gehirn gelitten hat. Zur Sicherheit will er noch Lorenz' Schädel röntgen, aber es kann ein bisschen dauern, bis er drankommt.

Röntgen findet Lorenz überflüssig, denn, wie gesagt, er ist ja schon wieder topfit. Eine große Mütze voll Schlaf, dann ist er wieder so gut wie neu.

»Ihr scheiß Arzt-Nazis, ich geb euch gesund!«, sagt überraschend eine Stimme in der Tür zum Behandlungszimmer. Ein mitgenommen aussehender Mann mit verfilzten Haaren steht dort und schimpft. »Gesund am Arsch!«, sagt er, »ich rauche seit zwanzig Jahren! Das macht Krebs, das steht doch sogar auf der Packung! Ich hab Minimum Krebs! Minimum! Und ihr sagt mir, ich bin gesund! Ihr habt doch keine Ahnung!«

Dr. Vogt bleibt ruhig: »Wie gesagt, ohne dass Sie krank sind, können wir nichts für Sie tun!«

Arzt ist auch kein Zuckerschlecken, denkt Lorenz.

»*Er* hat bestimmt was!«, sagt der Mann mit Blick auf Lorenz, »jede Wette. Weil er 'ne Wohnung hat, ist er schön krank. Aber ich bin bloß 'n Penner, *ich* bin gesund!«

Dr. Vogt klopft unbeeindruckt mit einem Hämmerchen auf Lorenz' Knie.

»Er will hierbleiben, ich will weg!«, sagt Lorenz und versucht ein Lächeln, während der Mann in der Tür anfängt, sich auszuziehen.

»Ich geh jetzt nackig raus in den Regen und hol mir 'ne fette Lungenentzündung, zur Strafe. Ich huste euch meine Lunge auf den Boden, aber dann will ich nix hören …« Er verheddert sich bei den Knöpfen zum Hemd, bei der Hose geht's leichter, die rutscht ihm ohne Probleme von den Hüften und faltet sich wie eine Ziehharmonika über seinen Schuhen. Dr. Vogt hat offenbar schon Schlimmeres gesehen. Er geht zu einem Telefon und wählt in aller Ruhe eine Nummer.

»Wir waren ja im Prinzip durch, oder?«, sagt Lorenz schnell und hüpft von der Liege. Er flüchtet.

Draußen im Wartebereich sitzt jetzt Katrin da, wo zuvor Schönleben gesessen hat. Ein beruhigender Anblick. Sie streicht ihm über den Kopf, in dem das erschütterte Gehirn von Lorenz aufbewahrt wird.

»Alles halb so schlimm«, sagt Lorenz und wiederholt seine eigene Diagnose. »Mütze voll Schlaf und fertig«.

Katrin ist nicht so erleichtert, wie er gedacht hat. »Doch, ich bin natürlich froh, wenn alles okay ist«, sagt sie, »aber der Kleinert war stinksauer!«

Lorenz kapiert gar nichts, und Katrin erzählt, wie er den Schönleben angepfiffen hat und dass der Kleinert da ganz blass geworden ist, weiß wie ein Glas Milch. Und auch sie habe schon gedacht, es würde wieder so ausgehen wie bei Hajo Süppel. »Was sollte die Nummer denn überhaupt?«

Das angeschlagene Gehirn von Lorenz versucht zu verarbeiten, was er hört. »Irgendwer ist pleite, hast du geschrien«, sagt Katrin, »und dass Schönleben nichts in der Hose hat oder so!«

Die Synapsen arbeiten auf Hochtouren. Der Klarenberg! Deswegen hat Schönleben gerade noch mal nachgefragt. Lorenz kann sich nicht erinnern, warum er Schönleben wegen Klarenberg so angeschnauzt hat. Der Kleinert jedenfalls habe getobt, sagt Katrin, vom Rausschmeißen habe er gesprochen und vom letzten Tropfen, der noch gefehlt habe. Lorenz hört nicht mehr zu, es ist viel los in seinem Kopf. Er steht wieder auf und geht zurück durch die Glastür.

Er sucht und findet Dr. Vogt, der gerade eine Frau begutachtet, die merkwürdige Pusteln an den Armen und am Gesicht hat. »Das müssen die Scampi gewesen sein«, sagt die Frau und röchelt, »gegen Schalentiere war ich schon mal allergisch.«

»Folgendes Ding«, sagt Lorenz, indem er nahtlos an die Diagnose der Patientin anknüpft, »ich glaub, ich hab doch das, was Sie vorhin meinten, das mit der Gehirnquetschung, und super wäre, wenn Sie mir das schriftlich geben könnten …«

Der müde Dr. Vogt zählt vermutlich die Minuten bis zum Schichtende, die Pustelpatientin ist dagegen sofort empört: »Hallo?! Ich hab hier grad 'ne Allergie!« Lorenz redet weiter:

»Wegen meinem Chef, da könnte ich einen kurzfristigen Gehirnschaden jetzt doch gut gebrauchen.«

»Sie sind vorhin gegangen«, sagt Dr. Vogt und wirkt unendlich erschöpft.

»Ja, eben, das ist ja schon ein Zeichen, dass was nicht stimmt!«

Die Frau läuft noch weiter rot an: »Ich brauche Cortison!«

»Ich hab keine Ahnung, was für ein Tag heute ist«, sagt Lorenz, »Donnerstag war vorhin einfach nur geraten!«

Die pustelige Frau atmet schwer, und Dr. Vogt wirkt so, als würde er sich am liebsten selbst eine Spritze setzen, die ihn von all dem erlöst.

»Kommen Sie, Doktor, gerade wollten Sie doch selber noch röntgen!« Lorenz verlegt sich aufs Betteln.

»Ich dreh gleich durch!«, sagt die Frau, und Dr. Vogt geht erneut gelassen zum Telefon und wählt, während die Allergie-Frau und Lorenz abwechselnd ausfallend werden. Es fallen die Begriffe »Hirni« und »Scampi-Schlampe«, und als Katrin dazukommt, ist Lorenz gerade im Begriff, sich auszuziehen. Das sei hier so üblich, um überhaupt was zu erreichen, diagnostisch.

Katrin sieht ihn überrascht an. »Was ist denn los mit dir?«, sagt sie, und allein ihr Auftauchen bewegt Dr. Vogt dazu, den Hörer wieder aufzulegen.

14

Herr Kleinert kann fliegen. Er trägt diese unverwüstlichen Wanderschuhe, die speziell für Lehrer und Verwaltungsangestellte hergestellt werden und nicht ohne Grund nach dem Teufel benannt sind. Kleinerts Mephisto-Schuhe sorgen dafür, dass er einen halben Meter vom Boden abheben kann. Er schwebt hinter Lorenz her, der sich bemüht wegzulaufen, aber keine Chance hat. Kleinert ist schneller. »Sie können sich warm anziehen!«, ruft Kleinert und ruft noch mehr, während Lorenz versucht, sich mit Marlis Zerfelds wallendem Mantel warm anzuziehen.

Dann wird Lorenz wach. Häppchenweise. Marlis Zerfelds Mantel ist seine Bettdecke, und irgendwas glibbrig Weiches ist in sein Gesicht gerutscht. Es sind Würmer. Ich bin also tot, denkt Lorenz, aber nein, es ist … tatsächlich Fleischsalat. Lorenz erinnert sich schwach, am Vorabend die Packung aufgerissen zu haben, nach dem Krankenhaus und nachdem Katrin ihn heimgefahren hat.

Kleinert redet immer noch. Vielleicht träume ich auch nur, wach zu sein, denkt Lorenz, aber der Fleischsalat ist definitiv kein Traum. Lorenz braucht noch einen Moment, bis er versteht, dass er wirklich wach ist und Kleinert gerade im wahren Leben auf den Anrufbeantworter spricht.

Lorenz wuchtet sich aus dem Bett. Er hat Mayonnaise im Haar. Draußen ist die Sonne schon recht weit gekommen. Es muss beinah Mittag sein. Der Küchenchef empfichlt heute: fast frischen Lorenz auf einem Bett von Fleischsalat. Wenigstens ist er krankgeschrieben. Dafür hat die großartige Katrin bei Dr. Vogt noch gesorgt, daran erinnert sich Lorenz. Der Arzt hat ihm sogar noch Schmerzmittel mitgegeben, aber da Männer weder Bauanleitungen noch Beipackzettel lesen, weil sie alles von selber wissen, und zwar besser, hat er die Dosierung der Pillen selbst übernommen und ist entsprechend in eine Art Koma gefallen, noch während er mit dem Fleischsalat beschäftigt war. Jetzt hat er also seine erste Nacht mit einem Fleischsalat verbracht, dem guten natürlich, mit Gurke und Ei. Das Zeug klebt überall.

Das hier, jetzt, das müssen die vielzitierten »schlechten Zeiten« sein, für die man bei der Eheschließung immer auch mitunterschreibt. Nur, dass die Hochzeit meistens zu den »guten Zeiten« gehört, in denen sich keiner vorstellen kann, dass man eines Tages mit schmerzendem Schädel in einer halben Packung Fleischsalat aufwacht. Ehen sollten deswegen nur in gottserbärmlichem Zustand geschlossen werden können, findet Lorenz, während er sich ins Badezimmer schleppt. Glücklich sein und zusammenhalten kann ja jeder. Jetzt hier ist keiner da.

Allerdings hat Katrin ihn bei Dr. Vogt so was von rausgehauen, als er auf dem besten Weg war, sich vollständig zum Affen zu machen. Sie hat der blöden Allergienudel mit ihren Scampipusteln noch ein paar passende Worte mit auf den Weg gegeben und ihn anschließend nach Hause gefahren. Sie hat sogar angeboten, ihn ins Bett zu bringen, aber er hat in den Clint-Eastwood-Modus geschaltet und erzählt, dass Elefanten zum Sterben allein in den Dschungel gingen, und so elefantig würde er es jetzt auch halten, zumal oben nicht aufgeräumt sei.

Lorenz hat eine bestimmte Vorstellung von Katrins Comeback in der Wohnung, grandios soll es werden und unwiderruflich. Augenblicklich waren aber weder er noch die Wohnung in einem grandiosen Zustand, deswegen verzichtete Lorenz auf Katrins Fürsorge, auch wenn er es sofort bereute, als er die Wohnungstür aufschloss und das einsame, lieblose Durcheinander sah, in dem er zur Zeit wohnte. Katrins Abwesenheit wurde mit Fleischsalat und Bier bekämpft, und insbesondere Letzteres war wohl, in Kombination mit den Schmerzmitteln, keine gute Idee. In schlechten Zeiten sollten die allerwenigsten Männer allein sein. Wahrscheinlich nicht einmal Clint Eastwood.

Lorenz befühlt die Platzwunde an der Schläfe, auf die ihm Dr. Vogt ein ziemlich großes Pflaster geklebt hat. Er muss natürlich noch immer die Dusche festhalten, und natürlich steht das Badezimmer anschließend unter Wasser. Er setzt extra starken Kaffee auf. Das rote Lämpchen am Anrufbeantworter blinkt aufgeregt. Ich, hier, ich, sagt es, ich bin auch noch da!

Seit Katrin ausgezogen ist, ruft eigentlich kaum noch jemand an. Hin und wieder will irgendwer Lorenz eine Versicherung oder einen Telefonanbieter ans Herz legen, aber ansonsten empfängt ihn der Anrufbeantworter abends meistens mit einer vorwurfsvollen Null im Display. Du Null, ich null, sagt er zu Lorenz, der daran glaubt, dass auch Dinge ein Eigenleben haben.

Die meisten Bekannten haben sich auf Katrins Seite gestellt. Sandra und Heiko, Timo und Claudia, oder auch die sich endlos vermehrenden Fuhrmanns, die allesamt den harten Kern des Bekanntenkreises bildeten, hatte ohnehin Katrin mit in die Ehe gebracht. Entsprechend sind sie auch bei Katrin geblieben, wie natürlich auch ihre Freundinnen. Für die war Lorenz sowieso nur so etwas wie ein unglücklich ausgewählter Sessel, der unübersehbar in Katrins Wohnung stand, an den man sich aber im Laufe der Zeit gewöhnte. Im Kreis der Freundinnen hatten Männer ohnehin eher den Status von Kindern. Man konnte sich darüber unterhalten, was sie jetzt wieder angestellt hatten, aber neue Bücher, Filme, Serien, Schuhe, Rezepte gegen Rückenschmerzen oder für Bananenbrot hatten mindestens denselben Stellenwert.

Lorenz' bester Freund Jochen ist dagegen vor Jahren schon nach Schwerin gezogen und damit praktisch von der Bildfläche verschwunden. Schwerin ist so was wie der Islam oder Hiphop. Eigentlich nur was für Leute, die damit aufgewachsen sind. Da kann man nicht mit Ende dreißig dazustoßen, ohne merkwürdig zu werden. Und so ist auch Jochen merkwürdig geworden, als zugezogener Schweriner beschäftigt er sich jetzt mit Erdstrahlen. Er ist seit neuestem Geopathologe und verdient sein Geld damit, »Begehungen« durch die Wohnungen fremder Leute zu machen, um ihnen dann zu erklären, warum sie nachts stark schwitzen oder morgens Kopfschmerzen haben. Gespräche mit Jochen sind seither mühsam.

Lorenz' Jugendfreunde Dumbo, Torsten und Sven sind mittlerweile Väter mit Bäuchen, mit denen er ab und an ein Bierchen trinkt, die aber als Männer selbstverständlich nicht auf die Idee kommen, ihn anzurufen, um zu plaudern. Und ab vierzig neue Freunde zu finden, allein, ist fast ausgeschlossen. Man findet ja heutzutage auch keine neuen Kontinente mehr.

Katrin ist auf dem Band, er soll sich bitte melden, wenn er wieder wach ist, und dass sie für solche Fälle doch wieder einen Schlüssel haben will. Gute, beste, einzige Katrin. Dann Kleinert. »Mir ist es egal, ob Sie krankgeschrieben sind oder nicht«, hustet er aufs Band, »was Sie sich mit dem Schönleben geleistet haben …« Sein Chef verschluckt sich beim Beschimpfen, aber das Wort »Kuhhaut« ist hinten wieder deutlich zu verstehen, so dass Lorenz sich den Rest denken kann. Auch der Satz mit dem »warm anziehen« fällt, den Lorenz in seinen Traum eingebaut hat.

Lorenz hat bis dahin erfolgreich verdrängt, was Katrin ihm im Warteraum des Krankenhauses erzählt hat. Den Schönleben hat er offenbar angeschrien, vor allen Leuten. Völlig grundlos, wie Katrin meinte. Es sei zweifelhaft, ob der jetzt immer noch so große Stücke auf Lorenz halte, hat Katrin gesagt und dass sie keine Ahnung habe, warum er so ausgeflippt sei. Noch immer hat Lorenz keine genaue Erinnerung daran, was auf dem zukünftigen Golfplatz eigentlich passiert ist, aber der Ton, den Kleinert auf dem Band anschlägt, ist bedrohlich. »Ich bin es endgültig leid«, krächzt er, alle juristischen Schritte wird er prüfen lassen.

Lorenz drückt die Löschtaste, um Kleinert nicht länger zuhören zu müssen. Er geht in seinem angeschlagenen Kopf alle möglichen Ausreden durch, die er Kleinert auftischen könnte, aber der musste beim letzten Mal schon Theresa schlucken. Das zu toppen wird nicht einfach. Andererseits hat Schönleben ihn ja gestern noch zum Krankenhaus gefahren und ihm dabei keine Vorwürfe gemacht, soweit er sich erinnert. Ganz so schlimm kann es ja dann auch nicht gewesen sein.

Er nimmt noch zwei Schmerztabletten von Dr. Vogt und entscheidet sich für seine beste und sauberste Cargohose, für ein unauffälliges Hemd und das Jackett, das Katrin ihm ausgesucht hat. Dann fährt er ins Büro.

Der Westerwald ist wieder da. Er hat seine alte Wand wieder in Besitz genommen. Lorenz ist einen Augenblick lang sprachlos, als er die Postkarten sieht. Er ist ohne besondere Absicht in sein Büro gegangen, eigentlich nur aus Gewohnheit. In seinem Postfach lag Hauspost, die er kurz auf seinem Schreibtisch zwischenlagern wollte. Jetzt sitzt Erich Schlindwein triumphierend vor jeder Menge Grüße aus Michelstadt, Hachenburg, Butzbach und Steinheim.

Noch schlimmer ist, dass Erich Schlindwein lächelt. Dieses Gesicht, das womöglich seit Jahren nicht zum Lächeln benutzt worden ist, dessen dafür nötige Muskeln eigentlich längst verkümmert sein müssten, dieses Gesicht lächelt. »Mit Ihnen hätte ich nicht gerechnet«, sagt Schlindwein mit seiner Version von Süffisanz.

»Mit mir muss man aber immer rechnen«, sagt Lorenz matt.

Offenbar geht Schlindwein nicht davon aus, dass Lorenz krankgeschrieben ist, sondern gar nicht mehr wiederkommt, erledigt ist, wie eine Akte. Das ist kein gutes Zeichen. Schlindwein ist für gewöhnlich nicht am Flurfunk angeschlossen. Das, was die Spatzen von den Dächern pfeifen, ist für den Taubenexperten Erich kein Thema. Wenn also selbst Erich Schlindwein schon mitbekommen hat, wie die Zeichen für Lorenz Brahmkamp stehen, dann stehen sie verdammt schlecht. Er hätte nicht nur die beiden Schmerztabletten frühstücken sollen, merkt Lorenz jetzt. Ihm ist flau.

Frau Dressel ist abweisend wie moderne Architektur. Sie hackt und hackt und hackt wichtig in ihren Computer. »Nein, Herr Kleinert hat keine Zeit«. Das kann sie so sagen, als wäre jede Silbe ein modriger Pilz, den sie wieder aus dem Mund befördern muss.

»Es geht ganz schnell«, sagt Lorenz, in die betonierte Frisur hinein.

Aussichtslos. Hack, hack, hack machen Frau Dressels Finger auf der Tastatur.

»Es ist wichtig!«

Hack hack hack.

Wann es denn wieder einen Termin gibt, will Lorenz wissen.

Jetzt hört sie auf zu tippen. »Nach allem, was Sie sich geleistet haben?!« Abscheu, als hätte er beim Hochamt gerülpst. Als hätte er behauptet, sie habe Spaß bei der Arbeit gehabt, oder ähnliche Unerhörtheiten.

»Ich hab einen Golfball an den Kopf bekommen! Ich hatte eine Gehirnquetschung!« Er zeigt auf sein großes Pflaster am Kopf.

Aber Frau Dressel ist nicht überzeugt. Augen wie bei Madame Tussauds. Lebensecht, aber leblos. »Vielleicht erzählen Sie das Herrn Schönleben. Der hat hier nämlich heute Morgen angerufen.«

Sie kann auch »angerufen« sagen, dass es klingt, als habe Schönleben Kleinert telefonisch in die Luft gesprengt, und sie weiß, wer daran die Schuld hat. Lorenz ist verwirrt, alarmiert und deprimiert. In unterschiedlichen Schichten übereinander, wie bei einem Latte macchiato, liegen all diese Stimmungen in seiner Seele.

Mirek, der polnische Hausmeister, fährt mit Lorenz im Aufzug. »Hab ich schon geheert«, sagt er mit schwerem Akzent und weist auf das Pflaster an Lorenz' Kopf, »war Golfschlägerei!«

Mirek ist eine Art Schwarzes Brett auf Füßen. Sein immer noch mangelhaftes Deutsch steht seiner Neugier nicht im Weg, im Gegenteil. Er improvisiert den Tratsch einfach, wenn er nicht alles versteht. Mirek ist quasi der Miles Davis des Stadthausklatsches. »War Streit wegen Geld«, stellt er jetzt fest, als sei er dabei gewesen. »Geld, Frau, Politik macht immer Ärger.« Solche Erkenntnisse bekommt man exklusiv und kostenlos zwischen dem fünften und dem zweiten Stock. »Kann man nix machen. Hat Herr Kleinert längere Hebel! Er Chef, Sie Wurst.« Mirek schüttelt Lorenz' Hand. »Ist schade! Aber sind Sie noch jung! Geht Leben immer weiter, bis es nicht mehr weitergeht.« Mehr Weisheiten lassen sich kaum in eine kurze Aufzugfahrt pressen. Anscheinend ist Lorenz' Abgang schon von allen Seiten beschlossen. Zum ersten Mal hat er das Gefühl, dass es durchaus ernst werden könnte. Ganz langsam steigt etwas in seinem Hals hoch, während er nach unten fährt.

»Dann fährst du jetzt zum Schönleben und entschuldigst dich«, sagt die praktische Katrin.

Sie stehen vor ihrem Büro auf dem Flur. Hin und wieder kommt jemand aus einem der anderen Büros oder aus dem Fahrstuhl, und alle scheinen zu wissen, was los ist. Kollegen sind schneller als das Internet. Und so zuverlässig wie die Bibel. Wie bei den Evangelisten macht jeder seine eigene Version der Ereignisse.

»Lass dir was einfallen, du kommst doch sonst immer mit irgendeiner Geschichte um die Ecke.«

Es tut gut, Katrin zu sehen. Zuverlässig, unerschütterlich.

»Und so einfach rausschmeißen können die dich doch gar nicht.«

Sie wirkt so zuversichtlich, munter und heiter, dass Lorenz erst nach einiger Zeit merkt, dass sie in Wirklichkeit genau das Gegenteil ist und einfach nur versucht, sich nichts anmerken zu lassen. Es ist wirklich ernst.

»Vielleicht sag ich, ich hab Tourette. Ab und an verselbständigt sich das innere Arschloch und übernimmt mein Sprachzentrum.«

Katrin verzieht die Mundwinkel zu einem Lächelversuch.

»Ich weiß aber auch nicht, was dich geritten hat, da so rumzubrüllen«, sagt sie, und Lorenz merkt noch einen Unterton: Enttäuschung. Er hat es mal wieder nicht geschafft. Hat eine im Grunde ganz einfache Aufgabe nicht hingekriegt, eine Chance nicht genutzt. Sie hat aufgehört, etwas von ihm zu erwarten.

Er kennt diesen Unterton von seinem Vater. Lorenz hat in der Schule Entschuldigungen gefälscht und fiel auf, als er sich mit zwölf selbst aufwendig eine Entzündung der Eierstöcke attestierte. Schon schlimm in den Augen seines Vaters. Noch schlimmer war, dass Lorenz sich weder für Motoren interessierte noch für Werkzeug, während sein Vater im Keller eine Werkbank hatte, über der an der Wand jedes Werkzeug einen festen Platz hatte. Die Umrisse der Werkzeuge waren extra zu diesem Zweck an die Wand gemalt worden, und Lorenz malte in einem Anfall von Rebellion den Umriss von Brüsten und Penissen daneben. Der kleine Lorenz versuchte, ein Loch in seinem Fahrradschlauch mit Heftpflaster zu reparieren, fuhr später lieber Linienbus als Mofa, trank lieber Fanta als Bier und wurde erwischt, als er versuchte, eine Schallplatte mit dem Titel *The very best of ABBA* zu stehlen. Kurz, er war eine einzige Enttäuschung für seinen alten Herrn, der nicht verstand, warum er so viele Jahre seines Lebens mit Lorenz geteilt hatte, ohne offenbar den geringsten Einfluss auf ihn ausgeübt zu haben.

Dasselbe spürt Lorenz jetzt bei Katrin. Das Kümmern, die Anrufe, das Zureden und Versorgen, das ist alles nur noch Folklore, so wie Katrin an Weihnachten noch in die Kirche geht, ohne aber wirklich zu glauben.

Es ist alles noch wesentlich ernster, als Lorenz bislang gedacht hat. Er muss etwas tun.

15

Schönlebens Auffahrt ist eine Autoschau. Das, was hier rumsteht, ist alleine für ein Grad Erderwärmung zuständig. Audi, Mercedes, BMW, alle jeweils in Groß und Dunkel. Einzig Schönlebens knallroter Porsche sticht heraus. Von den anderen Wagen hat keiner ein Osthofener Kennzeichen. Hannover ist vertreten, Frankfurt, der Hochsauerlandkreis. Auch das noch. Er hätte natürlich vorher anrufen sollen, eine Mail schreiben. Aber Entschuldigungen und Sex funktionieren im persönlichen Kontakt am besten. Lorenz weiß das, er hat beides oft genug mit Katrin ausprobiert. Lorenz parkt seinen Corsa auf der Straße. Auf der Fahrt hat er sich überlegt, was er Schönleben sagen könnte. »Ich habe einen Hirnkatarrh«, zum Beispiel, oder: »Bei mir stimmt die Chemie nicht. Ein leichter Schlag auf den Kopf, und bums, erzähle ich den größten Blödsinn!« Für Helmut Kohl wurde damals ein Blackout erfunden, da wird er doch auch mit irgendeiner Geschichte durchkommen. Lorenz macht sich Mut. Was immer er Schönleben auf der Bauschuttdeponie an den Kopf geworfen hat, war nichts im Vergleich zu dem, was ihm selbst an den Kopf geworfen wurde, ein Golfball nämlich. Er hat sich in den Schlamassel reingeredet, er wird sich auch wieder rausreden. Reden kann Lorenz doch. In Wirklichkeit hat er keine Ahnung, was er sagen soll. Er fühlt sich fremd im eigenen Kopf.

Sein Blick fällt auf das Beet neben der Auffahrt, in dem noch immer die Lücke klafft, die er hineingetreten hat. Ein schlechtes Omen? So ist es losgegangen mit ihm und Schönleben. Einer, der ohne Grund Blumen umtritt, schreit natürlich auch sinnlos Leute an.

Lorenz versucht sich zusammenzureißen. Er muss sich konzentrieren. Jetzt keine Fehler mehr machen! Er versucht die Kameras zu entdecken. Er findet keine, geht aber davon aus, dass Schönleben ihn auch jetzt wieder im Blick hat. Lorenz versucht entsprechend freundlich, nett und harmlos auszusehen. Er flötet, er pfeift.

Der Hund kommt anschließend völlig aus dem Nichts. Ein drahtborstiger, aufgeregter Jack-Russell-Terrier springt um Lorenz herum und kläfft. Lorenz bleibt stehen. Mit Tieren kennt er sich nicht aus.

Als kleiner Junge wollte er einen Hund haben, aber seine Eltern haben ihn runterverhandelt auf einen Hamster, der ihm in seinem ersten Sommer wegen der Hitze so leidtat, dass er ihn samt Käfig in die Kühltruhe steckte, wo es, nach seiner kindlichen Logik, für jemanden mit dickem Fell deutlich angenehmer sein musste. Der Hamster sah das anders und war steinhart gefroren, als Lorenz ihn abends wieder herausholen wollte. Seit diesem Erlebnis hat Lorenz keine Haustiere mehr haben wollen.

Er redet jetzt auf den Terrier ein, der ihn unvermindert ankläfft wie eine Miniaturausgabe von Kleinert. Der Hund ist eigentlich zu klein, um sich wirklich vor ihm zu fürchten, andererseits scheint das Tier sich über seine mangelnde Größe genau im Klaren zu sein und kompensiert das mit Zähnefletschen und aufgeregtem Hin-und-her-Rennen. Eigentlich der perfekte Hund für Schönleben, ebenso energiegeladen, selbst die abstehenden struppigen Haare passen. »Ja, so ein feiner Hund!«, hört Lorenz sich sagen und findet sich selbst albern, zumal der feine Hund unbeeindruckt weiterbellt. »Platz!«, ruft

Lorenz, »sitz!«, und er könnte genauso gut »Schnaps!« oder »Schlips!« rufen oder »Bell weiter!« Vermutlich steht Schönleben vor dem Monitor hinter der Tür und krümmt sich vor Lachen. Sicherheitshalber lacht Lorenz schon mal mit und tut so, als sei der Pinscher ein gelungener Gag, eine Art Mr. Bean auf Pfoten, als täte die Töle Lorenz den Riesengefallen, ein bisschen mit ihm zu spielen. Lustig, der kleine Racker, pantomimt Lorenz in die Richtung, in der er die Kameras vermutet.

Aber endlos lässt er sich von der Fellwurst nicht fertigmachen, die gut und gerne 90 Kilo weniger wiegt als er. Angeblich können die Viecher riechen, wenn man Angst hat. Dann müssten sie eigentlich auch riechen können, wenn man wütend ist. Warum sollte ausgerechnet Wut geruchlos sein? Und wütend ist Lorenz jetzt. Aber der Hund nimmt davon keine Notiz. Im Gegenteil. Er springt nun sogar an Lorenz hoch. Einfach weitergehen. Den Köter ignorieren. Lorenz versucht das, und das Bellen wird sofort einen Halbton tiefer. ›Freundchen, einen Schritt noch!‹, heißt das wohl übersetzt, vermutet Lorenz, und bleibt wieder stehen. Da hat der Mensch ein ungleich weiter entwickeltes Gehirn, war damit dreizehn Jahre lang auf einer Schule, hat anschließend eine Ausbildung absolviert, nur, um sich jetzt von einem halben Meter Hysterie in Schach halten zu lassen. Lächerlich. Hunde sind wie Neonazis, gefährlich, aber doof.

»Guck mal, hier haben wir ein feines Bällchen«, sagt Lorenz und hebt einen weißen Zierkiesel vom Boden auf. Der Hund versucht erfolglos, nach der Hand zu schnappen, Lorenz wirft den Kiesel und hat Glück, dass er keins der Nobelautos trifft, der Hund würdigt die Aktion mit keinem Blick, im Gegenteil, er kläfft eher noch lauter. »Ich muss zum Bellen keine Luft holen«, heißt das, »ich kann die Nummer hier konditionell noch stundenlang durchhalten, und vor allem kann ich einen scheiß Stein von einem Bällchen unterscheiden!«

Lorenz steht jetzt seit mehreren Minuten auf der Stelle und ist am Ende seiner Geduld. »Halt die Fresse!«, schnauzt er den Hund an, der ganz kurz wirklich ruhig ist, nur um dann noch lauter zu werden. Lorenz schnauzt sofort zurück: »Wäddädädädä!«, der Hund lässt sich nicht lumpen und knurrt wie ein großer. Keine zwei Meter von der Stelle, an der er neulich die Blumen umgekickt hat, tritt Lorenz nun auch Schönlebens Jack-Russell-Terrier und trifft ihn so sauber mittig, dass der Hund einen beachtlichen Satz nach hinten in die besagten Blumen macht. Der hintere Teil des kleinen Körpers biegt seitlich weg.

Ein klägliches Quietschen ist zu hören, und auch Lorenz erschreckt sich. Halb erwartet er, dass er den Hund in zwei Teile getreten hat, halb, dass der noch ganz gebliebene Hund sich auf ihn stürzt und mit seinen kleinen spitzen Zähnen zerfleischt. Stattdessen jault das Tier auf, landet auf seinem Hundehintern und sieht verwirrt aus. Weder blutet noch bellt es. Der Hund wird innere Blutungen haben und eingehen, denkt Lorenz, Schönleben am Monitor ruft gerade die Polizei an. Und Kleinert. Das hier jetzt war seine endgültige Beerdigung.

Lorenz merkt, wie ihm warm wird unter dem Jackett. Er muss hier weg, er ist nie hier gewesen, er muss nur seinen Corsa erreichen und Gas geben, er muss jetzt einfach nur … – »Herr Brahmkamp!«

Die Stimme kommt von der anderen Seite des Hauses. Sie haben ihn, denkt er. Das war's! Dieses Mal ist es wieder die Frau des Hauses. Theresa, heute in einer hellen Jeans und einem großgemusterten Oberteil mit wehenden Flügelärmeln, läuft auf ihn zu. Lorenz' Gehirn bringt keine Sätze zustande.

Er hat einen kleinen Hund getreten. Er ist ein Hundetreter. In Spanien oder China wäre das kein Problem, in Deutschland ist es unentschuldbar. Hier kann man Spinnen treten, Schnecken oder Ratten, aber keine Hunde.

»Sie haben Otto gefunden, Gott sei Dank!« Theresa steht jetzt direkt vor Lorenz und duftet. Das, was die Blumen nicht zustande bringen, schafft Theresa mühelos. Sie verbreitet Wohlgeruch. Hund Otto steht schlapp wedelnd vor der Blumenlücke und sieht Lorenz an. Der Zweibeiner ist ein Arschloch, sagt der Blick. »Jetzt guckt er wieder ganz schuldbewusst!« Theresa interpretiert ihn ganz anders. »Er soll nicht alleine in die Auffahrt, und das weiß er auch ganz genau! Böser Otto!« Lorenz wartet noch ein paar Sekunden, bis er sicher ist, dass Theresa kein Spiel mit ihm spielt, aber die spricht weiter mit dem Hund: »Da hast du noch mal Glück gehabt!«, sagt sie, und Lorenz fühlt sich angesprochen, im Gegensatz zu Otto.

»Wollen Sie zu meinem Mann?« Jetzt *ist* Lorenz angesprochen, hat aber kurz vergessen, weswegen er gekommen ist. Aber es war ohnehin nur eine rhetorische Frage. »Ist heute nicht einfach. Die Geier sind da.«

16

Im Haus sieht es fast aus wie beim letzten Mal. Halbleere Gläser stehen auf dem Flügel. In einem großen silbernen Kübel schwimmen ein paar Eiswürfel.

»Die Geier schwirren noch«, sagt Theresa und deutet auf ein gutes halbes Dutzend Leute, die vor dem Fenster im Garten um Schönleben herumstehen, der wieder große Gesten in die Herbstluft rudert. Theresa sieht blass und mitgenommen aus. Eine schlecht beleuchtete Mona Lisa. »Ich sag ihm Bescheid, dass Sie da sind.« Sie geht in den Garten, wo einige der Gäste jetzt auf Schönleben eingestikulieren.

Abseits, am Rande des Swimmingpools, steht Frisur, Götz Ludwig Klarenberg, dessen Name sich in Lorenz' Stammhirn eingebrannt hat. Wie aus einem sehr ordentlichen Ei gepellt sieht er aus und ist nach wie vor vorbildlich frisiert. Auch die anderen passen gut zu den teuren Autos draußen. Hauptsächlich Männer in Anzügen, aber auch eine sehr braune, fast ausgemergelt wirkende Frau, deren Hals so faltig ist wie der einer Schildkröte.

Lorenz hört hinter sich im Haus ein feines Klicken auf dem Boden. Pfoten. Pfoten, die näher kommen. In der Tat nähert sich Hund Otto und hält, als er Lorenz am Fenster sieht. Natürlich hat sich der Hund gemerkt, wer ihn getreten hat. Otto hält den Kopf schief und lässt ein grollendes Knurren hören. Lorenz weiß, dass es überhaupt keinen Sinn hat, mit Spielchen ablenken zu wollen. Der Hund ist stinksauer. Otto und Lorenz belauern sich. Theresa ist nirgends zu sehen. Die wird ihn nicht ein zweites Mal retten. Der Hund hat den Kopf leicht gesenkt, aber den Schwanz steil aufgerichtet. Er zeigt seine Zähne. Spielen will der jetzt nicht mehr.

Lorenz steht am Fenster strategisch ungünstig. Links der Flügel, rechts die schwere Couch, deren Höhe Otto weniger Mühe machen dürfte als ihm, denkt Lorenz. Der Hund steht dazwischen wie ein Türsteher, der nicht bereit ist, ihn vorbeizulassen. Otto lauert auf seine Chance zur Rache. Terrier sind Jagdhunde, so viel weiß Lorenz, das heißt, rein genetisch ist das Tier ihm in dieser Situation überlegen, nur darauf gezüchtet, ihn fertigzumachen. Er wirft eins der halbleeren Gläser nach dem Hund, das klirrend zerspringt, und rennt los, über die Couch, in deren Polster er fast hängenbleibt, Otto folgt umgehend, links ist die Haustür, keine Chance, rechts geht's raus in den Garten, auf keinen Fall, da stehen alle, bis zur Wendeltreppe in den Keller ist es nicht zu schaffen, die scheiß modernen Architekten halten nichts von Türen, alles ist offen, das da ist ein Büro, rein da, die Töle hat Schwierigkeiten auf dem glatten Boden zu bremsen, Lorenz rettet sich hinter einen großen Sessel und taucht ab.

Er hört Otto bellen, aber Jagd ist keine Indoor-Beschäftigung. Im Haus hat der Mensch Vorteile. Otto jault. Ein bodenlanger Spiegel steht in der Ecke, und vorsichtig dreht Lorenz den so, dass er damit den Eingang im Blick hat. Otto lässt sich nicht blicken. Lorenz traut ihm zu, in aller Ruhe vor der Tür zu warten. Vermutlich ist das Büro in Ottos Kopf der Dachsbau, vor dem er nur ausharren muss, bis der riesige, zweibeinige Dachs herausspaziert.

Dann öffnet sich die Tür zum Garten, Schönleben kommt herein und mit ihm ein Luftzug. »Ich versuch's noch mal!«, ruft Schönleben in den Garten und lässt die Glastür offen.

Lorenz sucht eine gute Gelegenheit, hinter seinem Sessel hervorzukommen. Er kann zum Beispiel Schlüssel, Brieftasche, Kontaktlinsen verloren haben. Schönleben muss ihn jetzt sehen und sieht ihn nicht. Jetzt, jetzt ist aber der letzte Moment, aufzustehen und hallo zu sagen, bevor es peinlich wird.

»Hello, this is Mr. Schönleben calling from Germany«, ruft stattdessen Schönleben laut in die Stehlampe neben seinem Schreibtisch. Lorenz hat ihn durch den Spiegel gut im Blick, Schönleben dagegen schaut nach draußen in den Garten, kramt gleichzeitig in einer Ablage auf dem Regal und spricht in die Stehlampe. »I need to talk to Mr. Roberts«, sagt er laut. Er hat in der Ablage gefunden, was er gesucht hat, Tabletten anscheinend, die er ohne Wasser herunterschluckt. »He should call me back, immediately! It's urgent!«, ruft Schönleben dann der Lampe ungehalten zu und greift plötzlich zu seinem Telefon, das auf dem Schreibtisch liegt und sagt in den Hörer: »We are all waiting for the money!«, während gleichzeitig die tiefbraun gebrannte Frau mit dem faltigen Hals vor der Glastür auftaucht. »Ist grad in 'ner Konferenz!«, ruft Schönleben ihr zu und deutet mit der freien Hand auf den Hörer. Die Frau nickt ungehalten und geht wieder, Schönleben lässt das Telefon sinken, sieht ihr nach und sagt laut in den Raum: »I hope so. We have some difficulties here!«

Dann sieht er Lorenz, der wie Gollum hinter dem wuchtigen schwarzen Ledersessel kauert und hochblickt. Ihre Blicke treffen sich. Einen Moment lang bewegt sich keiner. Weder Schönleben, der gerade mit einer Stehlampe telefoniert hat, noch Lorenz, der hinter einem Sessel hockt und dreißig Jahre zu alt ist fürs Verstecken spielen. Er hat sich entschuldigen wollen, seinen Job retten, Missverständnisse ausräumen, nun kommt ein ganzer Kübel neuer dazu.

Lorenz' Knie knacken. Er hat kurz die Vision, dass Hund Otto draußen vor der Tür hockt und feixt. Seit Schönleben ihn entdeckt hat, ist vermutlich kaum eine Sekunde vergangen. Aber was passiert nicht alles in einer Sekunde?! Ganze Welten entstehen und zerfallen in dieser Zeit.

»Sie sind verdammt gerissen«, sagt Schönleben.

Lorenz hat nicht das Gefühl, dass ihn dieser Satz momentan gut beschreibt.

»Hätte ich Ihnen nicht zugetraut.«

Lorenz spürt, dass eins seiner Beine eingeschlafen ist. Er kann nicht so schnell aufstehen, wie er möchte, und bleibt deswegen noch in halber Hocke sitzen. Er brabbelt von Schlüsseln, die ihm abhandengekommen sind.

»Woher wussten Sie, dass die da sind?«

Lorenz bezieht Schönlebens Frage auf die Schlüssel und murmelt etwas von Vermutung. Schönleben sieht Lorenz an, wie der selbst zuvor Otto angesehen haben muss: unschlüssig, was von dem zu erwarten ist. Ähnlich wie er selbst vorher den Hund, scheint Schönleben nun ihn für gefährlich zu halten. Schönleben hat beim Rasieren am Hals ein paar Haare übersehen, sieht Lorenz von unten. Der Adamsapfel hüpft.

»Okay«, sagt sein Gegenüber, in einem anderen Tonfall, »was jetzt?«

Draußen winkt die faltige Frau, Schönleben winkt zurück, hektisch, nervös. Die Zähne seines Unterkiefers knabbern auf seiner Oberlippe. Der ist viel ertappter als er selbst, merkt Lorenz. Er kennt das Gefühl, aufgeflogen zu sein. Er ist oft genug selbst aufgeflogen. Und so wie ein Zwergpinscher einen Windhund immer noch als Hund erkennt, auch wenn sie äußerlich kaum unterschiedlicher sein könnten, so erkennt Lorenz in Schönleben etwas von sich selbst. Lorenz hievt sich hoch.

»Sie haben Kleinert angerufen …«, fängt er an und Schönleben unterbricht: »Ja, ich wollte klarstellen, dass ich mir von 'nem kleinen Angestellten nicht so einfach die Butter vom Brot nehmen lasse!«

Das ist nicht mehr der coole Dauerläufer, der lässige Golfer, der smarte Restaurant-Entertainer. Der Mann, der jetzt vor Lorenz steht, knabbert an den Fingernägeln. Schönleben ist zappelig. Die faltige Frau bewegt sich auf das Büro zu, und Schönleben wird noch nervöser. Umso ruhiger wird Lorenz.

»Ich bin gar nicht so sehr an Ihrer Butter interessiert«, sagt er und findet sich ziemlich schlagfertig, während sich nun zwei der Anzüge der faltigen Frau angeschlossen haben und auf das Büro zukommen.

»Versteh schon, Sie wollen gleich das ganze Brot!«, sagt Schönleben. Seine Unterlippe wandert unter den Zähnen des Oberkiefers hin und her. Eine Ader an seiner Schläfe pulst. »Okay, folgendes Angebot: Wir können uns den Kuchen teilen und beide satt werden. Aber denken Sie dran: Es ist mein Rezept!«

Lorenz hat keine Ahnung, von welchem Brot und welchem Kuchen die Rede ist, aber er fühlt, dass es für ihn gerade gut läuft.

Die faltige Frau und die beiden Anzüge sind fast an der Tür. »Also, wollen Sie mich reinreißen oder mitmachen?« Ein Zittern in Schönlebens Stimme.

Jetzt sind sie gleich, der Mann, dem das Haus hier gehört mit dem Badezimmer, dem Büro, dem Garten, dem Hund, dem Porsche, der schönen Frau – und der Mann, der heute Morgen in einer halben Packung Fleischsalat wach geworden ist. Der Bredouillenvergleich ergibt ein Unentschieden. Lorenz nickt: mitmachen, auch wenn er nicht recht weiß, wobei.

Schönleben hört auf, an seinem Daumen zu knabbern. »Mitmachen«, sagt Lorenz. Es ist wie im Internet, wo man manchmal angeben muss, dass man den Allgemeinen Geschäftsbedingungen zustimmt. Auch die liest Lorenz nie, sondern klickt nur »Ja« an.

Die Anzüge und die faltige Frau klopfen jetzt pro forma an die Glastür, während Schönleben Lorenz gleichzeitig aus dem Raum schiebt. »Wir wollten nur mal gucken, wo du so bleibst«, lacht die faltige Frau, deren Gesicht viel glatter wirkt als ihr Hals. Schönlebens Stimme hat wieder ihre gewohnte Lautstärke. »Ich hab euch hier den Mann mitgebracht, der uns den Megapark möglich machen wird!« Alle Augen richten sich auf Lorenz. Die Anzüge und die faltige Frau mustern ihn skeptisch. »Herr Brahmkamp ist bei der Stadt, aber völlig auf unserer Seite«, Schönleben zwinkert ihm zu, »das hier sind ein paar der Investoren«, sagt er und rattert Namen herunter, die Lorenz sofort wieder vergisst.

»Das heißt, Sie kriegen die Baugenehmigung für Februar durch?«

Lorenz kann nicht einmal zuordnen, welcher Anzug die Frage gestellt hat.

»Der Februar steht!«, versichert Schönleben und sieht Lorenz an, »stimmt's, Herr Brahmkamp?«

Die blauen Augen flackern ein bisschen. Aber Lorenz ahnt jetzt, was gespielt wird. Natürlich ist es völlig illusorisch, ein Projekt wie den Megapark bis Februar genehmigt zu bekommen, aber Schönleben hat das den Anzügen offenbar versprochen. Es geht also um Geld. Lorenz nickt: »Ja, ja. Ich geh' davon aus, dass das klappt! Das … das klappt bestimmt.«

Wie immer beim Lügen hat er das Gefühl, ein Gedicht aufzusagen, das er auswendig gelernt hat, ohne zu verstehen, um was es geht. Heute muss die Glocke werden, beziehungsweise dann eben im Februar. Er ist jetzt wieder auf dem vertrauten Gelände erfundener Geschichten. Und die lachenden Gesichter der anderen zeigen ihm, dass er alles richtig gemacht hat.

»Ich hab euch doch gesagt, dass das läuft!« Schönleben spricht jetzt wieder aufgedreht wie ein Frühstücksradio-Moderator, »aber nix als Misstrauen hier! Wenn Jesus solche Jünger gehabt hätte, gäb's heute keine Kirchen, das steht mal fest!«

Vielstimmiges Hohoho. »Jetzt ist er schon Jesus!«, sagt einer der Anzüge lachend.

»Jesus hat den amerikanischen Traum gelebt«, Schönleben ist bester Laune, »vom Baby in der Futterkrippe bis zum ersten Wunder in nicht mal zwanzig Jahren! Das ist die katholische Variante von ›vom Tellerwäscher zum Millionär‹!« Schönleben greift sich eine Flasche. »Und sein erstes Wunder war ja, aus Wasser Wein zu machen. Ich bin schon bei Champagner!«

Sie sind jetzt bei der Gruppe der anderen angekommen, die im Garten stehen. Schönleben wiederholt die Vorstellung von Lorenz, und Lorenz versichert noch mal, dass es am Februar keinen Zweifel gibt. Der Champagner sorgt für Wärme in seinem ansonsten nüchternen Magen. Schönleben geht von Anzug zu Anzug und schenkt nach. Er hat jetzt wieder den Tonfall, den er beim Joggen hatte, vor wenigen Tagen, souverän und locker.

»Sie arbeiten also bei der Stadt?«, sagt einer der Anzüge zu Lorenz und sieht amüsiert auf Lorenz' Jackett, an dem ein Knopf fehlt, wie ihm jetzt auffällt.

Lorenz nickt und sagt: »Planung und Bauaufsicht.«

»Ich kann mir vorstellen, dass man sich da über jedes Zubrot freut.« Der Anzug zwinkert ihm zu, als habe er einen besonders versauten Witz gemacht, der nur von Insidern zu verstehen ist. Lorenz lächelt vieldeutig wie ein Japaner und sieht, dass Schönleben ihn nicht aus den Augen lässt.

Die Herbstsonne glitzert auf dem Pool, in dem nur ein paar Kastanienblätter schwimmen. Otto, der Hund, patrouilliert zwischen den Gästen, ignoriert Lorenz aber mit wedelndem Schwanz. Auch Theresa ist wieder da, dieses Mal mit einem Tablett, auf dem kleine Häppchen liegen. Dazu noch eine andere Frau, ebenfalls mit einem Tablett, die auf höchsthackigen Schuhen zwischen den Gästen herumläuft, wie früher die Models bei *Der Preis ist heiß*. Sie ist eine Art dunkelhaariger Gegenentwurf zu Theresa. Lorenz hat nicht genug Zeit hinzusehen. Er versucht, seine Eindrücke zu ordnen. Die Leute um ihn herum diskutieren Summen und Begriffe und wie der Schönleben das jetzt wieder hingekriegt hat. Ein Hund ist er, ein Fuchs, ein Schwein auch, manchmal. Aber eben ein ausgefuchstes Schwein, keine arme Sau. Nur so kommt man weiter. Gott sei Dank habe man das erkannt. Gott sei Dank sei man dabeigeblieben.

Lorenz fühlt sich, als ob er einen französischen Film im Original sieht. Leute stehen herum, trinken Alkohol, eine schöne Frau spielt auch mit, und man versteht nur jedes zehnte Wort. Aber damit kann Lorenz umgehen. Katrin und ihre Freundinnen hatten eine Phase, in der sie Philippe Noiret super fanden und natürlich Romy Schneider. Man war sogar zusammen in einem Volkshochschulkurs Französisch, wo aber Philippe Noiret weder unterrichtete noch als Gasthörer auf der Bank saß, sondern eine langweilige, dicke Frau aus Bochum Konjugationen unregelmäßiger Verben üben ließ. Es ging schnell vorbei.

Noch einer der Anzüge fragt nach Lorenz' Funktion bei der Stadt, und wieder sagt er »Planung und Bauaufsicht«.

»Und wenn Sie das durchwinken, dann schießt da keiner mehr quer, hm?«

Auch hier das verschwörerische Grinsen, und Lorenz schüttelt jetzt souverän den Kopf: »Da kann nichts mehr passieren!«

Der Anzug lacht zufrieden und sagt »großartig«.

Auch die anderen Anzüge kommen kurz zu Lorenz. »Sie sind wirklich bei der Stadt?« Schönlebens Garten ist heute anscheinend eine Art Streichelzoo, wo man einen echten Angestellten sehen und anfassen darf. Nur füttern darf man ihn offenbar nicht, denn das Tablett mit den Häppchen ist schon wieder leer, als Theresa zu ihm kommt. Aber auch das macht nichts. Je länger das hier dauert, umso mehr hat er das Gefühl, dass sich alles klären wird und das Schlimmste überstanden ist.

Schönleben springt wie immer zwischen allen Beteiligten hin und her. Souverän und gutgelaunt. Die Tage werden in einer Glücksfabrik eigens für ihn angefertigt und ausgeliefert. Die Anzüge choreographieren sich um ihn, und auch ein unbeteiligter Zuschauer wüsste gleich, wer hier das Sagen hat. Der Zauberer gibt eine Nachmittagsvorstellung.

Als Lorenz Schönleben aus den Augen verloren hat, steht er plötzlich hinter ihm und schiebt ihn wieder in Richtung Büro. »Er muss leider los«, sagt er zu den anderen und meint offensichtlich Lorenz, »die Stadt verwaltet sich nicht von alleine!« Die Anzüge heben allesamt kurz eine Hand und winken. Die faltige Frau hat offenbar zwischenzeitlich reichlich Champagner getankt und winkt Lorenz zu, als ob er ein Baby im Kinderwagen wäre. Lorenz winkt genauso zurück. Auch er hatte mindestens drei Gläser Champagner.

»Das war doch schon mal gar nicht schlecht«, sagt Schönleben, als sie außer Hörweite der anderen sind, »wie ist dein

Englisch?« Schönleben hat ein Talent, Lorenz immer aufs Neue zu verwirren. Geduzt fühlt er sich nicht angesprochen. Schönleben schiebt ihn zurück in das Büro. Der Sessel, hinter dem Lorenz zuvor gekauert hat, steht noch da und tut so, als sei nichts passiert. Lorenz hat auf die Englischfrage noch immer nicht geantwortet, aber Schönleben drückt Lorenz ein Handy in die Hand. »Pass auf, du wartest noch 'n paar Minuten, dann drückst du hier die Kurzwahl. Das ist das Haustelefon. Sobald einer abnimmt, sagst du: ›Hi, it's Steve‹. Mach mal!«

Es gäbe etliche Fragen, aber Schönleben wippt schon wieder ungeduldig auf den Fußballen. »Hi, it's Steve«, sagt Lorenz also dumpf, und Schönleben sieht skeptisch aus.

»Kannst du das amerikanischer sagen? Mehr so, als hättest du 'n Hamster im Mund.«

Lorenz wiederholt es ein paarmal, bis Schönleben ungeduldig abwinkt. »Sag so wenig wie möglich, sag einfach nur: »Can I talk to Alex?« Auch das wiederholt Lorenz. »Die warten darauf, dass Manhattan mit viel Geld einsteigt. Ein Anruf von Steve ist jetzt genau das Richtige.« Lorenz sieht offenbar verwirrt aus. »Ein großes Stück vom Kuchen gibt's nicht umsonst!« Schönleben grinst schief. »Wir beide zusammen, wir sind doch 'n Spitzenteam«, sagt er und geht aus dem Büro zurück in den Garten.

Lorenz setzt sich auf die Tischplatte. Er versucht Ordnung in den Tag zu bringen. Der Fleischsalat, dann Frau Dressel, Mirek, Katrin, Otto, und jetzt soll Lorenz Steve aus Manhattan sein. Vor Jahren, als sein Freund Jochen noch normal und also noch nicht in Schwerin war, hat Lorenz ihm mal zwei Wochen lang ein Alibi gegeben. Angeblich waren sie beide auf einem Männer-Trip durch Frankreich, und Lorenz hat Jochens Freundin am Telefon von den Sehenswürdigkeiten der

Landschaft vorgeschwärmt, französisches Wetter und französisches Essen erfunden, während er, damals noch ohne Katrin, in seiner Osthofener Wohnung saß und Jochen nebenan auf einer rothaarigen Kneipenbekanntschaft herumrutschte. Es hat Lorenz damals sogar Spaß gemacht, zumal er Jochens Freundin ohnehin anstrengend und nervig fand. Das jetzt ist nichts anderes, redet er sich ein, außer, dass dieses Mal andere Leute beschissen werden. Leute, die am Pool stehen, Champagner trinken und ihn herablassend ansehen, weil er bei der Stadt ist und an seinem Jackett ein Knopf fehlt.

Er weiß nicht, wie viele Minuten vergangen sind, seit Schönleben ihm das Handy in die Hand gedrückt hat. Er drückt auf die Kurzwahltaste und hält sich den Hörer ans Ohr. Es klingelt, dann meldet sich jemand. »Hi, it's Steve«, versucht Lorenz zu sagen, es klingt mehr wie »Heiz tief«.

»Känn ei toock tu Alex?«

Selbst jemand, der auf beiden Ohren taub ist, wird das nicht für englisches Englisch halten, aber der Mann am anderen Ende, der keine dreißig Meter entfernt im Garten stehen muss, klingt aufgeregt. »Manhattan ist dran!«, ruft er, »hol mal einer den Alex!«, und sagt dann in den Hörer: »Schaßta moment plies!«, es rumpelt, dann hört Lorenz Schönleben: »Yes, hello, this is Alex!«

Weitere Anweisungen sind ihm nicht gegeben worden, Lorenz schweigt also in den Hörer, aus dem er Schönleben sagen hört: »I like what I am hearing. Did you get my email?«

Ganz leise fragt Lorenz: »Soll ich jetzt wieder auflegen?«, und Schönleben ruft laut: »This is great news, Steve! I am very happy to hear that!«

Lorenz hört, dass die Anzüge draußen begeistert sind, aber von Alex mit lautem »Pssst« zum Schweigen gebracht werden. »They are all here right now. We were just waiting for your decision!«

Kein Zögern in der Stimme, keine Spur von Zweifel. Der Schönleben macht das nicht zum ersten Mal, denkt Lorenz. Er kann sich in etwa vorstellen, wie der bei Kleinert angerufen hat, wie er bei Kleinert darüber geredet hat, dass Lorenz ihn vor allen Leuten blamiert hat und dass das Konsequenzen haben muss. Weil Lorenz ihm »die Butter vom Brot nehmen wollte«. Er war also von Anfang an auf der richtigen Spur. Von Hermann Hesse bis zu Steve aus Manhattan führt eine gerade Verbindungslinie.

Lorenz nimmt seinen verbliebenen Mut zusammen: »Du musst noch mal beim Kleinert anrufen. Du musst dafür sorgen, dass ich nicht rausfliege.«

»Sorry, I can't hear you«, sagt Schönleben prompt.

»Dann geh ich jetzt mit dem Telefon in den Garten, da ist der Empfang bestimmt besser.« Lorenz ist am Drücker. Hund Otto steht vor der Scheibe und hält den Kopf schief. Zufall vielleicht, oder der Köter ahnt, was Lorenz vorhat.

»No, I don't think that's necessary ... I will call you back«, sagt Schönleben und legt auf. Hund Otto jagt einem Tennisball nach, der aus Richtung Swimmingpool kommt.

Wenige Momente später ist Schönleben wieder im Büro. Die struppigen Haare stehen vom Kopf ab. »Jetzt bleib mal locker«, sagt er nervös, »ich ruf da an, beim Kleinert, versprochen, gleich morgen«, er blinzelt, aber Lorenz hält ihm den Hörer hin und sagt: »Mir wär's jetzt lieber.« Fast ein echter Clint-Eastwood-Moment, leider gleitet Lorenz das Telefon aus den Händen und fällt auf den Schreibtisch, aber genau weil das Leben immer so ist, gibt es ja Filme.

Lorenz grabbelt nach dem Hörer, und Schönleben schiebt

ihn aus dem Büro in den begehbaren Kleiderschrank, wo es Schiebetüren gibt, die man aus den Wänden ziehen kann. »Die warten draußen alle auf mich.« Schönleben klingt genervt, aber er geht nicht. In die Decke sind Lampen eingelassen, die den struppigen Schönleben von oben bestrahlen. An den Seiten werden die Haare schon grau.

Es ist wie der Moment, als Erich Schlindwein den Westerwald abgehängt hat. Lorenz hat gewonnen. »Geht ganz schnell«, sagt er und wählt Kleinerts Nummer. Man kann Schönleben fast beim Denken zusehen. Hinter der Stirn sausen Gedanken vorbei wie Schlagzeilen am unteren Bildrand bei n-tv.

Dann meldet sich Frau Dressel, Lorenz stellt den Lautsprecher an und gibt den Hörer an Schönleben. »Hallo?«, sagt Frau Dressel, und Schönleben sagt »Schönleben« und sieht genervt aus.

»Herr Schönleben, was kann ich für Sie tun?« Sie klingt fast freundlich. Als hätte die englische Königin einen guten Tag.

»Ich müsste noch mal mit Herrn Kleinert sprechen.«

»Einen kleinen Augenblick bitte«, sagt Frau Dressel fast zwitschernd, dann ertönt Warteschleifenmusik: »Osthofen – hier findet Leben Stadt.« Zu dem neuen Motto der Stadt, das sich eine Werbeagentur für Geld ausgedacht hat, hat irgend eine Lokalkapelle, natürlich auch für Geld, einen Song geschrieben. Es werden Schwimmbäder und Stadtbüchereien geschlossen, weil die Stadt pleite ist, aber ein neues Motto samt Song muss man sich leisten.

Lorenz und Schönleben sehen sich an, während aus dem Lautsprecher scheppert, dass Osthofen eine Perle an der Ruhr ist. Dann krächzt Kleinert: »Herr Schönleben, ich grüße Sie!«

»Herr Kleinert, ich mach's ganz kurz. Wegen dem Herrn Brahmkamp …«

Weiter kommt er nicht. »Der ist weg! Da machen Sie sich keine Sorgen! Der steht eher auf der Straße als die neuen Verkehrsschilder.« Als hätte Olschewski ihm einen Witz aufgeschrieben, entsprechend gackert Kleinert los.

»Das ist aber nicht gut.« Schönleben unterbricht unwirsch, und Kleinerts Lachen verendet in einem rauen Husten.

»Nicht?«

»Nein, das ist schlecht. Der Brahmkamp muss bleiben.«

Lorenz nickt und formt mit den Lippen »unbedingt.«

»Unbedingt«, echot Schönleben ohne Überzeugung.

Einen Moment lang rauscht die Leitung zwischen Osthofen-Tannbusch und dem Stadthaus. »Aber ich dachte …« Kleinert klingt verwirrt.

»Guter Mann«, hat Lorenz inzwischen auf einen Zettel geschrieben, den er Schönleben hinhält, während er auf sich zeigt.

»Das ist ein guter Mann, der Brahmkamp«, sagt Schönleben und verdreht die Augen.

Lorenz nickt zufrieden. »Ja, ja, das ist klar …«, sagt Kleinert mit genauso wenig Überzeugung.

»Ich erklär' Ihnen das alles demnächst. Ich hab im Augenblick nicht so viel Zeit.«

»Hmm«, brummelt Kleinert.

Lorenz stellt sich vor, wie Kleinert in seinem Büro sitzt und die Welt nicht mehr versteht, die für ihn ja nur aus Osthofen besteht. Die Dressel wird es ausbaden müssen. Die hat alles falsch verstanden, die hat ihn schlecht aussehen lassen. Ein Chef wie Kleinert und dauernd Diäten, kein Wunder, dass Frau Dressel so freudlos wirkt wie der evangelische Kirchentag.

Schönleben hat unterdessen aufgelegt und verströmt nervöse Energie, wie ein Leck in einem Atomkraftwerk. »So geht das nicht, das ist Scheiße!« Heftiger als vorher redet er und wackelt mit den Händen, aber nicht mehr als Zauberer, eher als Jongleur. Er jongliert die Luft im Büro. »Wir brauchen einen Plan, eine Strategie. So was hier«, er zeigt auf das Telefon, »führt mit Überschall ins Klo!« Schönleben tigert hin und her und klopft sich mit dem Telefon auf den Mund. »Pass auf«, sagt er dann, »ich muss morgen nach Mallorca. Da kommst du mit, da setzen wir uns hin und besprechen alles. Frau Balz soll dir das klarmachen.« Bevor Lorenz die Chance hat, etwas zu sagen, schiebt Schönleben ihn aus dem Raum und führt ihn mit schnellen Schritten in den hinteren Teil des Hauses. Jetzt ist es wieder wie beim Jogging.

Frau Balz sitzt in einem Büro, das mit dem von Lorenz so viel zu tun hat wie ein Kind von Angelina Jolie mit dem anderen: Nur der Name ist gleich.

Die Schränke und Tische hier sind aus teurem Holz, das sicher jetzt irgendeinem Regenwald fehlt. In einer Bodenvase stecken Blumen mit kinderkopfgroßen Blüten und in den Regalen Aktenordner. Beides wirkt wie Deko, genau wie Frau Balz. Die sieht auf sehr teure Art billig aus. Auf den langen Fingernägeln haben nicht nur mehrere Farben Platz, sondern auch winzige funkelnde Steinchen. Größere Steinchen finden sich auf dem spektakulären Gürtel, den sie trägt und der nur unwesentlich schmaler ist als der Rock, zwischen dessen Saum und den Fußboden die Natur zwei Beine gestellt hat, deren primärer Zweck nicht die Fortbewegung sein kann. Haarlos und bis in tiefere Hautschichten sonnenbankbraun enden sie in lackierten Zehen, die in schmalen hohen Schuhen stecken, und auch deren Zweck kann unmöglich die Fortbewegung sein. Eine beachtliche Leistung, dass sie darauf zuvor durch den Garten gelaufen ist und Tabletts herumgereicht hat. Die Frau ist künstlich und süßlich wie ein Spaghetti-Eis. Sie sieht eigentlich so aus, dass sie nur einen Vornamen bräuchte, wird aber hartnäckig von Schönleben mit Frau Balz angesprochen. »Frau Balz ist deutlich schöner als meine rechte Hand, aber genauso nützlich«, stellt Schönleben sie vor, und sie lächelt mit ausführlich bemalten Lippen.

Vermutlich gehört der Satz in Schönlebens festes Repertoire. Die Aussicht auf Frau Balz, das Büro und Mallorca verwirrt Lorenz. Er setzt mehrfach an, etwas zu sagen, aber seine Satzanfänge versickern im dicken Teppich des Büros. Frau Balz kann, entgegen allen naheliegenden Vorurteilen, schnell tippen, ist bemerkenswert organisiert und kann sich offenbar auch merken, wer vor Tagen am Telefon von seiner Unterhose erzählt hat: Lorenz nämlich. Er sucht noch nach einer glaubwürdigen Erklärung für dieses Missverständnis, während Schönleben mit ihr tuschelt. Sie nimmt alles, was er sagt, regungslos zur Kenntnis und nickt. Lorenz steht dabei und merkt, dass das Oberwasser, das er zuvor gehabt hat, in großen Strömen wieder abfließt.

Schönleben hat den Mund weit geöffnet und fährt sich mit Daumen und Mittelfinger über die Mundwinkel. Dabei betrachtet er Lorenz wie ein zu lösendes Problem und kommt dann zu dem Schluss: »Sie macht das!« Dann ist er wieder weg, spurlos und geräuschlos, als hätte Copperfield ihn verschwinden lassen.

Frau Balz ist professionell freundlich, wie eine automatische Bandansage. Lorenz will sich einer solchen Frau gegenüber in diesem Haus keine Blöße mehr geben. Die Erfahrung mit

Theresa wirkt noch nach. Er tut so, als sei Mallorca eine Planänderung, wie sie in seinem Leben alle paar Tage vorkommt.

Ob er, wie die Schönlebens, auch vier Tage bleiben wolle, fragt Frau Balz, und Lorenz lässt sich professionell die Daten geben, tut so, als müsse er seine Termine im Kopf hin- und herbewegen, und sagt dann, dass er das schon hinkriegen wird, irgendwie. Sie kümmere sich um den Flug, sagt Frau Balz, sie kann ihn abholen lassen, sagt sie, und das Gästehaus stehe ohnehin leer. Wenn noch irgendwas ist, einfach anrufen, sagt Frau Balz, sie kann alles möglich machen.

17

Der Anrufbeantworter zu Hause empfängt ihn mit einer blinkenden 3.

Zunächst Frau Dressel, er möge doch bitte so freundlich sein und sich bei ihr melden. Jedes Wort fasst sie mit der Kneifzange an. Es sei wichtig, sagt sie noch.

Kleinert sagt mit anderen Worten dasselbe.

Dann Katrin. Sie will nur hören, wie's ihm geht. Er soll sich doch mal melden, wenn er wieder da ist. Die vertraute Stimme irgendwie ungewohnt, vielleicht, weil sie elektronisch aufbewahrt wurde.

Lorenz lässt sein Telefon Katrins Nummer wählen. Sie meldet sich mit »Katrin Brahmkamp«, dem Namen, den er ihr gegeben hat, damals, und an dem sie festhält, so wie er an ihr festhält.

Ein bisschen pocht die Schläfe noch, wo der Golfball ihn getroffen hat, sagt er, als sie fragt. Gleichzeitig reißt er vorsichtig das Pflaster über der Stelle ab.

Katrin sagt etwas Aufmunterndes. Es rauscht und dröhnt um sie herum, und so fragt Lorenz das, was alle fragen, seit es Handys gibt: »Wo bist du gerade?«

»Wir sind fast schon wieder am Tatort. Kurz vor der alten Deponie.« Sie klingt heiter, und er fragt: »Wer ist denn wir?«

»Hajo hat mich zu dem neuen Inder eingeladen, von dem du erzählt hast.« Leicht und locker klingt sie, als ginge es ums Wetter, und bevor er sich entschieden hat, wie er reagieren soll, plaudert sie weiter: »Weil du gemeint hast, der wär neu und super, und Hajo hat ja noch was gutzumachen, stimmt's?« Hajo antwortet brabbelnd im Hintergrund im selben heiteren Ton. Lorenz hört nicht mehr zu.

Vor Jahren, in dem Sommer, als sie anfingen, miteinander auszugehen, stiegen sie eines Tages kurz entschlossen in Katrins Wagen und fuhren nach Holland; sie mieteten sich in eine billige Pension ein, liehen sich Fahrräder, aßen alles Ungesunde, was die holländische Küche hergibt, und gingen dann an den Strand, um den Sonnenuntergang zu sehen. Katrin saß im Sand, hatte die Knie mit den Armen an den Körper gezogen, Poffertjes-Krümel am Mund und Dünengras im Haar. Lorenz sah sie an und wusste plötzlich, dass es besser nicht werden konnte, dass es Zeit war, an die Ewigkeit zu denken, nicht mehr nur an heute und morgen. Dieser Moment kam über ihn wie der Meteoriteneinschlag über die Dinosaurier, nur dass er den Meteoriten in diesem Moment kommen sah. Das Leben danach würde ein anderes sein, wusste er.

An Ort und Stelle fragte er sie, ob sie ihn heiraten würde. Er hatte keinen Ring, keinen Text, und nicht mal ansatzweise eine Idee, wie es anschließend weitergehen sollte. Er hatte Augenblicke zuvor noch nicht gewusst, dass dies der Tag, der Ort und der Moment sein würde. Die Liebe, die Idee zusammenzubleiben, brachen aus ihm heraus wie Lava und Asche aus einem Vulkan. Sie staunte ihn an und verabschiedete sich in Bruchteilen von Sekunden von all den Szenarien, die sie sich für diese Frage je ausgemalt hatte. Sie lächelte und nickte, und Lorenz küsste ihr die Krümel aus dem Gesicht.

Jetzt hier, mit dem Telefonhörer in der einen Hand und dem schmutzigen Pflaster in der anderen, merkt Lorenz plötzlich, dass die Veränderung in Katrins Stimme nichts mit der Elektronik zu tun hat. Es liegt an ihrem Ton, es ist derselbe, in dem sie mit ihrem Bruder telefoniert oder mit ihrer früheren Kollegin. In Lorenz hämmert es: Er und Katrin sind dabei, Freunde zu werden. Schlimmer noch: alte Freunde. Die Erkenntnis trifft ihn mit derselben Wucht wie damals am Strand. Die Ewigkeit, an die er dort gedacht hat, scheint schon wieder vorbei zu sein. Klammheimlich schiebt Katrin ihn Stück für Stück aus ihrer inneren Herzkammer. Nicht mehr lang, und er ist vollständig und ausschließlich in ihrem Gedächtnis untergebracht, wie ihre Kindheit und ihre Schulzeit.

Und so wie er in Holland vorher nichts von seinem Antrag wusste, so weiß er jetzt nicht, dass er einen Moment später fragt: »Willst du dich scheiden lassen?«

Im Hörer bleibt Rauschen, dann hupt es, und mit dem untrüglichen Gefühl für falsches Timing ruft Hajo Süppel: »Fahr, du Flötenkönig!«

Erst danach sagt Katrin: »Meinst du nicht, dass wir das wann anders besprechen sollten?«

Die falsche Antwort. Die falscheste aller falschen Antworten. Katrin sitzt neben dem rundköpfigen Hajo, der nackt wahrscheinlich aussieht wie ein Deoroller, und gibt falsche Antworten. »Nein, ich meine nicht, dass wir das wann anders besprechen sollten«, Lorenz wird laut, »wann denn? Wenn Käpt'n Klaps neben dir mit seinen Lippen überall auf dir rumgeschmiert hat? Oder wann?«

Eigentlich will Lorenz etwas ganz anderes sagen, eher dass er sie liebt, aber wie soll man das sagen? Deswegen schreit er, wie ein Vater schreit, der aus der Entfernung sieht, dass sein Kind aus der WC-Ente trinken will, eben aus Liebe, aus Sorge. Aber das Telefon überträgt die Liebe nicht, und die Sorge nicht, sondern nur das Schreien.

»Da ist 'n Hotel um die Ecke! Ich weiß doch, wie das läuft,

ich weiß doch, was der Meister Proper neben dir vorhat!«, schreit Lorenz, und das führt dazu, dass Katrin sagt: »Ich leg jetzt auf«, und dann eben auflegt.

Das Telefon muss es büßen. Lorenz wirft es und trifft die Olivenölflasche, die gegen die Essigflasche fällt, die gegen leere Bierflaschen fällt, die gemeinsam auf dem Boden zerspringen und eine Sauerei machen. Auch das Telefon verliert eine Ecke.

Lorenz hat bislang nie über Scheidung nachgedacht. Für ihn ist Katrin »vorübergehend« ausgezogen. Seine Frau und er haben »eine Auszeit« genommen, so hat er es jedem gesagt, der gefragt hat. Die Trennung ist eine Grippe, es hat sie beide erwischt, und sie ist hartnäckig, aber er ist bislang davon ausgegangen, dass die Symptome eines Tages wieder weg sind und dann alles so wird, wie es war.

Katrin hat dagegen anscheinend eine ganz andere Diagnose gestellt, nach der offenbar nur noch eine vollständige Amputation in Frage kommt.

Auch Oma Duisburg verschwand damals so aus dem Leben von Lorenz. Oma Duisburg hieß eigentlich Gertrud, was Klein-Lorenz aber nicht aussprechen konnte, und so unterschied man die Großmütter im Hause Brahmkamp eben nicht nach Namen, sondern nach Wohnorten. Oma Duisburg war Lorenz' Lieblingsverwandte, die sich stets die Mühe machte, überall in ihrem kleinen Zechenhäuschen Süßigkeiten zu verstecken, bevor Lorenz kam, so dass er stundenlang auf eine Expedition gehen konnte und jedes Mal mit Begeisterung das gesamte Haus auf den Kopf stellte. Oma Duisburg versteckte auch Weinbrandbohnen und sorgte so dafür, dass Lorenz schon früh wusste, was Alkohol aus einem Menschen machen kann. Eines Tages sagte ihm seine Mutter, dass Oma Duisburg für längere Zeit verreisen müsse. Weit weg. Lorenz war traurig, fand aber zufällig Marzipankartoffeln in einem Schrank und war überzeugt, dass es Oma Duisburg gelungen war, auf verschlungenen Pfaden auch von weit weg ihr Spiel aufrechtzuerhalten. Ganz begeistert zeigte er seiner Mutter seinen Fund, und tatsächlich tauchten auch danach immer wieder Süßigkeiten in entlegenen Ecken auf, bis er eines Tages seine Mutter beim Verstecken beobachtete und sie ihm erklärte, dass Oma Duisburg doch nicht verreist war, sondern tot.

Seine eigene Mutter hatte ihn angelogen. Nicht nur Weihnachtsmann und Osterhase, die es beide nicht gab, wie Lorenz schon früh aus zuverlässiger Quelle wusste, sondern auch Oma Duisburg wurde für ihn künstlich von seiner Mutter am Leben gehalten.

So fühlt er sich auch jetzt wieder. Nur dass Katrin quasi in Personalunion Oma Duisburg und seine Mutter ist. Während er davon ausgeht, dass sie noch da ist, nur eben für eine Weile »verreist«, hat sie sich still und heimlich aus seinem Leben geschlichen und versteckt nur hin und wieder kleine Geschenke für ihn, damit er nichts merkt.

Am Kühlschrank hängt immer noch die Liste.

Ziel: Katrin

Er hebt das Telefon wieder auf, das jetzt nach Olivenöl riecht. Es funktioniert noch. Frau Balz meldet sich nach dem zweiten Klingeln.

18

Der Fahrer trägt einen dezenten dunkelblauen Anzug und dazu unter einem Auge eine ebenso dunkelblaue, aber weniger dezente tätowierte Träne. Er ist tadellos rasiert und sieht gleichzeitig so bleich aus, als habe er seit Jahren nicht geschlafen oder ernähre sich komplett vitaminfrei. Lorenz und er stehen seit einiger Zeit vor dem Haus von Hajo Süppel und warten darauf, dass Katrin von der Arbeit kommt.

Frau Balz hat gesagt, es sei überhaupt kein Problem, wenn Lorenz seine Frau mitnehmen wolle, und ebenso problemlos könne der Fahrer ihn und seine Frau abholen. Sie gab ihm die Nummer eines Fahrdienstes und eine andere Nummer, auf der die Fahrt abgerechnet werden sollte, und betonte noch mal, das sei alles überhaupt kein Problem. Das war etwas, was er gern hörte, denn ansonsten schien sein Leben nur noch aus Problemen zu bestehen.

Lorenz ist am Vorabend zu der Überzeugung gekommen, dass ihn bei Katrin jetzt nur noch eine romantische Großoffensive retten kann. Männer und Politiker reagieren nur bei maximalem Druck. Bislang hat Lorenz gedacht, alles werde sich früher oder später von selbst wieder einrenken. Er hat einen Zettel an den Kühlschrank gehängt und geglaubt, dass sich allein schon dadurch viel verändern müsste. Aber nur weil man sich ein Diätkochbuch kauft, nimmt man nicht ab. Erst das Wort »Scheidung« hat Großalarm in Lorenz ausgelöst. Er findet, es ist höchste Zeit, etwas zu tun.

Der Fahrer dreht das Fenster herunter und zündet sich eine

Zigarette an. Seit Minuten sitzen Lorenz und er schweigend nebeneinander, wie ein altes Ehepaar.

»Sie müsste jeden Moment kommen«, sagt Lorenz, der mit dem Schweigen weniger gut klarkommt.

Der Fahrer raucht und nickt. »Die Uhr läuft ja. Ob ich fahre oder warte.«

Der Fahrer scheint Warten gewohnt zu sein. Lorenz erinnert sich, irgendwo gelesen zu haben, dass tätowierte Tränen einen längeren Aufenthalt im Knast anzeigen, wenn nicht sogar einen begangenen Mord. Vielleicht ein Omen. In jedem Fall ist der Mann ein eher ungünstiger Statist bei Lorenz' Romantikoffensive. Vielleicht ist das hier insgesamt keine gute Idee.

Der Fahrer legt rauchend eine CD in den Player des Wagens. Alles ist blitzblank geputzt, und ein kleiner Raumbedufter am Armaturenbrett sorgt dafür, dass es intensiv nach Lavendel riecht. Lorenz sitzt angespannt auf dem Beifahrersitz. »Die Sonne steht am Horizont, und du stehst neben mir«, singt Andrea Berg, mitten in dieses wartende Auto hinein. Der Fahrer raucht weiter und sieht aus dem Fenster. Seine Hand auf dem Lenkrad klopft den Takt mit. Anscheinend ist die CD kein Versehen. »Die Gefühle haben Schweigepflicht, was ich für dich fühle, zeig' ich nicht.«

Im Grunde genommen passt das zu dem Fahrer und ist sogar die Schlagerversion der tätowierten Träne. Katrins Version dagegen hieß: »Meinst du nicht, wir sollten das wann anders besprechen?« Ein typischer Satz für ihre Ehe. Auch hier Schweigepflicht für Gefühle. Akut besprochen wurden immer nur Dinge wie »Was essen wir heute?«, »Wer geht einkaufen?«, »Wollen wir mit Sandra und Heiko Doppelkopf spielen?« Fragen wie »Was wollen wir mit unserem Leben machen?« oder

»Liebst du mich noch?« wurden dagegen nicht gestellt. So was wurde gern verschoben. Auch von Lorenz. »Die Gefühle haben Schweigepflicht.« Andrea Berg, eine Frau mit Lebenserfahrung.

Dann biegt Katrin um die Ecke. Sie war einkaufen und trägt zwei Plastiktüten. Jetzt gilt es. Lorenz steigt aus und erreicht seine Frau, bevor sie hinter der Haustür verschwunden ist. »Hallo, schöne Frau, ich hab eine Überraschung für dich!« Zu laut, zu grell. Eher der Tonfall für ein 9live-Gewinnspiel. Entsprechend zuckt sie zusammen und erschrickt.

»Herrgott«, sagt sie, und es klingt nicht freudig überrascht.

»Ich wollte noch mal mit dir reden.« Er dämpft den Ton, hört sich textlich aber an wie Andrea Berg, findet Lorenz. Katrins Miene ist undurchdringlich, und Lorenz beeilt sich mit einer Entschuldigung für die Ausfälligkeiten am Telefon. Die Schmerzmittel sind schuld. Auch Michael Jackson hatte sich zum Schlechteren verändert, nachdem er angefangen hatte, sich nur noch von Pillen zu ernähren, sagt Lorenz. Katrin lacht nicht.

Der Fahrer taucht auf und gibt Lorenz die drei langstieligen Rosen, die er im Wagen vergessen hat und die am Morgen noch wie eine gute Idee aussahen. »Ich schätze, die sollen jetzt zum Einsatz kommen«, sagt der Fahrer, trocken wie eine Dürre.

Katrin starrt den Mann an. In Lorenz' Planung hat die Szene noch völlig anders ausgesehen. Es beginnt zu regnen.

»Ich brauch' noch zwei Minuten«, sagt Lorenz zum Fahrer und hält Katrin die Rosen hin, während er gleichzeitig merkt, dass sie ja in beiden Händen Einkaufstüten trägt. Der Fahrer geht nicht. Lorenz und er stehen jetzt vor Katrin wie die heiligen zwei Könige, die mit den falschen Geschenken vor dem falschen Stall gelandet sind.

»Was ist das denn jetzt schon wieder für eine Nummer?« Katrin ist tatsächlich ratlos. Lorenz hat sich auf eine spontane Eingebung verlassen und wieder mal keinen Text vorbereitet.

»Wir sollten ins Auto gehen, bevor wir alle nass werden«, sagt der Fahrer, ohne eine Miene zu verziehen, aber mit festem Blick auf Katrin.

»Das wollte *ich* gerade sagen.« Lorenz ist ungehalten, es läuft gar nicht so, wie er gehofft hat, und wenn er nicht aufpasst, verschwindet der Fahrer nachher mit Katrin und lässt ihn von ein paar seiner Knastbrüder um die Ecke bringen.

»Ich würde jetzt gern die Sachen hochbringen«, sagt Katrin so ruhig wie immer und will die Haustür aufschließen. Lorenz geht dazwischen.

»Jetzt lass doch mal die scheiß Sachen! Ich mach hier Romantik und alles, und du kommst mit deinen blöden Tüten!« Wieder einmal verrutscht Lorenz der Ton, und bevor Katrin etwas sagen kann, fügt er sanft an: »Gib mir fünf Minuten.«

Dann sitzen sie in dem nach Lavendel duftenden Auto, das vor Hajos Haus parkt. Der Regen trommelt mit winzigen Fäusten aufs Autodach. Lorenz erklärt seiner Frau, dass besondere Situationen eben besondere Maßnahmen erfordern und er sie deswegen jetzt spontan nach Mallorca einlädt. Er habe da ein Haus von Schönleben organisiert und alles auch schon im Büro besprochen. (In der Tat hat Lorenz die Dressel angerufen und gesagt, dass er mit Schönleben zusammen wegfährt und auch gedenkt, seine Frau mitzunehmen, die eh noch jede Menge Resturlaub habe. Ob sie da irgendwelche Schwierigkeiten sehe, wenn Katrin den Urlaubsantrag nachträglich einreiche. Sie leite das weiter, sprach Frau Dressel schmallippig.)

Da, auf Mallorca, können sie beide endlich mal in Ruhe reden und sich klarwerden, wie's jetzt weitergehen soll, sagt Lorenz. Danach sind sie beide schlauer, sagt er, und auch dass man danach eben Nägel mit Köpfen machen könne, egal wie diese Köpfe aussehen.

»Du hast seit gestern ein Haus auf Mallorca organisiert, und Flüge und das Auto hier?« So viel Initiative ist Katrin von ihrem Mann nicht gewohnt.

Lorenz macht eine Geste, als sei das eine seiner leichtesten Übungen. Die tätowierte Träne unter dem Auge des Fahrers zuckt leicht, und Andrea Berg singt: »Du hast mich tausendmal belogen, du hast mich tausendmal verletzt.« Das Auto ist randvoll mit Symbolik.

Katrin hält ihre Nase über die Rosen, die natürlich gegen den künstlichen Lavendelduft keine Chance haben.

Lorenz hat Katrin in einer ersten Rückholaktion nach ihrem Auszug Rosen geschickt und dazu die Zeilen:

Eine Rose ist eine Rose,
auch wenn ihre Lieblingsfarbe Blau ist.
Und es ist doch Quatsch mit Soße,
dass du nicht mehr meine Frau bist.

»Wenn's ernst wird, bist du immer lustig«, hat Katrin damals gesagt, und auch jetzt sieht sie ihn an, mit einem sentimentalen Lächeln, als sei er ein hoffnungslos undressierbarer Bär, dem man aber nicht böse sein kann, auch wenn er wieder mit beiden Pranken im Honigtopf erwischt wurde. »In so was warst du immer schon gut«, sagt sie und lässt offen, worin er nicht so gut gewesen ist.

»Dann pack jetzt ein paar Sachen. Viel brauchst du nicht, ist ja noch warm da unten.« Er sieht, dass sie zweifelt, dass sie schwankt. »Komm, vier Tage werden ja wohl drin sein, nach zehn Jahren.« Er sagt es so sanft wie möglich.

»Liebe ist das Einzige, wofür man kämpfen sollte«, sagt der Fahrer zu niemandem.

Lorenz und Katrin sehen nach vorn. Im Rückspiegel ist die Träne zu sehen, und Andrea Berg singt: »Du warst der Wind in meinen Flügeln. Hab so oft mit dir gelacht, ich würd es wieder tun mit dir heut Nacht.«

»Wir warten hier auf Sie«, sagt der Fahrer zu Lorenz' Frau. Es klingt wie ein kuschelweich vorgetragener Befehl, und der Regen lässt nach.

19

Mit der Freiheit, die über den Wolken wohl grenzenlos sein muss, kann Reinhard Mey nicht die Beinfreiheit bei einem Mallorca-Flug gemeint haben.

Auch mit der persönlichen Freiheit ist es so eine Sache, wenn die vorderen Reihen voll sind mit der »Wehrsportgruppe Alkohol«, die in einheitlichen T-Shirts angetreten ist, auf denen unter dem Logo der Truppe noch der Schlachtruf »Wir saufen Malle alle« steht. Hinten auf den Hemdchen stehen Namen wie Olli, Jens und Pulle und darunter Promillezahlen. Einer muss ja die Klischees bedienen.

Lorenz und Katrin sitzen abflugbereit in Reihe 19, direkt hinter den T-Shirts, und warten seit einer halben Stunde darauf, dass es losgeht. Das Schweigen in Reihe 19 ist umso auffälliger, weil es in den Reihen davor so laut ist. Es war und ist zu laut zum Reden, findet Lorenz. Im Wagen hat Andrea Berg nicht aufgehört zu singen, im Flughafen mahnten Stimmen aus den Lautsprechern ständig, man solle auf sein Gepäck achten, wegen der aktuellen Sicherheitsvorschriften keine Flüssigkeiten mehr mit an Bord nehmen, und jetzt singen die Jungs vorne »Und ich flieg, flieg, flieg wie ein Flieger«, oder »Kann man mit dem Pipimann auch Aa machen oder ist er dafür noch zu klein?«.

Unter diesen Umständen kann er weder über ihre Ehe reden noch über seinen Auftritt bei Schönleben, den er zudem selbst noch nicht völlig verstanden hat. Deswegen hat Lorenz in knappen Worten nur gesagt, dass er das kleine Missverständnis mit Schönleben ausgeräumt hat, dass der jetzt wieder große Stücke auf ihn hält und dass sich bald so einiges ändern wird, inklusive ihm, Lorenz. Katrin lächelte ihr unergründliches Lächeln, aus dem sich nicht schließen ließ, ob sie ihn an- oder auslächelte, ob sie ihn glaubwürdig oder eher albern fand. Aber sie ist mitgekommen.

Es ist seltsam, wieder nebeneinanderzusitzen, mit einer gemeinsamen Zukunft vor Augen, auch wenn sie vielleicht nur ein paar Tage dauert. Katrins kleine Geräusche, als sie durch das langweilige Magazin der Airline blättert, sind wie ein lange nicht gehörtes Lied, das Lorenz nach den ersten Takten sofort wieder mitsingen kann. Er weiß, wie es ist, wenn Katrin neben ihm sitzt. Er weiß, wie sie sich die Armlehne teilen, wo sich ihre Beine berühren und mit welchen Bewegungen sie ihre Haare hinters Ohr schiebt. In den Jahren ihrer Ehe haben sie sich aufeinander eingelebt. Gleichzeitig erfasst Lorenz eine klamme Schüchternheit wie bei einem ersten Date.

Noch immer reden sie nicht viel, während die Jungs vor ihnen sich lautstark über mehrere Reihen hinweg anbrüllen.

»Ey, Porsche, noch drei Stunden bis Ficken!«

»Ja, sia!«

Ein großer Nachteil der Freiheit unter den Wolken ist, dass jetzt auch Leute verreisen können, die eigentlich nicht mal das Haus verlassen dürften.

»Schon 'n bisschen komisch mit uns, hm?«, fasst Katrin die Stimmung zusammen, und Lorenz tut so, als habe er das überhört. Sie werden demnächst über alles reden, nimmt Lorenz sich vor, in Ruhe, wenn es rundum leiser geworden ist. Er weiß selbst nicht genau, was »alles« ist. Zumal er auch mit Schönleben noch über »alles« reden muss und auch hier nicht weiß, was genau das ist. So langsam hat er nichts mehr im Griff. Das

Leben ist eine fortwährende Improvisation geworden. Er hangelt sich täglich weiter wie Tarzan. Aber vielleicht machen es alle so. Vielleicht wurschteln sich alle nur so durch. Gleichzeitig grüßt man sich auch auf den Fluren des Stadthauses in Osthofen neuerdings mit »Alles gut?«, vielleicht weil eben keiner mehr weiß, was »alles« ist. Lorenz' Gedanken haben in den Schleudergang geschaltet.

Aber immerhin hat Frau Balz ihn nicht hängenlassen. Der Fahrer in Osthofen wollte von Lorenz lediglich eine Unterschrift, die Flugtickets lagen wie versprochen am Schalter, und eine SMS verkündete ihm, dass ein anderer Fahrer sie am Flughafen in Palma abholen werde. Letztlich halten all die Frau Dressels und Frau Balzens die Welt zusammen.

Das Flugzeug rollt an, die Jungs singen »Blas' mir einen, blas' mir einen, blas' mir einen Luftballon auf!«, und Katrin hält sich an Lorenz' Hand fest, wie von jeher bei einem Start im Flugzeug. Ihre Hände greifen automatisch und blind ineinander, er sieht sie an, sie hat die Augen fest geschlossen. Hand in Hand nach oben, Händchenhaltend in den Himmel. So soll es sein, so kann es bleiben.

Lorenz hat in seinem Büro eine beschreibbare Schreibtischunterlage, auf die er Strichmännchen kritzelt oder Notizen zu Telefonaten. Alle paar Wochen reißt er ein Blatt ab, und ein neues, weißes kommt zum Vorschein. So etwas plant Lorenz jetzt in Mallorca für sich und Katrin. Auf einem sauberen Blatt noch mal anfangen, ganz neu und weiß.

Ihr erster Mallorca-Urlaub, vor sechs Jahren, war einer ihrer gelungenen Urlaubsversuche. Sie fuhren ins vielzitierte »Hinterland«, besuchten Valldemossa und freundeten sich mit einem Pärchen aus Lübeck an. Man verlief sich gemeinsam bei einer Wanderung, machte gemeinsame Fahrten auf der

Wasserbanane, einer Art Superluftmatratze, die von einem Motorboot übers Wasser gezogen wurde, man ging abends gemeinsam essen, tauschte Adressen und Telefonnummern aus und wollte »auf jeden Fall in Kontakt bleiben«. Zwei Monate später hatte das andere Pärchen sich getrennt. Einfach so, und offenbar ohne dass einer von beiden sich irgendeine Eskapade geleistet hatte. »Es hat einfach nicht mehr gepasst.« Die Nachricht traf Lorenz völlig unvorbereitet, die beiden hatten auf ihn den ganzen Urlaub über zufrieden gewirkt. Glück war offenbar wacklig wie Götterspeise. Ein Eheende konnte jeden jederzeit grundlos treffen wie Krebs. Katrin dagegen war nicht besonders verwundert. Dass es bei den beiden nicht mehr stimmte, sei doch offensichtlich gewesen, sagte sie. Auch dass Lorenz nichts davon bemerkt hatte, fand Katrin typisch. Männer können besser räumlich sehen als Frauen, blicken dafür aber nie jemandem in die Seele, schon gar nicht jemandem, den sie täglich sehen. »Wenn's bei uns nicht mehr stimmt, sagst du aber rechtzeitig Bescheid«, sagte Lorenz damals halb im Spaß. Katrin hat sich nicht daran gehalten.

Die Wehrsportgruppe fordert lautstark Bier, das uniformierte Personal zieht unbeeindruckt das Sicherheitsballett durch. Dann startet das Flugzeug, die Welt vor dem Fenster wird kleiner und Lorenz dadurch automatisch sentimental. Vielleicht, hofft er, wird der Flug eine Art Zeitreise in die Vergangenheit, zurück zu dem Lorenz und der Katrin von damals. Die Katrin von heute lässt seine Hand los, sobald sie gestartet sind. Sie trägt noch immer ihren Ehering.

Am Flughafen in Palma wartet eine zu heiß gewaschene spanische Variante vom Marlboro-Mann auf sie. Aus einem schlichten, hellblauen Hemd ragt ein dunkles, stoppeliges Gesicht, verwittert wie ein Fels. »Bam camp« steht selbstgemalt auf dem Schild, das der Mann sich vor die Brust hält. Man wirft sich freundlich Bruchstücke verschiedenster Sprachen an den Kopf.

»Si, I am Senor Brahmkamp.«

»Ah, gutt, bagaje?«

»Was meint er?«

»Ich glaube, ob wir noch Gepäck haben.«

»Si, Gebäck!«

Babel Airport. Aber es funktioniert. Irgendwann sitzen sie in einem Auto und rollen über eine wenig befahrene Straße, während draußen der Tag langsam verschwindet. Der Mini-Marlboro-Mann kann es an Schweigsamkeit locker mit seinem amerikanischen Vorbild aufnehmen, und auch seine Gäste im Auto reden wenig. Man muss erst mal die Wehrsportgruppe aus dem Flugzeug verdauen. Rechts und links des Weges steht Wald, schwarz und schweigend. Lorenz muss an Erich Schlindwein und den Westerwald denken. Er öffnet sein Seitenfenster einen Spalt, die Luft ist anders, weicher, es riecht nach Meer. Jetzt greift Lorenz nach Katrins Hand.

Der Wagen hält an einem Hügel, durch Bäume und Sträucher schimmern strahlend weiß ein Haus und ein paar Lampen. Der kleine verwitterte Kopf des Fahrers streckt sich aus dem Fenster, und Ottos heiseres Bellen ist zu hören. Dann öffnet sich ein Tor, und sie fahren eine Auffahrt hoch, bis das ganze Ausmaß des Hauses sichtbar wird. Es wirkt wie der spanische Halbbruder des Hauses in Osthofen. Gerade, weiße Wände, riesige Fensterfronten, rechteckige und rechtwinklige Formen, nur dass hier der Pool größer ist und ringsum andere Bäume stehen.

Katrin staunt aus großen Augen. »Bist du sicher, dass wir hier richtig sind?«

Lorenz tut so, als sei das alles für ihn längst Alltag. »Ja, ja, mach dir mal keine Sorgen …«

Der Mini-Marlboro-Mann hat derweil ihre Taschen ausgeladen, die sich selbst jetzt, im Dunkeln, schäbig ausnehmen, gegen die vasenartig geschwungenen Lampen am Haus und die großen, geflochtenen Sessel, die rund um den Pool stehen. Katrin und Lorenz haben sich beide zu warm angezogen. Zu Hause ist ja schon Herbst.

Das gegerbte Männchen schwallt spanisch, Lorenz hält es für eine Verabschiedung und sagt freundlich: »Thank you, buenas noches!«, aber der spanische Schwall reißt nicht ab. Otto ist mittlerweile auch eingetroffen und verbellt Lorenz und sein Gepäck.

»Ich glaub', der will bezahlt werden«, sagt Katrin und meint natürlich nicht den Hund, sondern den Fahrer.

Lorenz kramt in seinem Portemonnaie. »Twenty Euros, okay?« So weit sind sie nicht gefahren und Lorenz denkt noch immer, dass in Spanien alles billiger sein muss.

Ein spanischer Schwall ist die Antwort. Offenbar ist die Schweigsamkeit des Marlboro-Mannes beim Thema Geld zu Ende.

Lorenz versucht spanische Zahlen aus dem Schwall herauszuhören, aber nichts klingt bekannt. Er gibt ihm noch zehn Euro und sagt mehrfach »Gracias«, aber der Schwall reißt nicht ab. »Jetzt hab ich nur noch Fünfziger«, sagt Lorenz hilfesuchend.

Katrin scheint zu erwarten, dass er das Problem selber löst. »Ich glaub, da unten ist das Meer«, sagt sie. Jetzt steht sie schon weiter weg, am Rand des Abhangs und lässt ihn im Stich.

Lorenz hält dem zerklüfteten Gesicht des Fahrers einen Fünfzig-Euro-Schein hin, der blitzschnell verschwindet. Der spanische Schwall wird zu einem leiseren Tröpfeln, während umgekehrt jetzt Lorenz seine Sprache wiederfindet, beziehungsweise Rudimente verschiedener anderer Sprachen. »Äh ... donde es los thirty Euros ...« Sie sind auf keinen Fall für achtzig Euro gefahren. Vierzig sind mehr als angemessen. Lorenz radebrecht weiter mehrsprachig, während der Spanier einfach Spanisch redet. Sie reden jetzt auch mit Händen und Füßen aneinander vorbei. Otto ist voll aufseiten des Fahrers. Er bellt in seiner Sprache seine Meinung.

Dann kommt Schönleben dazu, in einer dreiviertellangen Golfhose, einem ausgebleichten Polohemd und kuhfellbesetzten Schlappen. Als sei er seit Ewigkeiten auf der Insel. »Otto, halt's Maul!« sagt er, und tatsächlich verstummt der Hund.

»Was machst du denn hier?«, sagt Schönleben zu Lorenz, es klingt genervt und überrascht, während der spanische Redefluss aus dem Fahrer wieder größer wird. So fühlt es sich vermutlich an, wenn man wahnsinnig wird.

»Aber du hast doch selbst ... und Frau Balz meinte ...«

»Keine Ahnung, hab ich nicht auf dem Zettel.«

So schroff wie die Felsenlandschaft ringsum. Lorenz hofft, dass Katrin nichts davon hört.

Schönleben kaut an seinem Daumennagel. »Und was will *er* jetzt?« Der Fahrer ist gemeint.

»Er hat uns vom Flughafen abgeholt«, sagt Lorenz.

Schönleben nimmt ihm das Portemonnaie aus der Hand und gibt dem Fahrer noch einen Fünfzig-Euro-Schein. »So, gracias und adios.« Eine herrische Geste, und der Fahrer verschwindet so schnell, wie auch Otto aufgehört hat zu bellen.

Lorenz will auf das Geld hinweisen, das er dem Mann schon gegeben hat. »Mit Personal nie diskutieren!«, erstickt Schönleben Lorenz' Protest, es klingt wie eine Anweisung.

Katrin kommt dazu. »Das ist ja ein Wahnsinnshaus«, sagt sie beeindruckt.

Schönleben zuckt die Schultern. »Ist ganz schön weit zum Strand.« Er fährt sich mit den Fingern durchs Gesicht, als wolle er sich mit der Abendluft waschen. »Ihr wollt jetzt hierbleiben, oder was?« Katrin und Lorenz sind offenbar noch ein Problem mehr, das er lösen muss. »Tesa!!« Er ruft gegen die weißen Wände des Hauses, bekommt aber nur ein entferntes Hundebellen zur Antwort, auf das dann wiederum Otto antwortet. Dass sie nicht erwartet und erwünscht sind, ist jetzt auch für Katrin offensichtlich. Blicke-Billard zwischen ihr und Lorenz. Zu oft haben sie schon so voreinander gestanden, wenn Lorenz im Vorfeld Versprechungen gemacht hatte. Vielleicht, denkt Lorenz, ist die Unfreundlichkeit von Schönleben genauso gespielt wie seine sonstige Freundlichkeit. Seine Launen und Stimmungen schlagen doch ständig blitzartig um wie das Wetter im Gebirge. Aber Schönleben flucht weiter in sich hinein. Seine Hände fliegen wirr. »Ja, dann kommt mit!« Genervt, als wären Lorenz und Katrin vom Finanzamt.

Das Ganze war ein Fehler. Lorenz hat sich übernommen. Wie mit dem Duschtempel oder der Anzughose. In Schönlebens Büro in Osthofen, in seinem Garten, nach dem albernen Telefonstreich, da hatte er das Gefühl, sie hätten sich einen Spaß erlaubt. So wie Lorenz früher mit Jochen Hundeschmackos zerbröselt hat, um sie irgendwelchen experimentierfreudigen Jungs aus der Gesamtschule als Eins-a-Drogen aus Holland zu verkaufen. Ein Spaß, ein Streich, eine Alltagsflunkerei und damit Normalität für Lorenz und offenbar eben auch für Schönleben. Lorenz dachte, sie wären vom gleichen Schlag. Jetzt, hier, stellt er fest, dass er sich geirrt hat. Ihr Intermezzo in

Schönlebens Büro war eher wie eine Annäherung zwischen Chef und Sekretärin auf der Weihnachtsfeier nach drei Glühwein. Jetzt, wieder nüchtern, will Schönleben nicht mehr daran erinnert werden.

Das, was da abseits im Dunkeln steht, hält Lorenz zuerst für eine Garage, in Wahrheit ist es aber ein Gästehaus, ebenso weiß wie das Haupthaus, nur wesentlich kleiner. Schönleben fummelt am Türschloss und flucht. Dann gibt die Tür nach, und Schönleben fummelt am Lichtschalter. Es bleibt dunkel, und Schönleben flucht erneut. »Eine scheiß Bude ist das!« Aus seiner Golfhose klingelt es, fliegende Hände tauchen in die Hosentasche. »Hier müsste eigentlich alles sein!«, sagt er, bellt ein »Was denn?« ins Telefon und ist wieder verschwunden. Die Holztür des Gästehauses klatscht in den Rahmen.

Vielleicht aus Selbstschutz, wollen sich Lorenz' Augen nicht ans Dunkel gewöhnen. »Er hält große Stücke auf dich?« Katrin klingt belustigt, Lorenz sieht auch sie nur in vagen Umrissen. »Wie benimmt er sich denn bei Leuten, die er nicht leiden kann?«

»Jetzt warte doch erst mal …« Das ist der denkbar ungünstigste Neuanfang.

Lorenz versucht sich zu orientieren. Er stolpert über einen Stuhl. Der Lichtschalter an der Tür bleibt auch bei Lorenz wirkungslos. Durch das eine Fenster sieht man, dass sich das große, eigentliche Haus gegenüber im Wasser des Swimmingpools spiegelt, der natürlich ausführlich beleuchtet ist. Auch auf der anderen Seite des Raumes ist ein Fenster, durch das man ein paar blinkende Lichter des Ortes unten am Meer sieht. Lorenz hat keine Ahnung, wie der Ort heißt, er hat keine Ahnung, wo er eigentlich ist. Dort ist eine Tür, die offensichtlich zu einem Badezimmer führt, aber es wird auch hier kein Licht.

»Komm, wir tappen im Dunkeln!« Katrin nimmt es mit Humor und versucht zu erfühlen, wie der Raum aussieht.

Lorenz ist froh, dass sie ihm die Dunkelkammer offenbar nicht groß ankreidet, und macht mit. »Ich hab schon mal ein Bett gefunden!«

»Ich hab auch eins!«

»Ich bin grad gegen einen Schrank gelaufen!«

»Hier ist entweder ein kleiner Fernseher … oder eine große Mikrowelle, warte … nee, auch kein Strom!«

Sie prallen hinter dem zweiten Bett zusammen, verlieren das Gleichgewicht und landen weich auf einer Matratze. Das Dunkel verschluckt sie beide. »Das hab ich doch geschickt eingefädelt.« Lorenz will das Beste aus der Situation machen.

»Und guck mal, wie ich es wieder ausfädel«, sagt Katrin und steht schnell wieder auf.

In Osthofen, in Schönlebens Arbeitszimmer, war Lorenz Brahmkamp noch der Sundance Kid zu Schönlebens Butch Cassidy gewesen. Zwei auf gleicher Spur. Jetzt auf einmal ist es ein ganz anderer Film geworden, ohne dass Lorenz eine Idee hat, welche Rolle er spielen soll.

Es passiert nichts weiter. Niemand lässt sich blicken. Alles bleibt dunkel. Nach ein paar Minuten wird die Dunkelheit ärgerlich. »Das kann doch jetzt nicht sein Ernst sein!«, Katrin meint Schönleben, »geh mal rüber und frag, ob der nicht wenigstens irgendeine Lampe hat!«

Lorenz ist der Mann. Der Mann ist von alters her zuständig für das Entfernen von Spinnen und das Anzünden von Grillkohle und Licht. Außerdem hat er sie hierhergelockt.

Katrin geht im Dunkeln ins Badezimmer. Lorenz steht am

Fenster und sieht hinüber zum großen Haus, wo Schönleben telefonierend an seinem Panoramafenster steht. In der anderen Hand hat er ein Glas Wein. Im Boden scheinen kleine Lampen eingelassen, auch sonst brennt Festbeleuchtung. Das blaue Flackern aus dem Hintergrund zeigt an, dass irgendwo ein Fernseher läuft. Theresa kommt dazu, in einem dünnen Kleidchen, das ihr auf einer Seite über die Schulter gerutscht ist. Auch sie hat ein Glas in der Hand. Sie sagt etwas, die beiden lachen. Die beiden haben gut lachen, Strom und Licht und Glück im Überfluss. Otto trabt auf seinen kleinen Beinchen ins Bild, er wird, wie die beiden Menschen, von unten beleuchtet. Katrin ruft aus dem dunklen Bad: »Wir haben auch kein Klopapier!«

Gegenüber legt Theresa ihren perfekten Kopf auf Schönlebens Schulter. Zu dritt stehen sie da, hinter Glas, eingehend beleuchtet, wie in einem Bild von Edward Hopper. Lorenz tritt mit Wucht und Wut gegen seine Reisetasche. Die Tasche ist härter als gedacht. Sein Fuß tut weh. Lorenz tastet sich zur Tür. Draußen ist das Gluckern vom Pool zu hören, und ein paar Insekten zirpen. Sonst ist es ruhig. Der Himmel hängt schwarz bis zum Horizont, gesprenkelt mit Sternen. Schönleben, oben hinter Glas, setzt sich auf die Armlehne eines weißen Ledersofas, Theresa nimmt ihm das Telefon aus der Hand. Mücken sammeln sich wie selbstverständlich um die vasenartigen Lampen am Pool, die verschwenderisch mit ihrem Licht auf der Terrasse um sich werfen. Das Gästehaus auf der anderen Seite liegt dagegen im dunkelsten Dunkeln. Vielleicht steht Katrin jetzt am Fenster und sieht ihm zu. Lorenz sucht den Eingang zum Haus. Es gibt eine weiß gerahmte Tür, die mit Naturstein verkleidet ist und sich von außen nicht öffnen lässt. Lorenz sieht nirgends eine Klingel. Die Glastür zwischen

Küche und Terrasse ist ebenfalls verschlossen. Auch von hier aus sieht er im ersten Stock einen Ausschnitt des hellbeleuchteten Wohnzimmers, Theresas nackte Beine baumeln von der Couch, Ottos Schwanzspitze wedelt, und Schönleben sitzt anscheinend jetzt auf dem Boden und lässt die Hände fliegen. Er zaubert wieder.

Lorenz geht zurück ins dunkle Gästehaus.

»Und?« Katrin fragt so, als wüsste sie schon Bescheid.

»Er hat gesagt, er kann da leider auch nichts machen. Es tut ihm sehr leid, sagt er.«

Es wird Schönleben auch tatsächlich noch leidtun, nimmt Lorenz sich vor und starrt in die Dunkelheit.

20

Mit Sonnenlicht sieht das Gästehaus gleich freundlicher aus. Dunkelrote Steinfliesen am Boden, weiße Wände und einfache Holzmöbel in einem spanischen Alibistil. Katrin hat die zwei Betten am Vorabend weit auseinandergeschoben. Annäherung im Schutz der Dunkelheit sollte unterbunden werden, so hat es Lorenz interpretiert. Die Nacht um sie herum war stiller als ein Rudel Mucksmäuschen. Es war zu still, um zu reden. Zu still und zu dunkel. Im Stockfinsteren neu anfangen, so was klappt bestenfalls bei Gott, der aus einem schwarzen Loch eine Welt schafft, aber nicht bei einer Ehe. Auch deswegen ist Gott vermutlich Single geblieben. So täuschten sie beide große Müdigkeit vor und versuchten zu verbergen, dass sie noch länger wach lagen.

Jetzt liegt Katrin mit dem Rücken zu Lorenz und schläft. Lautes Wassergetöse hat ihn geweckt. Er steht auf und sieht, dass Schönleben durch den Pool pflügt. Die Arme drehen sich wie Windmühlenflügel und klatschen aufs Wasser. Die Weckerindustrie würde an Schönleben pleitegehen. Der wird sicher immer von selbst wach, ist stets ausgeschlafen, fit und munter. Lorenz steht dickwampig am Fenster und reibt sich den Schlaf aus den Augen. Klatsch, klatsch, klatsch machen Schönlebens Arme. Kraft, aber keine gute Technik, sieht Lorenz, der als Kind mal ein paar Jahre lang im Schwimmverein war. Zu einem zweiten Platz bei den Stadtmeisterschaften in seiner Jugendklasse hat es immerhin gereicht. In Wirklichkeit war es wohl nur Platz sieben oder acht gewesen, aber er hat im

Laufe der Jahre die Geschichte, wie er um ein Haar Stadtmeister geworden ist, so oft erzählt, dass sie dadurch wahr wurde. Sein Blick fällt auf den Sicherungskasten direkt neben der Eingangstür. Ein Rätsel, wie er es geschafft hat, daran gestern Abend vorbeizutasten. Ein Griff, und überall im Gästehaus gehen die Lampen an. Jetzt natürlich völlig sinn- und chancenlos gegen die hereinstrahlende Sonne. Wer auch immer Lorenz' Schicksal in der Hand hat, ist ein großer Freund der Schadenfreude.

Im nächsten Moment steht Schönleben vor dem Fenster, frisch und tropfnass. Er winkt Lorenz nach draußen. In Boxershorts und T-Shirt geht er vor die Tür, wo Schönleben schon wieder unter Strom steht. »Gut, dass du wach bist, wir haben gleich einen Termin, zieh dich an!« Lächelnd, aber kurz und knapp, als sei man bei einer freundlichen Armee. Mit Anlauf springt Schönleben zurück in den Pool und taucht einmal der Länge nach durch.

Lorenz erinnert sich an seinen Vorsatz vom Vorabend und kommt sich klein und mickrig vor. Andererseits, war nicht auch Reinhold Messner klein und mickrig gegen den Himalaya? Und wer stand am Ende oben? Eben. Lorenz geht duschen und wirft sich in ein buntes Hemd und eine Jeans. Katrin schläft noch immer, mit einem leichten Lächeln auf dem Gesicht, Lorenz betrachtet sie eine Weile, legt ihr einen Zettel neben das Bett und beschließt, sie schlafen zu lassen.

Im großen Haus steht die Tür zur Küche offen. Schönleben hat Kaffee, Weißbrot, Butter und Honig vorbereitet. Er isst im Stehen. Die Küche wirkt ohnehin, als sei sie nur die Garage für die Kaffeemaschine und den Toaster. Hier kocht niemand.

Was denn jetzt überhaupt anliegt, will Lorenz wissen.

»Haus verkaufen«, sagt Schönleben kauend und wirft einen Blick auf Lorenz.

In dieser reinweißen Umgebung wirkt sein buntes Hemd noch bunter. »Was für ein Haus? Was soll ich denn …?« Er kann die Frage nicht zu Ende stellen.

»Warte mal.« Eine breite Treppe mit granitgrauen Stufen windet sich nach oben. Schönleben sprintet hoch und kommt in Rekordzeit wieder zurück. Ein dunkelblaues Polohemd mit einem untertellergroßen Phantasiewappen auf der Brust und eine dreiviertellange karierte Hose. Eine wedelnde Geste von Schönleben, Lorenz soll das anziehen. »Wie die Schale, so die Seele! Verpackung ist das Allerwichtigste, gilt für Zigaretten und Männer!« Schönleben, in heller Leinenhose und farblich passendem Hemd, kippt seinen Espresso und sucht Schlüssel, Handy, Brieftasche. »Ja, komm, zieh dich um, wir müssen los!«

Wie bei ihrer ersten Begegnung fängt Lorenz widerwillig an, das anzuziehen, was Schönleben ihm gegeben hat. Irgendwas hat der Kerl an sich, dem man nicht widersprechen will. Die Hose hat einen elastischen Bund und passt deswegen besser als erwartet. Auch daran hat Schönleben gedacht.

Dann sitzen sie in einem überaus roten BMW Cabrio und wirbeln spanischen Staub auf. Was sie vorhaben, will Lorenz wissen, und was er machen soll.

Schönleben mustert ihn, denkt nach, fährt lässig mit einer Hand am Lenkrad. »Du bist aus dem Ruhrgebiet. Mit der Frau läuft's nicht mehr gut, jetzt willst du hier auf Malle neu anfangen, Meer, Sonne, lecker essen, alles das, was Frauen wollen!«

Lorenz ist verwirrt und blickt starr geradeaus.

»Muss aber schnell gehen, du hast nur 'n paar Tage Zeit!«

Wieder eine neue Seite an Schönleben. Trotz seiner großen, tropfenförmigen Sonnenbrille scheint Schönleben eine Menge zu sehen.

»Du hast Druck, du bist bereit, alles zu machen, um das mit der Frau wieder zu kitten. Auf Malle wart ihr früher schon mal total glücklich …« Schönleben rattert die Geschichte runter, wie einen x-mal erzählten Witz. Aber vielleicht ist das unter Männern die einzige Möglichkeit, mit dem Thema Liebe umzugehen.

Lorenz redet geradeaus gegen die Windschutzscheibe. »Ich hab das Gefühl, wenn ich's jetzt nicht mache, ist der Zug abgefahren, und dann kann ich mich genauso gut gleich dahinterschmeißen beziehungsweise davor.«

Lorenz hat sich in seinem Vergleich verheddert, Schönleben nickt: »Ja, ist doch super! Genau so!«

Lorenz ist noch verwirrter über Schönlebens Zustimmung. »Ich … ich hab sie viel zu lange schleifen lassen. Also nicht sie, sondern uns, die Ehe, das Leben, das Ganze.« Lorenz holpert durch seine Gedanken.

»So viel reden musst du gar nicht«, sagt Schönleben. »Ich mach das schon!«

Lorenz wird aus Schönleben nicht schlau. Am Vorabend war der noch so abweisend wie ein Türsteher, und heute macht er auf Tag des offenen Ohres.

»Wichtig ist nur, dass du entschlossen wirkst. Du hast dir zu Hause 'n Plan gemacht, und den ziehst du durch!« Schönleben lächelt ermutigend, und Lorenz denkt an den Zettel, der noch immer zu Hause an seinem Kühlschrank baumelt.

Sie fahren durch hügelige, grüne Landschaft, zwischen den Bäumen ragen hin und wieder Felsen, manchmal geht es steil abschüssig zum Meer, das erst hinter einer kleinen Bucht so richtig loslegt, ein paar kleine, hässliche Hotelklötze aus frühen Tourismustagen stehen noch am Strand herum, in den Wald geschlagene Golfschneisen künden vom aktuellen Ferientrend der Insel, genau wie Ferienhäuser im Reihenhausstil. Daneben gibt es auch einzelne, große Häuser, die sich protzig in die Landschaft gesetzt haben. Es ist grüner und schöner, als er es in Erinnerung hatte. Gleichzeitig wirkt alles künstlich und unwirklich. Hier gibt es nicht mal den Versuch, eine Art Ort vorzutäuschen. Es gibt nur in Stein gemauerten Urlaub. Hin und wieder fahren sie an kleinen Läden vorbei mit bunten Eiskühltheken und Ständern voller Sonnenmilch. Das ein oder andere Restaurant liegt auf dem Weg. »Beim Peter« heißt eins, das andere hat eine Leuchtreklame von Löwenbräu.

Sie halten vor einer großen sandfarbenen Villa, Säulen links und rechts vom Eingang, darüber hängt Bougainvillea im Überfluss. Moderne Dachziegeln imitieren die alten spanischen. Es sieht aus wie die Disneyversion einer Finca. Schönleben sucht den Schlüssel zum Eingang. »Am besten wir machen's wie neulich: Ich sing vor, und du machst die zweite Stimme.«

Lorenz ist in Gedanken noch bei Katrin. Auf den Zettel hat er geschrieben: »Wenn Liebe leuchten könnte, hätten wir gestern Nacht alles gesehen.« Vielleicht zu kitschig. Aber wahr. Schönleben redet derweil weiter: »Ganz wichtig: Die Verträge hast du schon von deinem Anwalt checken lassen, deine Bank hat den Kasten hier auch schon geprüft.«

Schönleben geht ums Haus und öffnet die Fensterläden, Lorenz versucht Schritt zu halten, hat aber gedanklich endgültig den Anschluss verloren. »Jetzt hab ich den Anschluss verloren ...«, sagt er.

»Wird schon.« Schönleben schlägt ihm auf die Schulter.

Soweit Lorenz es verstanden hat, wird von ihm jetzt etwas Ähnliches erwartet wie neulich beim Telefonat mit New York. Eine kleine Geschichte soll er erzählen. Kaspertheater.

Schönleben ist schon wieder im Garten. »Hier ist 'n bisschen was drin, mein Lieber«, sagt er. Vielleicht stellt er Lorenz grad Geld in Aussicht oder meint nur das Laub, das im Pool schwimmt. In jedem Fall kniet Schönleben jetzt neben dem Schwimmbecken und fischt Blätter aus dem Wasser. »Und wenn du was abhaben möchtest, musst du auch 'n bisschen was dafür tun. Wer Schnitzel will, muss Schweine schlachten.«

Was Lorenz am meisten irritiert, ist, dass er nie Ruhe hat, um nachzudenken. Schönleben ist jetzt schon wieder im Haus und öffnet die Fenster.

Gerade als Lorenz wissen will, was hier für ihn drin ist, wie das mit den Schnitzeln gemeint ist und ob sie jetzt nicht mal Klartext reden können, hält direkt hinter dem roten Cabrio ein weniger spektakulärer Wagen. Ein älterer Mann steigt aus, wuchtig, wichtig, mit spärlichem Haarkranz, seine Frau dagegen hat mehr Haare als nötig. Und sogar dunkelrote. Die auffällige Frisur kämpft gegen reichlich Kettenschmuck um Aufmerksamkeit, während der Mann sich trotz der Temperaturen ein dunkles Jackett angezogen hat, dessen Goldknöpfe ihn aussehen lassen wie einen gestrandeten Kapitän. Beide haben die fünfzig schon überschritten, wirken aber so, als sei auch sechzig für sie noch kein Alter.

»Wir machen's wie neulich.« Schönleben kneift Lorenz ein Auge zu und knipst im nächsten Moment sein Lächeln an. Er lächelt, als habe er in dieser Disziplin schon mehrfach olympisches Gold gewonnen. »Frau Holthorst!« Staatsgäste werden so empfangen. Herr Holthorst ist nervös. Schönleben reiht Satz an Satz. Dass das Wetter heute Gott sei Dank so ist, wie es sich gehört, im Gegensatz zum letzten Mal, dass sie sich einfach nur mal vorstellen sollen, diese Aussicht hier jeden Morgen zu haben, und wenn die Orangen blühen, unbeschreiblich. »Nur leider komm ich jetzt zu den schlechten Nachrichten«, Schönleben zieht Lorenz heran und stellt vor, »das ist Herr Schneider«, behauptet er, und dass der Herr Schneider sich jetzt eben auch in das Haus verliebt hat. »Tja, ich hoffe, Sie verstehen, dass ich Herrn Schneider das Haus zeigen musste, nachdem Sie sich nicht so richtig entscheiden konnten.« Schönleben lächelt weiter. Jetzt, ganz langsam, hat Lorenz eine Ahnung, wohin das hier führen soll, was Schönleben von ihm erwartet und wie ihr Gespräch im Auto gemeint war. Es ist wieder wie in Osthofen in Schönlebens Garten. Nur dass er dieses Mal nicht Steve ist, sondern Herr Schneider. Herr Schneider hat gerade seinen Einsatz verpasst, alle sehen ihn an. Schönleben improvisiert aber einfach weiter, darüber, dass er den Herrn Schneider schon länger kennt und er ihm dieses Immobilienjuwel einfach hat zeigen müssen.

»Dafür bin ich natürlich sehr dankbar.« Lorenz muss sich räuspern nach seinem ersten Satz. »Denn, ehrlich gesagt, ist das hier genau das, wonach meine Frau und ich schon lange gesucht haben!« Er ist jetzt im Thema, Lorenz sieht die Erleichterung bei Schönleben. Herr Holthorst dagegen windet sich in seinem Jackett und erinnert Lorenz entfernt an Olschewski. Es ist einfach, den nicht zu mögen.

»Um die volle Wahrheit zu sagen«, lügt Schönleben, »Herr Schneider wollte schon unterschreiben, aber in der Hinsicht bin ich altmodisch, ich hab Ihnen das Haus zuerst gezeigt, und Sie waren mir von Anfang an sympathisch, deswegen wollte ich Ihnen einfach noch ein Chance geben.« Lügen ist hier noch einfacher als in Osthofen. In dieser Villa, die vorgibt, eine spanische Finca zu sein, auf dieser Insel, auf der nichts mehr echt ist, hier ist jede weitere Lüge federleicht. Auch Frau Holthorst wirkt gelogen, jetzt, wo sie in der Sonne steht, in deren Licht man die dicke Schicht Schminke sieht.

Lorenz fühlt ein Kribbeln, wie immer, wenn er loslegt. Aber mit Schönleben zusammen ist das Lügenpingpong geradezu lächerlich einfach. »Mein Frau und ich waren vor Jahren schon mal hier in der Gegend, und das war unsere glücklichste Zeit«, sagt Lorenz, und Schönleben ergänzt: »Ich hab zu Herrn Schneider gesagt, so wie ich deine Frau kenne, flippt sie aus, wenn sie das hier sieht!« Lügen mit Schönleben fühlt sich für Lorenz fast so an wie sein erster richtiger Sex mit einer Frau. Es allein zu tun war Gewohnheit, aber zu zweit gab es plötzlich viel mehr Möglichkeiten.

»Ich glaube ja eigentlich nicht an Schicksal oder so was, aber in diesem Fall, muss ich ganz ehrlich sagen, hab ich das Gefühl, dieses Haus ist für mich bestimmt.«

Die Holthorsts nicken sparsam und kriegen keine Silbe zwischen Lorenz und Schönleben.

»Aber, wie gesagt, wer zuerst kommt, hat bei mir auch das Recht, sich zuerst zu entscheiden.« Schönleben zieht Papier aus einem Ledermäppchen wie Kaninchen aus dem Hut. Ein Vertrag offenbar. Und der Kugelschreiber ist der Zauberstab. »Sehen Sie sich alles noch mal in Ruhe an!« Und die beiden gehorchen. Tapsend schwirren sie aus, die Holthorsts.

Das Haus passt zu ihnen, findet Lorenz. Er hat bei der Bauaufsicht schon etliche schlampig gemachte, eilig hingeklatschte Häuser gesehen, dieses hier dagegen wirkt solide verarbeitet. Schönleben schwatzt den Holthorsts also nichts Unseriöses auf. Das, was sie hier machen, ist lediglich eine kleine Entscheidungshilfe, Lorenz trägt nur dazu bei, die Bedenkzeit zu verkürzen. Wo gebaut wird, wird gelogen. Vor seinem Schreibtisch in Osthofen stehen ständig Leute und tischen ihm erfundene Schicksalsschläge auf, zeigen ihm falsche Baupläne, schieben nicht eingehaltene Fristen in alle möglichen Schuhe.

Angeblich hochwertige Materialien entpuppen sich als billige Rigips-Platten, teure Bodengutachten werden aus Fingern gesogen, die den zu begutachtenden Boden nie gesehen haben. Alles Alltag. Ich bin kein schlechter Mensch, denkt Lorenz, vor allem, weil er eben nicht Lorenz ist, sondern Herr Schneider. Lorenz kann für Herrn Schneider keine Haftung übernehmen.

Schönleben hat Herrn Holthorst in der Mache. Von Mann zu Mann. Es geht ums Geld, Frau Holthorst will mit Geld nichts zu tun haben und bleibt bei Lorenz. Sie werden sich nie wiedersehen und können also über alles reden. Das ist der Vorteil von Frau Holthorst gegenüber Katrin. Je besser man sich kennt, umso schwerer fällt das Reden. »Wir sind schon vierundzwanzig Jahre verheiratet«, sagt Frau Holthorst und seufzt, »ist auch nicht immer einfach.« Die roten Haare sind eine sichere Einkommensquelle für einen Friseur. Die Ketten klimpern bei jeder Bewegung.

Lorenz redet in das Rothaargebirge auf dem Kopf von Frau Holthorst. »Irgendwie hab ich immer gedacht, mit der Frau ist es wie mit 'nem Fußballverein, wenn du dich einmal entschieden hast, dann bleibst du dabei. Klar musst du dich interessieren, musst du hingehen, musst du wissen, was läuft. Aber grundsätzlich ist doch geklärt, dass du Fan bist. Das kann der Verein doch auch gar nicht mehr in Frage stellen beziehungsweise eben die Frau.«

Frau Holthorst hat sichtlich keine Ahnung, wovon Lorenz redet, aber ihr Mann spricht noch immer mit Schönleben, sie kann nirgendwohin. Lorenz macht weiter: »Worüber ich nie nachgedacht habe, ist, dass sie ja vielleicht auch Fan von dir ist, also mir, in dem Fall, und dass sie aber, wie halt jeder Fan, will, dass du aufsteigst, dass du vorankommst, dass du irgendwann Meister wirst. Und ich als Verein, ich wollte einfach immer nur mitspielen.« Es tut gut, das mal offen ausgesprochen zu haben. Lorenz hat das Gefühl, Herr Schneider ist ein cleveres Kerlchen. Wenn er noch ein bisschen weiterlügt, kommt er der ganzen Wahrheit auf die Spur. »Ich hab immer gedacht, der Vorteil, wenn man vierzig wird, ist, dass man's ruhiger angehen lassen kann, dass man nirgendwo mehr hinmuss, wo Leute tanzen, dass man endgültig vom Markt ist. Ich hab nicht gedacht, dass meine Frau das anders sehen könnte.«

Das Gesicht von Frau Holthorst bleibt starr. Aber jetzt ist auch ihr Mann mit Schönleben durch, und Lorenz bekräftigt deswegen noch mal, dass er seiner Frau was bieten will und dafür einiges in Kauf nimmt, nicht zuletzt dieses Haus hier. Die kettenbehangene Frau Holthorst wirft ihrem Mann Blicke zu, die besagen: ›Nimm dir mal ein Beispiel!‹

Schönleben sagt: »Lassen Sie sich alle Zeit!«, und drängt damit nur noch mehr.

»Vielleicht finden Sie ja auch woanders noch was Ähnliches«, assistiert Lorenz und kann sich einen beifallheischenden Blick in Richtung Schönleben nicht verkneifen.

»Klar«, macht der weiter, »aber jetzt, nach der Krise, gehen natürlich viele in Immobilien, das muss man auch sagen.«

Käpt'n Holthorst in seinem Goldknöpfe-Jackett macht solche Transaktionen nicht alle Tage, das sieht man. Er würde schon gerne alles noch mal zu Hause durchsprechen, sagt er. Eingespielt wie Bud Spencer und Terence Hill genügt ein Räuspern von Schönleben, und Lorenz legt los, dass er das gut versteht und genauso gemacht hat. Mit seinem Anwalt und seiner Bank, die sich alles angesehen haben, Verträge und sogar einen Gutachter, hier vor Ort, schon erstaunlich, wie das heutzutage alles so geht. Und Anwalt und Gutachter waren bestens zufrieden.

»Leider muss Herr Schneider morgen wieder nach Hause«, macht Schönleben weiter, und Lorenz ergänzt »Hochzeitstag«, da würde er eben gern das Häuschen mitnehmen, wenn irgend möglich, »und das«, sagt Schönleben zu den Holthorsts, »verstehen Sie sicher!« Frau Holthorst nickt mit dem ganzen Haufen ihrer roten Haare.

Sie gehen alle noch mal raus an den Pool zu der einmaligen Aussicht über die Bucht. Schönleben nimmt den Vertrag und den Kugelschreiber mit nach draußen, auch da gibt es noch einen Tisch. Die Holthorsts flüstern untereinander. Der sieht tatsächlich dem Olschewski irgendwie ähnlich, und auch dadurch hat Lorenz das Gefühl, das hier ist nur die Verlängerung des letzen Gesprächs, das er in Kleinerts Büro geführt hat. Da hat er noch behauptet, Schönleben und er seien eng verzahnt, und jetzt steht er tatsächlich mit ihm zusammen auf Mallorca, auf Schönlebens Kosten, in Schönlebens Polohemd, und lächelt ihm zu.

Schönleben entdeckt ein paar wacklige Latten auf der hölzernen Veranda. Die lässt er selbstverständlich noch austauschen, das geht »aufs Haus«, scherzt er. Kein Thema. Überhaupt, wenn irgendwas sein sollte, er kennt hier auf der Insel eine Menge guter Leute, alles Deutsche, alles kein Problem. Die Einheimischen, na ja, weiß man ja. Wetter können sie, aber sonst. Alle lachen, man versteht sich.

Die Holthorsts beraten sich. Wer weiß, wie viele gute Jahre wir noch haben, hört Lorenz. Und dass die Kinder bestimmt auch gerne kommen. Lieber jedenfalls hierhin als nach Hause. Sie fassen sich ein Herz. Sie nehmen das Haus. Sie kaufen das Ding. Frau Holthorst hat sich durchgesetzt, sie entschuldigt sich bei Lorenz, und in ihrem Blick liegt gleichzeitig ein Triumph. Sie waren schneller, sie waren eher da, sie haben das

Rennen für sich entschieden, sie sind die Sieger. Gewinnen ist immer gut.

Schönleben beglückwünscht die beiden und Lorenz staunt, wo der den Champagner nun wieder herhat, kalt sogar. Den muss er hier im Kühlschrank deponiert gehabt haben. Gläser gibt es auch. Lorenz bemüht sich um angemessene Zerknirschtheit.

Die Holthorsts unterschreiben und bekommen ein Haus, erst mal nur vorläufig. Aber eine notarielle Urkunde kriegen sie hier genau so leicht wie eine Paella, womöglich sogar vom selben Kellner, scherzt Schönleben. Allgemeines Lachen. Ein Schaden ist nicht entstanden. Die Holthorsts werden hier prima hinpassen. Die Finanzierung haben sie ja schon besprochen, sagt Käpt'n Goldknopf und zwinkert Schönleben schelmisch zu. Jetzt füllt er seine Jacke richtig aus. Er weiß, wie und warum die Welt sich dreht. Wenn noch was ist, wenn sie noch was finden, was ihnen doch nicht so ganz passt, können sie jederzeit anrufen, sagt Schönleben.

Lorenz zieht sich dezent zurück. Jetzt geht ihn das Haus nichts mehr an. Er blickt auf das Meer, das, unbeeindruckt von allem, was hier gerade passiert ist, weiter die Insel umspült.

21

Als die Holthorsts wieder weg sind, ist es tatsächlich ein bisschen wie nach dem Sex. Schönleben zündet sich sogar eine Zigarette an. Lorenz und er grinsen. »Komm, Herr Schneider, wir gönnen uns was!« Hochstimmung. Ab ins Auto. Schönleben dreht am Radio, wo sich spanische Stimmen überschlagen, hoch- und runtergehen, wie eine Sirene, auch Musik wird auf- und abgeblendet, dazu kommen noch Geräusche, die aus einem sehr billigen Actionfilm stammen könnten. Der Moderator rollt jedes »r«, als müsse er das Klischee über seine Landsleute bedienen. Die Stimmung im Radio passt aber zur Stimmung im Cabrio. Sie erzählen sich noch mal die besten Szenen nach. »Wie der Alte geschwitzt hat in seinem Jackett!«

»Wie sie geguckt hat beim Unterschreiben!«

»Ich wusste erst gar nicht, was los war.«

»Ich dachte schon, du lässt mich hängen!«

Nichts haben die Holthorsts mitbekommen, null. Denen hätte man wer weiß was erzählen können.

Vielleicht ist es so nach einem Fallschirm- oder Bungeesprung. Man riskiert was, ist aber abgesichert und nachher dann euphorisch.

Schönleben hält an einer kleinen Kneipe etwas oberhalb vom Strand. Weiße Plastikstühle und auf den Sonnenschirmen Werbung für San-Miguel-Bier. Schönleben bestellt zwei davon. Sie sitzen in der Sonne, noch ist es nicht mal Mittag, und der Tag bisher war schon randvoll. In einer Ecke hockt ein alter Mann und döst, ein Einheimischer offenbar, stoppeliger Bart und nicht mehr im Vollbesitz aller Zähne. So malerisch heruntergekommen, als sei er Dekoration und Ersatz für eine pittoreske Altstadt. Neben Lorenz und Schönleben hat sich noch ein deutsches Golf-Quartett niedergelassen, das offenbar keine Lust aufs Clubhaus hatte. Ältere Herren, die sich im Gegensatz zu ihrem spanischen Altersgenossen große Mühe geben, jünger zu wirken. Aber auch die können Lorenz die Laune nicht verderben.

Aus dem Ledermäppchen, aus dem Schönleben schon den Vertrag gezaubert hat, holt er jetzt ein dickes Bündel Geldscheine und steckt es Lorenz zu. Es sind Hunderter und Zweihunderter, sieht Lorenz an der grünen und gelblichen Farbe, es müssen insgesamt ein paar tausend Euro sein. »Ich hab dir doch gesagt, da ist was für dich drin!«, sagt Schönleben, als er Lorenz' starren Blick sieht. Keiner der anderen Gäste sieht herüber, trotzdem stopft Schönleben ihm schnell das Geld in die Hosentasche und zwinkert ihm zu.

Einen Moment lang vermischt sich das seltsame Sexgefühl von zuvor mit dem Gefühl des Geldbündels in seiner Hose. Als sei er gerade für etwas Schmutziges und Verbotenes bezahlt worden. Er betastet den Packen Scheine. Kein Zweifel, es ist viel Geld, aber offenbar spiegeln sich seine Zweifel in seinem Gesicht, denn Schönleben legt ihm beruhigend eine Hand auf die Schulter und sagt: »Ich weiß, ich weiß«, als könne er in den letzten Winkel des Brahmkamp'schen Schädels blicken. »Du hast mit mehr gerechnet, aber im Augenblick ist nur Klimpergeld drin. Bleib einfach cool und vertrau mir.« Jetzt denken sie endgültig aneinander vorbei. Aber Schönleben redet schon wieder weiter. »Holthorsts gibt's hier an jeder Ecke«, sagt er und hebt sein Glas in Richtung des Golfquartetts, »und die

Nummer von vorhin ist ausbaufähig.« Schönleben rutscht etwas näher. »Du musst nur n' bisschen weniger machen. Erzähl kurze Geschichten, keine Sachen, die du dir selbst nicht merken kannst, und nicht zu viel ausschmücken, weißt ja, wohin das führt!«

Lorenz braucht ein Weilchen, bis er versteht, dass der wohl auf sich selbst anspielt und das Hermann-Hesse-Gymnasium. Dann klingelt Schönlebens Handy, und sofort schaltet er wieder in einen anderen Gang. »Muss ich mal eben drangehen!« Er geht mit dem Telefon in Richtung seines Autos, während Lorenz sich in seinen Stuhl fläzt, die Augen schließt und die Sonne in seinem Gesicht genießt.

Das Bündel Scheine in seiner Tasche drückt ganz leicht gegen seinen Oberschenkel. Vermutlich mehr Geld, als er sonst in einem Monat verdient. Dafür hat er nicht mal eine Stunde lang die Wahrheit ein kleines bisschen verbogen, sonst nichts. Und für Schönleben ist das offenbar nur »Klimpergeld«. Jetzt lieber keine Fragen stellen.

Schönleben kommt zurück und will gleich wieder weg. Ein Termin. Wichtig. Kann Lorenz mit dem Taxi zurück? Der Ton ist jetzt schon wieder so angespannt wie am Abend zuvor. Der Kerl wirkt immer wie auf der Flucht.

»Klar, kein Problem«, sagt Lorenz, »ich trink' hier nur noch in Ruhe aus.« Genau das tut er. Und denkt nach, über die letzten Stunden. Hat man nicht schon von Leuten gelesen, die beim Spazierengehen Öl gefunden haben? Gut, Öl wahrscheinlich nicht beim Spazierengehen, Lorenz überholt sich selbst beim Denken, das Bier in der Sonne auf nüchternen Magen wirkt schnell, aber die eigentlichen Fragen sind ja: Muss man wissen, wie aus Öl später Benzin wird? Nein, damit können sich andere beschäftigen, wer das Öl hat, ist reich, fertig, man muss nicht wissen, warum das Zeug da ist, wie es da hinkommt und warum ausgerechnet Lorenz es gefunden hat, wichtig ist nur zu erkennen, wo die Quelle ist.

Zurück im weißen Haus über der Bucht. Katrin liegt im Badeanzug am Pool, neben ihr Theresa, und daneben liegt Otto auf einem Badehandtuch und hält alle vier Beinchen in die Luft. Er schläft. Die Szene sieht aus wie eine Werbung aus einem Reiseprospekt.

Als Lorenz sich bemerkbar macht, beschatten beide Frauen fast synchron ihre Augen mit einer Hand, und Theresa kichert. »Ich hab erst gedacht, es ist mein Kerl«, sagt sie und Katrin stimmt zu. Lorenz hat mittlerweile fast vergessen, dass er Schönlebens Klamotten trägt.

»Wo wart ihr denn?« Katrin schiebt ihre Sonnenbrille ins Haar, und Lorenz zeigt mit ausgestrecktem Arm grob in eine Richtung.

»Da hinten.« Er kann jetzt nicht erzählen, was sie wirklich gemacht haben.

»Vergiss es«, sagt Theresa, »ich hab schon längst aufgegeben zu fragen, was meiner den ganzen Tag macht!« Die beiden sind also offenbar auch schon beim Du.

Theresa hat sich in ein luftiges Strandkleid gewickelt, und rund um die Liege verstreut sind Telefon und Kopfhörer, Bücher und iPod, ein Sudoku-Heft, Sonnencreme und eine Schale mit Eiswürfelresten. Sie hat ihre Haare mit einem elastischen Band schmucklos nach hinten gebunden und trägt eine große Sonnenbrille, die fast die Hälfte ihres Gesichts einnimmt. Neben Katrins Liege dagegen findet sich nur ein Buch. Die aufgeräumte, klare und bestimmte Katrin. Sie stemmt sich hoch und zupft sich den Badeanzug zurecht, den er kennt, noch aus dem letzten gemeinsamen Urlaub. Er hat Katrin schon lange nicht mehr so wenig angezogen gesehen. Ihre neuen blonden Strähnchen leuchten in der Sonne.

In Lorenz schwimmt das mit Bier vermischte Adrenalin, und dazu passt auch Katrins Laune.

»Das ist echt der Hammer hier!«, sie strahlt ihn an, »das ist mal definitiv nicht Småland hier.«

Schweden war im vergangenen Jahr ihr letzter Wegfahrversuch. Im Nachhinein haben sie sich gegenseitig beschuldigt, auf die Idee gekommen zu sein, es mit Wandern in Skandinavien zu probieren. Ihr Ferienhaus sah aus, als sei zuvor Pippi Langstrumpf dort depressiv geworden, und die in Aussicht gestellten Elche und Rentiere ließen sich nicht blicken oder waren offenbar kurzerhand durch ein paar Millionen Mücken ersetzt worden. Das Summen hörte auch nachts nicht auf und klang wie ein vielstimmiges herzliches Mückenlachen über die eilig gekauften Duftkerzen und Sprays, die die Viecher angeblich vertreiben sollten. Katrin und Lorenz kapitulierten nach neun Tagen und fuhren zerstochen und frustriert nach Osthofen zurück.

»Danke für den Zettel heute morgen.« Katrin grinst anzüglich.

Lorenz riecht eine kleine, süßliche Alkoholfahne, sie hat sich offenbar schon an der Hausbar bedient.

»Ich weiß ja nicht, was du mit dem Schönleben anstellst, aber mach auf jeden Fall weiter damit«, sagt sie leise und kneift ihn in die Hüften.

Er antwortet ebenso leise, sie soll sich keine Sorgen machen, Schönleben und er, das sei wie Siegfried und Roy, nur eben in heterosexuell und mit Otto statt Tigern. Aber zaubern könnten sie auch.

Katrin schiebt ihn lachend ins Gästehaus, zeigt ihm den Sicherungskasten neben der Tür, den er am Morgen auch schon entdeckt hat. Sie lachen beide kleine Tränchen darüber, als habe Mr. Bean höchstselbst den Kasten da hingehängt. »Sollen wir heute fürs Essen sorgen? Wenn wir schon umsonst hier sind. Ich könnte was kochen!« Lorenz will noch was anstellen mit dem Champagner-Tag, irgendwie feiern, vielleicht ist das hier ein neuer Jahrestag für sie beide. Passend zu seinen Gedanken umfasst Katrin seine Hüften, zum ersten Mal geht eine Berührung von ihr aus. »Essen ist eine gute Idee, du bist schon ganz abgeknöchert! Und so einen dünnen Hänsel will die Hexe nicht. So steht's ja schon im Märchen!«

Katrin ist Alkohol am Mittag nicht gewohnt, ihre glänzenden Augen, ihr Lachen und ihre leicht verdrehten Bewegungen sind wie aus der Zeit, als sie sich kennenlernten, am Schwarzen Brett im Stadthaus Osthofen, wo sie eine Diskussion anfingen, warum das Schwarze Brett weiß ist und warum Lorenz da auf einem Zettel anbot, eine Hantel gegen einen Kasten Bier zu tauschen – es sei nämlich eine Art Winterhantel, kalauerte er, die im Frühling bei ihm nichts mehr zu suchen habe.

Katrin lachte, und sie redeten über Sport, Bier und die Kollegen. Fast eine halbe Stunde verbrachten sie auf dem Gang und malten sich aus, wer welchen Zettel ans Brett geheftet hatte und ob es nicht eine gute Idee wäre, wenn sie unter Erich Schlindweins Namen das Bernsteinzimmer zum Verkauf aushängen würden oder eine Kontaktanzeige für Frau Dressel, die auf diesem Weg einen jungen, gutgebauten, gern auch farbigen Mann sucht, der ihr die schönen Seiten des Lebens zeigt.

Noch am selben Nachmittag schrieb Lorenz ein langes Gedicht an Katrin, in dem es um Schwarzes Brett und Schwarzenegger ging, was sich auf hartes Bett und schwarze Neger reimte und mit der Frage schloss, ob sie sich vielleicht auf ihn einen besseren Reim machen wolle und zu diesem Zweck mal mit ihm ausginge. Sie schickte ihm tags drauf als Antwort einen kleinen Korb, in den sie eine Tafel Schokolade legte, um Lorenz den Korb zu versüßen. Er reimte zurück über Süßigkeiten aus Fleisch, die er lieber hätte als Schokolade, und über Körbchengröße im Allgemeinen und Besonderen. So blieben sie in Kontakt.

Lorenz war hartnäckig. Er schickte regelmäßig kleine Vierzeiler.

Wie Luft werd' ich von dir behandelt
Doch auch die ist immer da
Und wie sich Luft in Bier verwandelt
Zeig ich dir in der »Wunderbar«

Zum Beispiel heute Abend um acht? Wie sieht's aus?

Die »Wunderbar« war Lorenz' Stammkneipe zur damaligen Zeit und gehörte nicht zu den Läden, in denen Katrin verkehrte. Aber Lorenz blieb beharrlich und schrieb beharrlich, und Katrin schrieb regelmäßig zurück, bis sie eines Tages in den Urlaub fuhr und sich dort nicht nur mit ihrem damaligen Freund stritt, sondern auch merkte, dass ihr Lorenz' kleine Aufmerksamkeiten fehlten, dass sie sich an ihn gewöhnt hatte und dass es Zeit war, wirklich mal mit ihm auszugehen. Schon nach dem dritten oder vierten Treffen schickte Lorenz ihr einen Zettel, auf dem stand: »Mal ganz ungereimt: Was machst du denn heute nach der Arbeit? Nee, verschrieben – ich wollte fragen, was machst du denn so mit dem Rest deines Lebens, denn egal, was es ist, ich wär sehr gern dabei. Meinst du, das klappt?« Lange Jahre hat Katrin den Zettel in ihrem Portemonnaie aufbewahrt, bis er immer mehr zerfledderte und fast unlesbar wurde.

Lorenz kann die damalige Katrin in der etwas beschwipsten aktuellen Version von heute wiedererkennen. »Komm, wir fahren einkaufen!«, sagt Lorenz und nimmt seine Frau in den Arm. Seine Seele platzt aus allen Nähten.

Lorenz ist jetzt ein anderer als noch am Abend zuvor. Als der Taxifahrer ihn und Katrin in Palma absetzt, greift er in seine Hosentasche und zieht lässig einen Hundert-Euro-Schein heraus. »Is okay«, sagt er. Dieses Mal will der Fahrer partout Wechselgeld herausrücken, aber Lorenz winkt ab, als müsse sein Geld unbedingt unter die Leute. Katrin grinst.

Lorenz sucht Boutiquen, führt seine Frau vor Schaufenster mit Schuhen oder Kleidern, schlägt hier eine Handtasche vor und da einen Gürtel, während sich Katrin über seine Vorschläge amüsiert, eine neue Sonnenbrille ausprobiert oder sich spaßeshalber einen Rock an die Hüften hält. Sie staunt über seine Ausdauer beim Bummeln und probiert schließlich ein blaues Sommerkleid an. »Das macht aber wirklich schön schlanke Füße«, sagt sie, als sie aus der Umkleidekabine kommt. Das Kleid lässt ihre Schultern frei und läuft stattdessen auf einen goldenen Ring am Hals zu. Katrin betrachtet sich vor dem Spiegel, zupft hier und da, und Lorenz sagt ohne Zögern: »Wir nehmen das!«, mit unmissverständlicher Mimik und Gestik, so dass die spanische Verkäuferin Bescheid weiß und lacht, als sie Katrins völlig überraschtes Gesicht sieht.

»Bist du verrückt?! Weißt du überhaupt, was das kostet?«

Die Verkäuferin nennt ihm die Summe, auf Englisch, Spanisch und Deutsch. Lorenz nickt, sagt »Si, si« und greift lässig in die Hose, die eigentlich Schönleben gehört, zerrt Scheine und noch mehr Scheine hervor und legt sie auf den Tisch. »Wahre Schönheit kann man sowieso nicht kaufen!«

Die Verkäuferin tut lächelnd so, als habe sie das verstanden, während Katrin ungläubig auf den Berg an Scheinen blickt. »Was genau habt ihr heute Morgen denn veranstaltet? Kommt morgen die Polizei und fragt mich nach deinem Alibi?« Katrin hat zu gute Laune, um wirklich misstrauisch zu werden.

Lorenz überreicht ihr mit großer Geste die Tüte mit dem Kleid. »Keine Sorge, das hier bleibt eine einmalige Ausnahme, sobald du wieder zur mir zurückkommst, ist Schluss mit teuren Geschenken!«

Katrin gibt Lorenz einen Kuss auf die Wange und sagt, er soll sich bloß nichts einbilden, denn sie sei erstens nicht käuflich und zweitens aber sehr froh über das Kleid.

Katrin und er schlendern durch die Straßen und werden sicher von nicht wenigen für frisch verliebt gehalten. Sie lästern über jüngere Pärchen und überbieten sich darin, Geschichten zu erfinden, wie die sich wohl kennengelernt haben, was sie beruflich machen und wie lange die noch zusammen sein werden. Katrin lässt sich vor einer Kirche von einer hutzeligen alten Frau aus der Hand lesen, die für zehn Euro krächzend sagt, Katrins Zukunft sei bestens, Lorenz behauptet, er könne aus dem Fuß lesen, und für zehn Euro würde er der hutzligen alten Frau das Blaue vom Himmel prophezeien. Die Frau versteht weder Deutsch noch Spaß, und plötzlich sehen Katrin und Lorenz sich von einem halben Dutzend anderer Frauen umzingelt, und er kauft sie beide mit fünfzig Euro aus der Patsche.

Sie machen einen Zwischenstopp in einer Kneipe, wo sich kurz darauf ein Kegelclub aus Pforzheim einfindet, als Lorenz gerade auf dem Klo ist. Er geht zurück zu Katrin und behauptet, er habe mit dem Kegelclub eine Wette laufen, dass er sie innerhalb von fünf Minuten zu einem Kuss überreden kann. Sie steigt ein, und so küssen sie sich, und dankenswerterweise johlen die Kegler, obwohl sie komplett ahnungslos sind. Es ist ihr erster richtiger Kuss seit Monaten. Vertraut und prickelnd und gut wie der erste Schluck Bier an einem heißen Tag.

»Darauf kann man doch aufbauen«, sagt Lorenz anschließend.

Katrin winkt den Pforzheimern und ruft herüber: »Er lügt, wenn er den Mund aufmacht!«

»Außer beim Küssen!«, sagt Lorenz, und die Kegelbrüder haben schon zu viel getankt und verstehen weder das eine noch das andere, grölen aber freundlich zurück.

In einem Supermarkt kauft Lorenz alle Zutaten für ein gefülltes Brathuhn, er kauft Wein und Gemüse und spürt, während er Thymian und Salbei sucht, Katrins Blick auf sich. Der Tag ist gänzlich aus Gold.

Das Huhn ist nicht umsonst gestorben. Lorenz bepinselt es mit Öl, füllt es mit Kräutern und verfrachtet es in den Ofen der weißen Villa, der so aussieht, als sei er bislang kaum benutzt worden. Schönleben ist inzwischen zurückgekommen und kümmert sich um Otto, der sich offenbar einen Sonnenbrand am Bauch eingefangen hat, als er mittags am Pool eingeschlafen ist. Der Hund winselt erbärmlich, ist aber ansonsten der Einzige mit schlechter Laune.

Theresas Arme und Schultern sind mit leichtem Rot überzogen, was gut zu dem großgemusterten Sommerkleid passt, in dem sie durchs Haus schwirrt. »Ich finde das so schön, dass endlich mal Leute hier sind!«, sagt sie und klingt etwas wackelig.

»Es sind doch ständig Leute hier.« Schönleben versucht, Otto mit Aftersun-Lotion einzureiben.

»Ja, aber anders. Die sind dann oft so … die wollen immer was … und sind nie … die sind nie einfach nur da!« Sie hat gerade zum dritten Mal dieselbe Schublade geöffnet, auf der Suche nach Servietten, Besteck oder etwas, das ihrer Meinung nach fehlt.

Seit sie angekommen sind, versucht Lorenz, Theresa möglichst nicht direkt anzusehen. Er versucht, nicht daran zu denken, wie sie sich in der Dusche in Osthofen begegnet sind. Katrin und Theresa sind für ihn wie Wein und Sekt: Wenn man das vermischt, gibt's nur Kopfschmerzen. Also sieht er auch dem Huhn im Ofen angestrengt beim Braten zu, während Theresa nun erfolglos in den anderen Schubladen wühlt.

»Überhaupt kommen nie keine Leute einfach nur so«, nölt sie unzufrieden. Offenbar hat sie einfach allein weitergetrunken, als Katrin und Lorenz in der Stadt waren. »Wie denn auch?«, Theresa spricht jetzt direkt in die Schublade, »wir bleiben ja nie lange genug, dass wir überhaupt richtige Leute richtig kennenlernen. Wir müssen ja immer weiter. Nach Osthofen. Unbedingt nach Osthofen. In Osthofen wird alles anders, hieß es.«

Otto jault, und Schönleben sagt: »Du erzählst vielleicht einen Scheiß!«

Vielleicht sind Schönlebens weniger golden, als er bislang gedacht hat. Er muss Katrin fragen, die bestimmt besser durchblickt als er.

Das Huhn, kopflos und ölig glänzend, brät vor sich hin. Katrin kommt dazu, trägt ihr neues Kleid und erzählt, wie Lorenz darauf bestanden habe, ihr das zu kaufen. Damit drehen sich die nächsten Gespräche um Mode und Männer und sind somit ungefährlich. Schönleben entkorkt einen Wein, Katrin erzählt von Lorenz' Kochexperimenten, erprobte Anekdoten über Pfannkuchen, die in der Pfanne nicht zu wenden waren und auf dem Boden endeten, und über den Sushi-Kurs zum Geburtstag, wo Lorenz den Reis nicht hinbekam und die Röllchen haufenweise auseinanderfielen. Das Huhn hingegen wird vorschriftsmäßig, und auch das Paprikagemüse erntet Lob.

Man sitzt auf der Terrasse und isst. Es ist immer noch sommerlich warm, und aus einem eigens für den iPod gemachten kleinen Lautsprecher singt Robbie Williams.

Wie schade, dass dieser Teil von Spanien einfach so an die Spanier verschwendet wurde. Schönleben hat schon reichlich Wein intus. Wenn aber die Klimakatastrophe endlich mal kommt, dann wird's in Osthofen auch so schön warm, dann steigen die Immobilienpreise, und dann hat Schönleben gewonnen.

Lorenz stellt sich Kleinert unter Palmen vor, und Katrin findet, das sei ein vielversprechender Titel für eine ZDF-Serie. Otto versucht eine Motte zu fangen, die fortan Ottos Motte ist und Charlotte heißt und ein Motto braucht, findet Lorenz, und das Motto für Ottos flotte Motte Charlotte könnte buena notte sein, findet Katrin, und natürlich fliegt Ottos Motte Charlotte mit dem Motto buena notte zu den Hottentotten. Lorenz und Katrin sind immer noch ein eingespieltes Team. Theresa versucht es auch, aber dass die Motte Charlotte bankrotte geht, geht eben nicht, finden sie. Schönleben winkt ab, ihm fällt erstens nichts ein, und zweitens sei das ein blödes Spiel. Er wird von Lorenz und Katrin ausgebuht und muss zur Strafe noch mehr Wein holen. Nüchtern ist niemand mehr.

Vor ihrer Trennung waren Essen mit anderen Pärchen so anstrengend geworden wie Essen mit der Familie zu Weihnachten. Lorenz war oft schon satt, bevor es losging. Sandra und Heiko hatten kein anderes Thema, als wie unmöglich Heikos Mutter war oder Sandras Chef oder die Leute im Fernsehen, die auswandern, ohne die Sprache zu können, oder Deutschland allgemein, wo die Leute so blöd sind, dass man fast schon selbst ans Auswandern denken könnte. Die Fuhrmanns redeten hauptsächlich über die Kinder, die sie hatten, Timo und Claudia über die Kinder, die sie noch bekommen würden, und erst nach der Trennung bekam Lorenz mit, dass sich auch Katrin bei diesen Abenden gelangweilt hatte.

Jetzt, hier, mit zwei fast Fremden auf einer fast fremden Insel, haben sie beide wieder so viel Spaß wie am Beginn ihrer Ehe, als sie aus dem Blödsinnmachen nicht herauskamen. Robbie Williams singt immer weiter. Die Luft will gar nicht abkühlen, Katrins Gesicht glüht sanft über ihrem neuen Kleid, Theresa singt leise mit, und Schönleben krault Otto.

Jetzt ist fast, fast, fast alles perfekt. Lorenz hat das Gefühl, dass Katrin nur auf ein Zeichen, auf einen Satz von ihm wartet. Jetzt, hier, heute Abend, können sie neu anfangen.

Theresa steht auf und tanzt, dieses Mal zu einer Klavierballade, die Lorenz nicht kennt. Nur für sich dreht sie sich in kleinen Kreisen. Otto hat eine Position gefunden, in der er schmerzfrei liegen kann. Schönleben deutet auf eine große Yacht, die vor der Bucht ankert. So was will er auch haben, sagt er, weil man damit jederzeit einfach abhauen könne, immer dorthin, wo es gerade am besten ist, aber ohne dass man jedes Mal aufs Neue ein Haus suchen müsse, so ein Haus, wie das hier, was ihn jetzt schon wieder langweile und anöde und was ohnehin nicht der Weisheit letzter Schluss ist. So eine Yacht ist ein Haus, das man immer dabeihat, sagt Schönleben. Wie eine Schnecke, sagt Theresa, die Schnecke an der Ecke, die's nicht checke. Aber jetzt reimt keiner mehr mit.

Katrin rückt mit ihrem Stuhl näher an Lorenz und legt ihren Kopf in den Nacken, Lorenz riecht den Duft ihrer Haare. Er muss sie jetzt ins Gästehaus bringen, muss sie zurück in die Ehe lotsen, vorsichtig, ganz vorsichtig, jeder Satz ist jetzt wie dieser Schmetterling, der irgendwo in Asien herumflattert und dann in Norwegen oder wo ein Erdbeben auslöst oder eine Sturmflut oder was. Deswegen flüstert Lorenz fast. »Apropos Schnecke, sollen wir mal in unser Häuschen kriechen?«

Katrin sieht mit großen Augen in den Himmel und sagt: »Guck mal, wie unendlich das alles ist, der Himmel, die Sterne, die Welt, alles unendlich, nur wir nicht. Nur wir einfach nicht.«

Das mit der Schnecke war offenbar der falsche Satz, warum auch immer. Jetzt schnell sein, bevor der Spaß, den sie gerade noch hatten, in eine handfeste Depression umschlägt. Versteh einer die Frauen. Er versucht ihr wortwörtlich unter die Arme zu greifen und sie hochzuziehen, während ausgerechnet jetzt dem iPod die Balladen ausgehen und stattdessen verzerrte Gitarren dröhnen. Jemand singt »This is war«. Theresa tanzt auch dazu unverändert weiter, während Schönleben die Kosten für eine Yacht aufzählt, obwohl ihm niemand mehr zuhört. »So eine Yacht, das ist wie auf offenem Meer Geldscheine zerreißen! Allein so'n Liegeplatz, was der kostet!«

Es sind höchstens zwanzig Meter bis zum Gästehaus, Katrin hängt schwer in seinen Armen, das neue Kleid ist leicht verrutscht. »Das hab ich mich immer gefragt«, sagt Katrin und versucht ihn anzusehen, »ich hab mich gefragt, ob noch was kommt, was ich nicht kenne, oder ob das einfach alles immer so weitergeht, weißt du? Neulich, bevor ich weg bin, hab ich mich das ganz oft gefragt.«

Sein Blut ist gerade auf dem Weg in seine Füße und fehlt deswegen im Kopf. Dabei weiß er ja, was sie meint, und ist ja nicht zuletzt deswegen hier. Aber das kriegt er jetzt unmöglich in einen vernünftigen Satz.

»Frauen kriegen nämlich auch Midlife-Krise, und das ist ungerecht, weil, gleich danach kriegen sie Wechseljahre und wer weiß, was danach noch für'n Scheiß kommt.« Katrin redet wie immer, nur langsamer.

»Aber heute Abend ist es doch schön«, stellt Lorenz fest, und Katrin nickt und muss sich dann ganz leise übergeben. Sehr sorgfältig achtet sie darauf, dass ihr neues Kleid nichts abbekommt.

Lorenz bringt seine Frau ins Gästehaus. Sie besteht darauf, sich selbst die Zähne zu putzen, und schläft ein, sobald sie ins Bett gefallen ist.

Lorenz liegt noch wach. Wenn nicht alles täuscht, singt draußen jetzt wieder Robbie Williams.

22

Am nächsten Tag geht es um ein anderes Haus.

Schönleben wirkt ausgeschlafen, wach und katerfrei. In Lorenz' Schädel dagegen sitzen kleine Lebewesen mit Spitzhacken, die sich einen Weg nach draußen bahnen. Er kann kaum der Geschichte folgen, die sie gemeinsam auftischen. Aber auch das baut Schönleben ein, denn: »Herr Holthorst ist ziemlich deprimiert, dass er das Haus verkaufen muss.« Er begleitet das Wort »deprimiert« mit einer Geste, die andeutet, dass »Herr Holthorst« gern trinkt. Lorenz braucht einen Moment, bis er begreift, dass er heute Herr Holthorst ist.

Das Haus riecht ähnlich wie das Haus am Vortag, nach einer Mischung aus Verlassenheit und spanischen Putzmitteln. Dieses Mal laufen Holzbalken längs der Decken, und überall in den Zimmerwänden sind kleine runde Nischen eingelassen. Bei den Badezimmern hat es jemand für eine gute Idee gehalten, die Wände türkisblau zu marmorieren. Aber das kann man alles auch ändern, wenn man einen anderen Geschmack hat, sagt Schönleben.

Sie stehen Herrn Dotzauer gegenüber, der Hemden mit Monogramm trägt, obwohl er höchstens Anfang dreißig ist. Herr Dotzauer ist sehr sorgfältig unrasiert und kommt aus München. Laut Schönleben einer, der erfolgreich »irgendwas mit Internet« gemacht hat. Jetzt soll der virtuelle Erfolg in etwas Handfestes, Altmodisches getauscht werden. Dotzauer will das Haus nicht selber nutzen, sondern »wieder verscherbeln, wenn die Krise um ist«. Lorenz verzieht das Gesicht und erzählt von seinen Börsenverlusten, so wie Schönleben es ihm zuvor eingebläut hat. Herr Dotzauer nickt nur. Er ist noch zu jung für Mitleid. Die Welt teilt sich für ihn auf in Gewinner und Verlierer, und man ist selbst dafür verantwortlich, in welche Kategorie man fällt. Herr Dotzauer weiß auch, zu welcher Gruppe er von Natur aus gehört. Erfolg ist eine Frage des Willens. Deswegen ist er auch nicht über die schöne Aussicht zu kriegen oder den Duft der Orangenbäume, sondern nur darüber, dass Herr Holthorst dringend Geld braucht und ein anderer potentieller Käufer sehr kurzfristig abgesprungen ist. Verhandeln ist Alltag für Herrn Dotzauer, Geld ist für ihn Alltag, und auf Einzelschicksale kann er keine Rücksicht nehmen. Fünfhundertfünfzigtausend sind sein letztes Angebot.

Herr Dotzauer zupft an seinem sorgfältig zerknitterten, leichten Schal, den er lässig umgebunden hat, trotz der Sonne, Schönleben zaubert Pläne aus seinem magischen Ledermäppchen, und Lorenz greift zu einem Glas Wasser. Er hat keine Ahnung von Immobilienpreisen auf Mallorca, aber wenn Schönleben Dotzauer über den Tisch zieht, trifft es zumindest nicht den Falschen.

Er müsse das mal eben mit Herrn Holthorst besprechen, sagt Schönleben und zieht sich mit Lorenz in den Garten zurück, der so aussieht wie der Garten in Schönlebens eigenem Haus auf der Insel. Auch hier stehen geflochtene Liegen mit weißen Auflagen am Pool. »Der muss da drin ein bisschen marinieren«, sagt Schönleben und meint Dotzauer, der in der Küche steht und die beiden beobachtet, während er sich sein Handy ans Ohr hält. Schönleben hackt pro forma auf einem Taschenrechner herum. »Guck schön skeptisch!«, sagt er, und Lorenz sieht stumpf auf das Display des Rechners. Aus der Sicht von Herrn Dotzauer ist es vermutlich eine intensive Diskussion über den Kaufpreis, während Lorenz und Schönleben in Wirklichkeit darüber reden, dass die Arschlöcher heute auch immer jünger werden. »Ein echter Hundertsassa ist das«, sagt Schönleben verächtlich über Dotzauer, der jünger ist als er und es womöglich jetzt schon weiter gebracht hat.

Durch den zähen Nebel der Alkoholnachwirkungen hat Lorenz das Gefühl, gerade eine Art Grundausbildung als Robin Hood zu machen. Mallorca ist Sherwood Forrest, und wer Lady Marian ist, ist auch klar. Wenn die größten Schurken heutzutage Banker sind, dann können die neuen Helden auch Sachbearbeiter sein.

»Zäher Bursche«, sagt Schönleben nach einer Weile, »der legt nix mehr drauf.« Er geht zurück in die Küche. »Ich denke, wir haben einen Deal!«, hört Lorenz noch und sieht, wie Schönleben seine Hand ausstreckt, strahlend lächelnd, wie immer.

Das nächste Haus steht am Ende einer Kurve. An einen Baum sind mit Draht künstliche Blumen gebunden worden, ein Friedhofslicht steht davor und auch ein kleines Kreuz, das ebenfalls an dem Baum befestigt wurde. Irgendjemand hat diese Kurve nicht gekriegt.

Lorenz hat den Vorabend noch in den Knochen und im Herzen. »Wie unendlich alles ist, nur wir nicht.« Gleichzeitig ist Schönleben schon aus dem Wagen gestiegen und versucht, die Blumen und das Kreuz vom Baum zu lösen. »Der Kerl, der die Bude kaufen soll, is 'n alter Knacker, der will hier noch 'n bisschen leben. Da sollten wir ihn nicht daran erinnern, dass er hier auch abkratzen kann.«

Lorenz soll mithelfen und kommt sich schäbig vor. Ein Kreuz abzumontieren hat nichts mehr vom spaßigen Geflunker für den wahren Herrn Holthorst, es passt auch nicht zu

Robin Hood. Sobald er wieder vollständig ausgenüchtert ist, muss er mit Schönleben reden, mal grundsätzlich.

Auch dieses Haus hat Säulen und dieselben Dachziegel wie die anderen, nur dass es von außen in Lachsrosa gestrichen ist. Auch hier stehen geflochtene Stühle auf der Terrasse, dieses Mal sind die Auflagen bräunlich, weiß gestreift. Auch hier Terrakotta, wie überall. Ganz Mallorca ist mit Terrakotta gefliest. All die gepflegten Pflanzen neben all den geflochtenen Möbeln, die Lorenz gesehen hat, seit er hier ist, wirken so, als sei die Insel Ausstellungsgelände für ein Gartencenter. Zusätzlich ist die Sonne heute zu hell.

Lorenz will am liebsten im Auto sitzen bleiben. Aber Sitzenbleiben war schon in der Schule doof, sagt Schönleben und redet auf ihn ein. Der Wörtz hat gar keine Ahnung. Den Wörtz werden sie schön einpacken. Schleifchen drum und fertig. Nur darf Lorenz jetzt nicht das Flattern kriegen. »Hier ist auch wieder 'ne Menge für dich drin«, sagt Schönleben, »'ne Menge Kleider für Katrin, 'ne Menge Spaß, 'ne Menge Leben.« Schönleben ist ein guter Verkäufer. Nur den Wörtz noch, sagt Schönleben, dann ist eh Schluss für heute. Dann legen sie sich an den Pool auf die Sonnenbank, die einzig wahre, die ohne Strom, und dann ist Schluss mit ausnüchtern.

Schönlebens Lächeln mal wieder. Jeder Satz klingt so optimistisch, als sei der Kerl gerade aus dem Homeshopping-Kanal gefallen. Vielleicht liegen seine Zweifel wirklich am Restalkohol, denkt Lorenz, oder daran, dass er seine Dusche und seine Ehe noch immer nicht wirklich repariert hat. Schönleben drängt ihn ins Haus. Dieses ist von innen weiß und glatt verputzt. Es hat eine Küche, die genauso auch in Osthofen stehen könnte. Irgendwo gibt's bestimmt eine Maggi-Flasche.

Herr Wörtz sieht aus wie der Weihnachtsmann auf Sommerurlaub. Man kann ihn sich gut in einem roten Mantel mit weißem Fell am Saum vorstellen und mit Bart, auch wenn er jetzt glattrasiert ist und ein schwarzes T-Shirt trägt, auf dem »fashion« steht, das er aber trotzdem tief in die curryfarbene Hose gesteckt hat, die oben von einem geflochtenen Ledergürtel zusammengehalten wird. Die kleinen Augen kullern verwirrt in seinem gemütlichen Gesicht herum, und zu hoher Blutdruck sorgt für dunkelrote Wangen. Seine Frau hat sich ihm offenbar im Laufe der Jahre angeglichen. Auch sie klein, rund und gemütlich, wie eine verlorene Schwester der Jacob Sisters. Sie inspiziert als Erstes die Küche. Da kennt sie sich aus und ist entschlossen, sich keinen Schund andrehen zu lassen.

Herr Wörtz ist kurzatmig, seine Geschichte, warum er das Haus kaufen will, ist eher das Gegenteil. Ein Leben lang hat er gearbeitet, Installationen, also Gas-Wasser-Scheiße auf Hochdeutsch, lacht er, auch bekannt als Klempner-Triathlon. Erprobte Gags, mit denen er bestimmt zahlreiche Hausfrauen gut unterhalten hat. Er setzt seinen fachmännischen Blick auf, beugt sich keuchend unter die Spüle und beklopft das Abflussrohr. Darüber redet Schönleben und weiß, wo es in der Nähe deutschen Filterkaffee gibt, weiß, dass es quasi um die Ecke einen deutschen Arzt gibt, dass es zum Supermarkt fünf Minuten sind, und die Tomaten da, die schmecken noch nach Tomaten, so was ist in Deutschland gar nicht mehr zu kriegen.

Die kleine, kugelige Frau Wörtz nickt begeistert. Das ganze Haus ist ein Träumchen. Eigentlich genau das, wonach sie gesucht haben.

»Herr Dotzauer« ist bislang noch gar nicht gefragt. Er kommt später ins Spiel, wenn es um »Verträge« geht, sagt Schönleben und entkräftet das böse Wort mit einem Extralächeln. Herr und Frau Weihnachtsmann lassen sich Zeit, haben schon einen schönen Platz für »unsere Kommode« entdeckt und wissen auch, wo man den Wein lagern könnte. Ganz genau inspiziert wird alles. Toll, wenn man sich selbst so gut auskennt, lobt Schönleben, andere brauchen dafür einen teuren Experten. Stolz wie Oskar ist der Weihnachtsmann jetzt. Nee, das wär bei ihm nun wirklich rausgeworfenes Geld. Apropos, wo wir gerade schon beim Thema sind. Ächzend nimmt Herr Wörtz Platz und holt wieder weit aus. Der Staat hält ja beim kleinen Handwerker immer nur die Hand auf. Die Großen, er sagt's jetzt einfach mal, wie's ist, die Großen kriegen alles in den Arsch geschoben, und auf diesen fetten Ärschen sitzen sie dann, während Leute wie er den Staat am Laufen halten. Frau Wörtz ist sichtlich nicht glücklich über die Wortwahl, inhaltlich aber sehr einverstanden. Und deswegen, sagt Herr Wörtz, sei er ja schon fast gezwungen gewesen, das ein oder andere auch noch nebenbei zu verdienen.

Schönleben ist jetzt der Freund des kleinen Mannes. Bei der LINKEN könnte er sein, so wie er zustimmt. Der gemütliche Herr Wörtz kriegt ein Glas Wasser und versichert seinen Zuhörern, dass er kein schlechter Mensch ist, sondern ein ganz durchschnittlicher, menschlicher Mensch, der eben im Laufe der Jahre ein bisschen was zur Seite gelegt habe. Aber nie, nie, nie die Kunden beschissen. Nie. Immer sei er da gewesen für jeden. Es folgen Geschichten, wie er mitten in der Nacht knietief in fremder Scheiße, er sagt's so, wie's war, und so'n Rohrbruch nimmt ja keine Rücksicht auf Schlafenszeiten. Frau Wörtz kommt kaum dazwischen, muss aber auch noch mal darlegen, wie sie damals, als die Kinder klein waren und Masern hatten zum Beispiel, praktisch immer allein dastand. Schönleben hört zu, als sei er der König und die kugelrunde Frau Wörtz Scheherazade, in der tausendsten Nacht. Und nach all dem, findet Herr Wörtz abschließend, können sie sich doch mal was gönnen, oder sehe man das anders?

Ganz, ganz genau so sieht das Schönleben und versichert, ihm sei es regelrecht wurscht, ob das Geld von einem Konto oder aus einem Koffer komme. Solche Sachen machen sie hier andauernd. Die Insel wäre nämlich weitgehend menschenleer, wenn es Leute wie die Wörtzens mit ihren Koffern nicht gäbe. Eigens deswegen sei ja auch der Herr Dotzauer bei diesem Termin dabei. Der sei ein regelrechter Experte auf dem Gebiet der »Kofferfinanzierung«. Alle lachen.

Die Weihnachtsmanns sind erleichtert, Lorenz nickt und sucht in seinem gänzlich leeren Kopf nach etwas, das er den beiden auftischen kann, während Schönleben behauptet, dass Herr Dotzauer bestens mit den Autoritäten auf der Insel vernetzt ist. Das bestätigt Lorenz, während er gleichzeitig merkt, dass seine Zehen sich fest in seine Schuhe pressen und seine Haut kribbelt. Das, was sie hier machen, ist kein Spaß, kein Spiel, nicht mal eine Notlüge, um den eigenen Kopf noch aus der Schlinge zu ziehen, sondern sie selbst knoten die Schlinge, und die gutmütigen älteren Herrschaften stecken gerade ihre grauhaarigen Köpfe hinein. Sie sitzen hier mitten in einer Folge *Nepper, Schlepper, Bauernfänger*, wo früher im Fernsehen Eduard Zimmermann aus dem Off schilderte, wie nichtsahnende Rentner mit einer Plastikmünze um den Euro im Einkaufswagen betrogen wurden oder die Bitte um ein Glas Wasser an der Wohnungstür dazu führte, dass sich Rentnerin Erna P. aus Wilhelmshaven ihren Goldvorrat aus der Zuckerdose klauen ließ.

Während sich in Lorenz das schlechte Gewissen breitmacht, redet Herr Wörtz von den Politikern, die alle vom Stamme Nimm sind, und von der Ehrlichkeit, die ein Fremdwort geworden ist in Deutschland und er als Einzelner dagegen ja eh keine Chance habe. Im Gegenteil, jahrelang sei er der Dumme gewesen und will es nicht bis an sein Lebensende bleiben.

Lorenz fängt einen Blick von Schönleben auf, und an seinem schlechten Gewissen vorbei erfindet er die kleine Anekdote, wie etliche Prominente – er kann natürlich keine Namen nennen – Riesenvillen auf Mallorca in allen möglichen Währungen cash, zum Teil in Plastiktüten, bezahlt haben. Er hält sich kurz und ist froh, dass keine Nachfragen kommen, und Herr Wörtz ist froh über die gute Gesellschaft, zu der er jetzt auch gehört. Jetzt sind sie nicht mehr die Dummen, sondern die Cleveren.

Gerade deswegen will Schönleben sie jetzt nicht übers Ohr hauen, sagt Schönleben, und macht den großzügigen Vorschlag, einfach noch mal ein, zwei Nächte über alles zu schlafen, noch mal rumzugucken nach Vergleichbarem, gern bemüht er sich auch noch mal um alternative Objekte, der nette Herr Schönleben, aber das Haus, in der Lage, zu dem Preis, das gibt's alle Jubeljahre mal. Mit genau dieser Tonlage werden nachts im Fernsehen auch Messersets und Bauch-weg-Gürtel verkauft. Ehepaar Wörtz hat wahrscheinlich beides.

Alexander Schönleben quillt die Freude aus jeder Pore. »Das läuft ja wie 'ne Schnupfennase«, sagt er, als die Wörtzens wieder weg sind. Er fährt den BMW mal richtig aus, die Serpentinen rauf und wieder runter, so dass Lorenz hofft, dass es wirklich weder Gott noch Karma gibt, die ihnen das Abräumen von Kreuz und Blumen am Kurvenbaum heimzahlen wollen. Zweimal biegen sie falsch ab, aber Schönleben ist unerschütterlich in seiner guten Laune. Er ist ein Ein-Mann-Autokorso, ein Überfallkommando der Hochstimmung, und er hat keine Lust, direkt wieder nach Hause zu fahren. »Pool ist schwul«, sagt Schönleben, »komm, wir fahren ans Meer!«

Der Fahrtwind bläst auch Lorenz das schlechte Gewissen aus dem Kopf. Kann man Schlechtes tun bei so gutem Wetter? Lorenz sieht sich im rechten Außenspiegel, einen Arm fast lässig auf das warme Metall der Autotür gelegt, die Haare stehen vom Kopf ab, die Sonnenbrille bringt ein bisschen Gratis-Coolness mit. Zwei erfolgreiche Männer, unterwegs zu einem Platz an der Sonne, gerade noch nicht zu alt fürs Cabrio, gerade noch jung genug, dass das alles nicht albern wirkt.

In Osthofen regnet es wahrscheinlich. Außerdem hat Lorenz nichts wirklich Schlechtes getan. Er hat vermutlich ein paar Preise hochgetrieben, was jeder Metzger tut, der seine Schlachtabfälle durch den Wolf dreht und als »extrafeine Leberwurst« verkauft. Etliche Werbeagenturen verdienen ihr Geld damit, den Leuten billigen Elektrokram aus Fernost teuer unter deutschen Markennamen zu verkaufen, und dass er sich beim Ehepaar Weihnachtsmann ein Amt angemaßt hat, war letztlich auch nichts anderes als das, was Kleinert hauptberuflich jeden Tag macht. Wenn er zurückkommt, wird er spenden, für ein paar arme Schweine, denen es wirklich dreckig geht. Lorenz nimmt sich vor, etwas von dem Geldbündel dafür zurückzulegen. Der Gedanke beruhigt ihn.

Das spanische Radio bietet laute einheimische Musik an, und Schönleben trommelt dazu mit zwei flachen Händen auf sein Lenkrad. Er behupt holländische Touristinnen von hinten, die im Entenmarsch die Straße entlanggehen, und winkt hinter der nächsten Kurve denen, die er für Einheimische hält. Lorenz kann sich nicht erinnern, je mit derart guter Laune von seinem Job gekommen zu sein. Also macht Schönleben doch alles richtig. Deswegen macht doch auch er alles richtig, wenn er sich an den hängt. Wer lacht, hat recht.

So schnell allerdings lässt sich kein Strand finden. Nur

stufenweise abfallende Felsen, besprenkelt mit Pflanzen und Bäumen. Aber das Meer ist zu sehen, und Schönleben will wie immer alles jetzt, hier und gleich. Er parkt mitten in der Landschaft. »Mir nach, zum Meer!«

»Das sagt der Chef von den Lemmingen auch immer«, schickt Lorenz hinterher, mit Blick auf den felsigen Abstieg.

»Bange machen gilt nicht!«, ruft Schönleben und läuft los, keinen Tag älter als zwölf. Das Abenteuer lockt hinter jedem Baum. Bestimmt kommen gleich Indianer. Sie sind Huckleberry Finn und Tom Sawyer. Lorenz muss sich wieder beeilen, um Schritt zu halten, wie bei ihrem ersten gemeinsamen Ausflug zum Joggen, aber das hier ist nicht Osthofen-Tannbusch, und er ist ein anderer Lorenz, runderneuert und upgedated. Der beste Lorenz, den es je gab. Es duftet nach wilden Kräutern, der Himmel ist wolken- und grenzenlos, und unten schwappt einladend das Wasser an Land. Sie beide haben gerade Geschäfte gemacht. Richtige Geschäfte. Nicht Formulare hin und her geschickt, nichts an Ausschüsse verwiesen, keine Vorlagen geprüft, kein Gremium befragt. Sie haben Geschäfte gemacht, an deren Ende dicke Geldbündel stehen werden. Lorenz hat sich mehr fortgebildet, als Katrin je gedacht hätte. Die wird staunen!

Schönleben hat schon etliche Meter Vorsprung, rutscht aber auf den lockeren Steinen weg und plumpst auf den Boden. Unbeholfen und abrupt landet er auf dem hinteren Teil seiner Hose. Lorenz muss lachen und kann nicht mehr aufhören. Das Lachen quillt aus ihm heraus. Der andere ist hingefallen und hat sich weh getan, das ist der beste und älteste Witz der Menschheit. Der andere liegt am Boden und wir nicht. So muss in der Steinzeit der Humor entstanden sein. Japsend kommt Lorenz bei Schönleben an: »Arschbombe!«, er muss Luft holen, »du hast 'ne Arschbombe auf die Steine gemacht!«

Einen Moment lang sieht es so aus, als wolle Schönleben aufbrausen, aber dann muss auch er lachen. Lorenz reicht ihm die Hand und zieht ihn hoch. »Warte ab, wer zuletzt lacht!« Schönleben läuft schon wieder weiter. Vielleicht wird der sein neuer Jochen. Vielleicht lassen sich doch noch Freunde finden.

Ein Strichmännchen winkt um Hilfe auf einem Schild, das vor wer weiß wie langer Zeit einfach so mitten in die Landschaft gesetzt wurde. Das Männchen schwimmt in zwei schwarzen Wellen. Sonst aber gibt es keine Zäune, keine Wege, nichts Menschengemachtes. Nur ganz weit hinten sieht man ein vorgelagertes Inselchen mit einem steinernen Turm. Große Vögel kreisen stumm am Himmel. »Scheiße, ist das idyllisch!« Schönleben strahlt.

Sie rutschen auf dem Geröll häppchenweise nach unten. Bestimmt sehen sie zu Fuß deutlich alberner aus als im Cabrio. Aber was soll's? Kein Mensch ist zu sehen. Von wegen überlaufene Insel! Dann sind sie unten, keuchend, schwitzend, lachend. Das Meer läuft träge auf die Steine auf. Es liegt glitzernd und blau da, als wäre Umweltzerstörung ein Thema für jemand anderen. Schönleben hat mit einem Griff sein Hemd über den Kopf gezogen. »Komm! Komm!« Er schlüpft aus den hellen Lederslippern, jetzt endgültig zurück in der Pubertät.

Lorenz dagegen ist weiterhin um die vierzig. Sie haben keine Handtücher mit, und erst recht keine Badehosen.

»Schlecht geheizt, die Wanne!«, ruft Schönleben übermütig und splitternackt. Bis zu den Knien steht Schönleben schon im Meer, der helle Hintern über dem Wasser schwebend, wie ein kleiner Mond, der sich in der Umlaufbahn geirrt hat. Storchenartig tastet sich Schönleben weiter vor, während er sich gleichzeitig nach Lorenz umdreht. »Was'n los, du Memme?!«

Schönleben hat ja recht. Was soll passieren? Lorenz war heute schon Herr Holthorst, der sein Haus auf Mallorca verkaufen muss, und Herr Dotzauer, der beste Kontakte zu den Autoritäten auf dieser Insel hat, einer von den beiden wird sich ja wohl auch ausziehen und ins Meer springen können.

Lorenz war damals nicht dabei, als sein Freund Jochen sich mit etlichen anderen Jungs nachts in den Osthofener Tierpark schlich, um die weißen Zebrastreifen eines Zebras gelb zu übermalen, damit das Zebra fortan schwarz-gelbes Maskottchen für ihrer aller Lieblingsfußballverein sein könne. Lorenz unkte, dass es schiefgehen würde, und blieb zu Hause. Natürlich war tatsächlich einer der Jungs von dem Zebra übel in die Weichteile getreten worden. Ein Notarzt musste kommen, und anderntags mussten die Eltern samt der beteiligten Jungs sowohl beim Schul- als auch beim Zoodirektor antanzen.

Lorenz weigerte sich auch, die Ecstasy-Pillen zu schlucken, die seine damalige Freundin Vanessa besorgt hatte. Unauffällig warf Lorenz die Pillen einfach weg, behauptete aber, er sehe irre Farben und irre Männchen, ja sogar irre Männchen in irren Farben, und sei außerdem wahnsinnig wach und geil, schlief aber auf dem Parkplatz des »Village« in seinem Auto ein, während Vanessa vergeblich auf ihm herumturnte. Lorenz hat auf dem Sektor Abenteuer also noch Altlasten aus der Jugend, er muss auch mal ins kalte Wasser springen. Heute ist ein guter Tag dafür.

Er schnürt sich aus den Schuhen und steigt aus Hose und Hemd, die beide ohnehin Schönleben gehören. Die heutige Unterhose kann sich sehen lassen, und er legt alles ordentlich aufeinander und beschwert den Kleiderhaufen mit zwei Steinen.

Er ist nicht gerne nackt. Der Mensch hat von Natur aus keine Taschen, in die man sein Hände stecken kann, keinen Stoff, an dem man hin und wieder zupfen kann, nichts, was den aus dem Leim geratenen Körper versteckt.

Schönleben lässt es sich nicht nehmen, Lorenz zu bespritzen, als der sich vorsichtig ins Meer wagt. »Wenn das Wasser noch 'n bisschen kälter wär, wärst du 'n Mädchen!« Schönleben zeigt grinsend zwischen Lorenz' Beine. Wenn schon zwölf, dann also auch richtig. Lorenz feuchtet unbeirrt vorschriftsmäßig erst mal seine Handgelenke an, bevor er sich unter großem »Ah, ah, Scheiße, kalt!« ins Wasser wagt.

»So, komm, bis zu dem Schild da hinten!«, tönt Schönleben ungeduldig und schwimmt los. Aber schwimmen ist nicht laufen. Lorenz' Körper erinnert sich nach ein paar Momenten noch immer an die Jahre im Schwimmverein. Ein Eisenstab soll den Schädel mit Rückgrat und Hüften verbinden, hat Schmitti, der Jugendtrainer, ihnen eingebläut. Und dass Schnelligkeit im Wasser wenig mit Kraft in Armen und Beinen zu tun hat, und viel mit der Körperposition. »Der Arsch will immer auf Grund gehen, aber der Arsch hat nichts zu wollen!« Das Wasser hebt die Gewichtsunterschiede zwischen ihnen auf. Lorenz ist mindestens zeitgleich am angepeilten Schild. »Ich hab Wasser geschluckt!«, rechtfertigt sich Schönleben, im Ton wieder eine Spur erwachsener. Er schnäuzt durch die Finger und schüttelt sich Wasser aus den Ohren. »Jetzt bis zu dem Felsen!« Schönleben deutet auf einen dunklen Stein, der ein Stück weit draußen knapp aus dem Meer herausragt.

Lorenz schnauft. »Bei dir ist alles immer 'n Wettbewerb!«

»Nur der Schnellste kriegt das Ei – alter Wahlspruch bei den Spermien!« Schönleben grinst. Jetzt, wo seine Haare nass sind, sieht man erst, wie wenige er nur noch hat.

Der steinige Untergrund ist rutschig. Das Wasser ist auch in Ufernähe ziemlich tief. Das Schild, das als Ziel ihres kleinen Wettschwimmens diente, zeigt wieder ein ertrinkendes Männchen. »Ich glaube, schwimmen ist hier gar nicht erlaubt«, übersetzt Lorenz das Schild auf Hochdeutsch, und Schönleben muss lachen. »Ja, wenn's nicht erlaubt ist, dann machen wir's natürlich nicht!«

Das Meer, groß und kalt, hat den letzten Rest Alkohol aus Lorenz' Körper vertrieben. Er fühlt sich frisch und fit. Nur die Stelle an der Schläfe, wo ihn der Golfball getroffen hat, kribbelt ein bisschen. Vielleicht sollte er wieder mit dem regelmäßigen Schwimmen anfangen. Noch ist es nicht zu spät, wieder in Form zu kommen.

»Okay«, ruft Lorenz, »dann jetzt Moby Dick gegen Flipper! Los geht's!«

Lorenz stößt sich ab und schwimmt los. Er hört hinter sich auch Schönleben. Sie wühlen das Wasser auf, Lorenz versucht, die Augen geschlossen zu halten, er atmet abwechselnd zu beiden Seiten, merkt, dass ihm allmählich die Luft ausgeht, und schwimmt weiter. Das hier wird er zu Ende bringen, er hat noch einiges gutzumachen. Mindestens das stockdunkle Gästehaus wird er Schönleben jetzt heimzahlen.

Er schwimmt mit der Strömung, die Arme ziehen durchs Wasser, die Beine schlagen. Sein Körper funktioniert, Cholesterin und Übergewicht sind eine Erfindung der Pharmaindustrie. Lorenz öffnet die Augen gerade noch rechtzeitig, bevor er an den Felsen stößt. Der Stein ist mit grünen Algen überzogen, er muss sich daran festhalten, stehen kann man nicht mehr,

Schönleben kommt deutlich nach ihm an, prustend, nach Luft schnappend.

»Lunge, komm bald wieder!«, japst Lorenz, erschöpft und glücklich.

Er hat gewonnen, ganz regulär gewonnen, die Sonne ist Zeugin. Wahrscheinlich sieht er jetzt so aus wie die Holthorsts gestern, als sie dachten, sie hätten ihm das Haus abgejagt. Der Sieg kribbelt unter seiner Kopfhaut. Schönleben spuckt aufs Wasser und sagt nichts. Lorenz fühlt sich runderneuert, als habe das Meer jedes Bier, jeden Speck und jede Tüte Chips der letzten Monate aus ihm herausgespült. »Sport ist wie Sex, am schönsten, kurz nachdem 's vorbei ist!« Beste Laune hat Lorenz. Das Schild mit dem ertrinkenden Männchen ist von hier kaum noch zu sehen. Er ist nackt wie der erste Mensch, er hat das Meer beherrscht, zu Hause wartet Katrin und der Rest vom Geldbündel. ABBA hatten recht: The Winner takes it tatsächlich all.

»Vielleicht sollten wir den Wörtzens eine fairen Preis machen«, sagt Lorenz plötzlich. Er hat das Bedürfnis, ein kleines Opfer zu bringen, wenn schon nicht dem regulären Gott, dann vielleicht Neptun oder wer auch immer fürs Mittelmeer zuständig ist. Einfach das Schicksal gnädig stimmen, danke sagen.

»Was erzählst du denn da?« Schönlebens blaue Augen kommen gegen das Blau des Meeres nicht an und blinzeln gegen die Sonne.

Lorenz will erklären: »Ich fand, die sahen ein bisschen aus, als würden sie sich zu Weihnachten weltweit durch die Schornsteine quälen. Deswegen dachte ich, vielleicht sollten wir denen einen fairen Preis machen, sonst gibt's dieses Jahr keine Geschenke!« Er spürt einen leichten Strömungssog an den Beinen und sieht den grauen Schatten einiger Fische.

»Einen fairen Preis.« Auch Schönleben klammert sich an den Felsen. Sie sehen aus wie zwei Schiffbrüchige, die sich um eine viel zu kleine Insel streiten. Dick und Doof als Robinson und Freitag, Sketchpersonal. Sie schwanken leicht im welligen Auf und Ab des Meeres. »Was wär denn in deinen Augen ein fairer Preis?« Schönleben klingt lauernd, viel ernster, als Lorenz es gemeint hat.

»Keine Ahnung.« Lorenz will die Leichtigkeit zurück. Gerade eben, vor wenigen Momenten, war doch alles noch perfekt. »Es sind ja deine Häuser.«

Immer noch sieht der Schönleben ihn an, wie eine seltene, aber gefährliche Tierart. »Es sind meine Häuser?«

Lorenz hat keine Ahnung, was diese Gegenfragerei soll.

»Du denkst, es sind meine Häuser?«

Immer, immer, immer ist die Welt nur für ganz wenige Augenblicke im Gleichgewicht. Schönleben tanzt sich mit den Wellen näher zu Lorenz, der instinktiv gleichzeitig versucht, auf die andere Seite des Felsens zu kommen, beide wollen den Stein aber nicht loslassen. Es muss vom Ufer aus wirken wie erbärmliches Synchronschwimmen.

»Du hast überhaupt keine Ahnung, was wir hier machen?« Auch hier geht Schönlebens Stimme am Ende des Satzes wieder hoch. Es klingt wie eine Frage, die kurz vor einer Kneipenschlägerei gestellt wird: »Was glotzt du so?«, »Willst du was von meiner Schwester?«, »Hast du mich gerade Arschloch genannt?« Alles Fragen, auf die man keine Antwort erwartet, die aber gestellt werden müssen vor dem ersten Schlag.

»Du denkst, das sind meine Häuser?« Schönleben hat jetzt nichts mehr von dem Teenager, der sich gerade noch ins Wasser gestürzt hat. Sein Gesicht ist blank, glatt und ausdruckslos. Wie ein Löwe, der die Antilope im Auge hat.

»Na ja gut, nicht deine Häuser im Sinne von deine Häuser …« Lorenz schwimmt, wörtlich und sprichwörtlich. Gleichzeitig sind all die Fragen wieder da, die die ganze Zeit schon da waren. Was alles bei Schönleben nicht mit rechten Dingen zugeht, warum einer, der den Megapark in Osthofen plant, plötzlich Ferienhäuser auf Mallorca vermakelt, ob überhaupt irgendwas von dem stimmt, was der erzählt. Dabei hat Lorenz natürlich die ganze Zeit gewusst, dass nichts stimmt.

Schönlebens Gesicht ist jetzt schmaler, weniger braun, dafür sieht man mehr Sommersprossen um die Nase. »Du hast überhaupt keine Ahnung.« Das kommt von Schönleben jetzt wie eine Feststellung. Lorenz klammert sich an den glitschigen Felsen. Er ist noch zu kaputt, um von hier wieder an den Strand schwimmen zu können. »Und ich blödes Arschloch hab gedacht, du weißt Bescheid.« Schönleben zwinkert sich das Salzwasser aus den Augen. Eine winzig kleine Gischt aus Spucke hängt ihm im Mundwinkel. Kein Anzeichen, dass sich alles in Spaß auflöst. Im Gegenteil, der Löwe wird gleich losschlagen. In Lorenz liegen etliche Gedanken übereinander. Er sollte jetzt schnell die Geschichte erzählen, warum er tatsächlich Bescheid weiß oder eben tatsächlich gar nichts weiß, je nachdem, was besser ist. Schönleben wird von einer kleinen Welle überspült.

»Ich hab gar keine Ahnung«, sagt Lorenz, als der andere wieder auftaucht. Jetzt bei der Wahrheit bleiben. Die Wahrheit rettet einen. So wird es einem als Kind doch beigebracht. Die Wahrheit, nichts als die Wahrheit, so wahr mir Gott helfe. Dann soll der sich jetzt mal ranhalten.

»Und Klarenberg?« Rau die Stimme, als würde Schönleben von de Niro synchronisiert.

»Ich hab nur was über den in der Zeitung gelesen …«

»Und Manhattan?«

»Fugenmasse …«

Schönleben hat ihn im Tanz um den Felsen irgendwie ausgetanzt, hat ihn am Arm gefasst, mit festem Griff. Lorenz hält sich immer noch am Felsen fest, er spürt ein nacktes Schönlebenbein an seinem nackten Bein.

»Fugenmasse?«

»Fugenmasse!« Wenn er das Wort noch einmal sagt, wird es seinen Sinn vollständig verloren haben. »Ich hab versucht, meine Dusche zu reparieren, und dafür braucht man Fugenmasse …«

»Ich hab gedacht, du hast mich am Arsch, deswegen hab dich mit ins Boot geholt …«

Ein gar nicht passendes Bild, findet Lorenz, für zwei unglaublich bootlose Männer auf dem Meer. »Ich hab gedacht, du weißt, wer ich bin!!«, schreit Schönleben und schreit noch mehr, aber Lorenz hört den Rest nicht. Schönlebens Gewicht, das an seinem Arm hängt, zieht ihn unter Wasser.

Gott legt anscheinend also doch keinen Wert auf Wahrheit oder kümmert sich gerade um ein anderes seiner Milliarden Geschöpfe. Das Wasser unter Wasser ist nicht blau, eher grünlich, dreckig. Wasser überall, in der Nase, in den Ohren, überall, da sind Schönlebens Beine, helle, baumelnde Streifen, Lorenz fühlt keinen Boden unter den Füßen, er schlägt um sich, jede Bewegung grotesk verlangsamt vom Wasser, aber er fühlt seinen Fuß in Schönlebens Magen, er kommt frei, er kommt hoch, da, wo alles voller Luft ist, da, wo der Felsen ist, an den muss er sich halten, und husten, salziges Wasser hat er geschluckt, brennt im Hals, brennt in den Augen. Jetzt hampelt und quirlt der Schönleben das Wasser auf, wirft Lorenz einen seiner Arme an den Kopf, sie müssen unbedingt aufhören damit! Was ist das für ein schrecklicher Spaß, den Schönleben mit ihm macht? Mit dem Meer aber ist doch nicht zu spaßen, das Meer ist groß und blau und humorlos, sie sind weit weg vom Ufer, dort wo das Strichmännchen auf dem Schild um Hilfe schreit. So wird doch Ernst aus einem Spaß, der nie einer war.

Überall Wasser. Was das soll, will er Schönleben fragen, er wird ihn doch auch jetzt nicht verraten, will er sagen, aber heraus kommt nur ein gurgelnder Schrei. Auch Schönleben schreit wieder irgendwas, Lorenz wird gegen den Felsen gedrückt.

»Aber eins, aber eins, das bleibt besteh'n, ein Lorenz Brahmkamp wird nie untergeh'n!«, haben sie im Schwimmverein über ihn gesungen. Ist das jetzt schon der Teil, wo das ganze Leben noch mal vorbeizieht? Sein Kopf zappt wild durch alle Gedanken. Kraft hat er jetzt doch noch. Noch mal trifft er Schönleben, nein, dieses Mal ist es der Felsen, ein Schmerz, abgefedert aber durch das Wasser, Blut fließt, Lorenz spürt es, vermischt sich aber gleich mit dem Salzwasser. Schönleben drückt ihn noch mal unter Wasser, der meint es ernst. Lorenz will atmen, muss atmen, alles unendlich, nur wir nicht, Katrin hat's gesagt. Aber nicht hier, nicht jetzt, nicht heute. Lorenz hat gerade eben schon gewonnen, im Schwimmen. Lorenz kämpft, er kriegt Schönleben zu fassen, stützt sich auf ihn, fest auf dessen Schultern, da ist der Felsen mit den glitschig grünen Algen. Schönleben rutscht weg, taucht wieder auf, das Gesicht verzerrt. Lorenz lässt seinen Arm nach hinten zucken, dorthin, wo er Schönlebens verzerrtes Gesicht gesehen hat, und sein Ellenbogen weiß, dass das Harte, das er dieses Mal trifft, kein Felsen ist, sondern fremde Haut und Knochen.

Dann ist Ruhe. Schlaff hängt Schönleben auf dem Wasser, wie ein Stück Treibholz. Treibfleisch. Er hat aufgehört zu zaubern. Zum ersten Mal ist er nicht mehr in Bewegung.

Das Meer liegt wieder da und hat alles, was passiert ist, längst vergessen. Alles ist stiller als sonst. Lorenz friert plötzlich. Das Meer, die Luft, die Welt müssen sich gewaltig abgekühlt haben. Er spürt sein Bein. Schönleben kippt grunzend um, und ein jahrtausendealter Reflex, den die weise Natur auch Lorenz mitgegeben hat, lässt ihn nach Schönleben greifen. Den Unterarm, den er ihm vor Augenblicken noch ins Gesicht gerammt hat, klemmt er ihm jetzt unters Kinn und stößt sich ab von dem Felsen, seinem Freund, seinem Feind, dem Felsen. Auf so einem Felsen muss die Loreley geübt haben, bevor sie später am Rhein all die Schiffer ins Unglück gezogen hat. Lorenz und Loreley, in seinem eiskalten Kopf vergleicht Lorenz die Buchstaben, während er auf dem Rücken liegt und seine Beine automatische Bewegungen machen. Er kommt gar nicht voran. Er hat die Insel im Rücken und deswegen das riesige Meer vor Augen, das am Horizont so tut, als fließe es dort über eine Kante, und die Sonne, die so tut, als schiebe sie sich tagtäglich langsam durch den Himmel. Selbst die Natur lügt.

Jetzt sind es schon zwei Ärsche, die auf Grund wollen. Lorenz wird sich nicht mehr lange halten können. Das Wasser steht ihm bis zum Hals. Den Schönleben einfach sinken lassen. Die Sonne wird dichthalten. Andere Zeugen gibt es nicht. Eine Geschichte wird ihm einfallen, jeder ist sich selbst der Nächste. Der andere hat doch versucht, ihn unters Wasser zu drücken, nicht aus Spaß, wie früher im Schwimmbad, sondern richtig. Geschrien hat der. »Ich hab gedacht, du weißt, wer ich bin ...!!« So was ist ein schlimmer Vorwurf. Der weiße

Schaum, den der am Mund hatte, die blauen Augen überm blauen Wasser, das verzerrte Gesicht.

Ohne den Schönleben auf dem Bauch schafft Lorenz es locker zurück ans Ufer. Treibt der andere dann aufs Meer? Sinkt er auf den Grund? Lorenz' freier Arm paddelt schlaff.

Für den DLRG-Schein, damals im Schwimmverein, musste man auch jemanden retten, der so tun musste, als sei er ohnmächtig. Lorenz wollte unbedingt Nathalie Gräflinger retten, stattdessen wurde ihm aber der dicke Donald zugeteilt, dessen Eltern aus Polen kamen und von Walt Disney nie gehört hatten. Der dicke Donald wurde von allen gehänselt, weil er dick war und Donald hieß und seltsames Deutsch sprach. Er wehrte sich, indem er den Mädchen Kaugummis in die Haare klebte und den Jungs im Schwimmbad von hinten die Badehose über den Hintern zog. Ausgerechnet den dicken Donald also musste Lorenz retten, und der dachte nicht daran, ohnmächtig zu spielen, sondern versuchte sich so schwer wie möglich zu machen und versprach, ihm unter Wasser auf den Bauch zu pupsen. Lorenz hat den Chlorgeruch des Schwimmbads in der Nase, er spürt, wie die Badekappe ihm in die Stirn schnitt und nach dem Training einen roten Striemen hinterließ. Die hellblauen Kacheln des Schwimmbeckens, die alle zehn Meter von schwarzen Kacheln unterbrochen wurden. Widerwillig zog er den dicken Donald durch das Becken, wollte mindestens dreimal aufgeben und hielt doch durch. Zum Beweis bekam er einen Aufnäher für die Badehose, am selben Tag, an dem Nathalie Gräflinger verkündete, sie ginge jetzt mit Angelo di Rossi. Der war Italiener und hatte deswegen mit Schwimmen nichts am Hut. Angelo war Fußballer und Nathalie die erste Spielerfrau beziehungsweise eben ein Spielermädchen.

Es muss also doch einen Gott geben, der für jedes einzelne kleine Leben ein kleines Drehbuch schreibt, so dass nichts, was passiert auf der Welt, sinnlos ist, nicht mal der dicke Donald, der vor fast dreißig Jahren geholfen hat, Lorenz darauf vorzubereiten, jetzt mit Schönleben auf dem Bauch durchs Mittelmeer zu schwimmen.

Aber Gott hat ihn auch nicht gerettet, als er vorhin die Wahrheit gesagt hat. Sogar den Wörtzens wollte er einen fairen Preis machen, als Opfer, so hat überhaupt alles angefangen, und wenn Schönleben im Meer bleibt, kann Lorenz das Geld behalten, das da sein muss, in der Zaubermappe vielleicht, im Auto … Dann braucht er auch keine neuen Freunde, dann hat er ja Katrin.

Lorenz lässt los. Er spürt noch die Stelle, wo Schönlebens Kinn gegen seinen Unterarm gepresst wurde. Sein rechtes Bein streift nicht mehr gegen Schönlebens wasserweichen Körper, Lorenz ist mit einem Mal viel leichter. Schönleben treibt. Toter Mann spielen hieß das früher. Ganz leicht wankt er im Wellengang. Tausendtröpfiges Rauschen.

Dann hört Lorenz Stimmen. Durcheinanderrufende Frauen. Er versteht kein Wort. Aber er versteht anderes. Er greift nach Schönleben, er zieht ihn zu sich zurück, deckt sich mit ihm zu, schleppt sich ans Ufer oder wird auch geschleppt von fremden Händen, er kann das nicht mehr unterscheiden. Sein bisschen Leben kommt aus dem Meer. Der Tod aber auch, denn Schönleben bewegt sich nicht mehr.

Lorenz blutet wenigstens noch. Solange man blutet, ist man nicht tot. Außerdem fühlt er, dass er auf Steinen liegt, und sieht die Gesichter der Frauen, mal jung, mal älter, aber mit Ähnlichkeiten. Mütter und Töchter. Schlimmer noch: Holländerinnen. Ganz langsam kann er die röchelnden Laute in der Sprache zuordnen. Es dauert noch etliche Momente, bis er versteht, warum viel von »homoseksueel« die Rede ist: Schönleben und er sind nackt, und längst von der Stelle abgetrieben, an der sie ihre Klamotten ausgezogen haben. Jetzt dienen sie offenbar als Anschauungsunterricht, auf dass auch die nächste Generation der Niederlande weltoffen und tolerant werde. Selbst Minderheiten muss geholfen werden. Glück gehabt, denkt Lorenz, und dass zufällig vorbeikommende Türken sie vielleicht beide gleich wieder ins Meer gekippt hätten.

Die Frauen haben Handys und telefonieren. Lorenz hört dem Klang der Stimmen zu. »Noodgeval«, versteht er und »de ambulance bellen«. Auch von »het ziekenhuis« ist die Rede. Solange sich sein Zustand in derart niedlichen Begriffen ausdrücken lässt, kann es nicht so schlimm um ihn stehen. Er versteht gar nicht, warum die Frauen so hektisch sind und so tun, als sei Holland in Not. Dann sprechen sie Englisch in ihr Handy, viel besser, als er das bei Schönleben im Garten getan hat. Hier ist bestimmt auch wirklich jemand am anderen Ende der Leitung, Holländer betrügen nicht, außer bei ihren Tomaten.

Er muss den Meisjes unbedingt noch sagen, dass er sie liebt, er hat ja bislang noch gar nichts gesagt. Aber Lorenz hat für den Moment vergessen, wie man spricht. Er hat all seine Kraft im Meer gelassen. Er legt den Rest seines Lebens in die Hände der fürsorglichen Holländerinnen. Alexander Schönleben hat er gänzlich aus dem Blick verloren.

23

Ganz euphorisch ist Schönleben ins Meer gesprungen. Lorenz hat noch auf ihn eingeredet wie ein Staubsaugervertreter auf Mutti. Aber nichts zu machen! Den Dickkopf ins Wasser gehalten hat er, und losgeschwommen ist er, der Alexander, sagt Lorenz und sieht zu Katrin, mit ihrem Ehering, der sein Rettungsring werden soll.

»Typisch Alex.« Theresa wischt sich mit einem Taschentuch durch die Augen. Die beiden Frauen sitzen an Lorenz' Krankenbett, im Hospital de Manacor, wo Lorenz sich das Zimmer mit Nick teilt, einem Engländer, der es vor zwei Tagen für eine gute Idee hielt, von seinem Balkon aus in den Hotel-Pool zu springen. Nick hat Besuch von seinen Kumpels und teilt ihnen lautstark mit, dass das scheiß metrische System schuld ist. Zu Hause gibt es Pints, und die Tiefe des Pools wird in Füßen angegeben. Da hätte er also erstens präzise gewusst, wie viel er schon getrunken hat, und zweitens, dass der Pool nicht besonders tief war. Auf dem scheiß Kontinent aber gibt's das scheiß metrische System, und zwar nur, um die Bewohner der Insel zu verarschen. Dass auch Mallorca eine Insel ist, lässt Nick nicht gelten. Bollocks.

Ob er nicht etwas ruhiger sein könne, fragt Theresa aufgelöst, sie verstünde ja nichts von dem, was Lorenz erzählt.

»The fucking metric system«, sagt Nick darauf noch lauter, vermutlich erfunden von den bloody Germans.

Ein Deutscher und ein Engländer liegen in einem spanischen Krankenhaus. So fängt ein Witz an, aber keine Völkerverständigung. Ruck, zuck singt die Truppe »Two worldwars and one worldcup«.

Lorenz ist froh, dass Nick ihm etwas Zeit verschafft. Der Alexander ist also losgeschwommen, sagt er dann, und er, Lorenz, wollte nicht. So weit stimmt ja alles, auch wenn es seltsam ist, Schönleben mit seinem Vornamen zu bezeichnen. Dann plötzlich hat der Alexander angefangen, ganz merkwürdig mit den Armen zu wackeln – Lorenz hat das Männchen auf dem Schild vor Augen –, und gerufen hat er auch etwas, »da blieb mir gar nichts anderes übrig, als auch ins Wasser zu springen und ihn da rauszuholen«. Schönleben selbst hat ihm ja geraten, die Geschichten kurz zu halten, nicht zu viel auszuschmücken. Und diese Version deckt sich in etwa mit der Fassung der holländischen Baywatcherinnen, die sie schließlich gerettet haben. Als er also beim Alex angekommen ist, war der schon bewusstlos, sagt Lorenz dementsprechend.

»We're loud and proud«, singen die Engländer rund um Nick, und der Schlachtruf reimt sich am Ende auf »Kraut«.

Theresa ist blass unter der Bräune, und Katrin streichelt Lorenz' Arm, in den irgendwer eine Infusion gesteckt hat. Sie sieht ihn an, als habe sie ihn gerade neu entdeckt. Ein längst vertrautes Bild, dessen tiefere Bedeutung sie aber soeben erst gelernt hat. Lorenz' ureigener *Da Vinci Code*. Er muss ihr ein paar Dinge erzählen, die ihm im Meer durch den Kopf gegangen sind, aber Nick und seine Freunde sind zu laut. Die Welt im Allgemeinen ist zu laut geworden, um in Ruhe zu reden. Das zieht sich schon seit Tagen durch Lorenz' Leben. Mit wem er alles noch reden wollte! Was alles noch mal »in einer stillen Stunde« angesprochen werden sollte! Und nie passt es.

Lorenz' zwei Frauen haben Verständnis dafür, dass er noch nicht so viel erzählen kann. Dabei könnte er. Eigentlich fehlt ihm gar nichts. Der Ausflug zu dem kleinen Felsen ist ihm natürlich in die Glieder gefahren, hat ihn geschüttelt und ihn bis in die Knochen hinein durchgekühlt. Der Felsen hat ihm auch einen Schnitt ins Bein verpasst, der schon mit einem Verband versehen ist und jetzt stechend pulst. Aber sonst? Rouladen mit Speck und Kartoffeln wären gut. Darüber hinaus ist Lorenz wieder fit. Er ist wasserfest und unbesiegbar. Schönleben dagegen noch immer bewusstlos, und aus den spanischen Ärzten ist nichts Brauchbares rauszukriegen.

Theresa drückt mit Daumen und Zeigefinger auf ihre Tränendrüsen, um nicht wieder loszuheulen. Nach allem, was sie sich zusammenreimen kann, sagt sie, wäre der Alex ohne den Lorenz wohl ertrunken. Lorenz winkt bescheiden ab. So einer wie der Alex ersäuft ja nicht heimlich still und leise, sagt er munter, das würde gar nicht zu ihm passen, der braucht doch den großen Auftritt und hätte entsprechend mit dem Ersaufen gewartet, bis alle gucken.

Lorenz lächelt tröstend, die Engländer ernennen Nick, den Balkonspringer, zum »Jolly Jumper« und versuchen seinen Unfall nachzustellen mit einem Schokoriegel als Nick und einer Bettpfanne als Pool. Gefüllt natürlich mit Bier, das die Freunde mitgebracht haben. That's what friends are for.

»Gut, dass die uns nicht gefunden haben«, sagt Lorenz mit Blick auf die Engländer, »dann hätten wir jetzt noch zusätzlich eine Alkoholvergiftung.«

Die gewissenhaften Holländerinnen haben stattdessen reguläre Erste Hilfe an Schönleben ausprobiert, haben den Notarzt an den Strand gelotst, und sogar die Kleiderhaufen haben die Mädchen gefunden. Im Krankenwagen radebrechten sich alle einen Unfallhergang zusammen, und niemand stellte viele Fragen. Die Insel ist fast ganzjährig voll von Touristen, die die

Sonne unterschätzen oder den Alkohol oder beides. So saß Lorenz zu Anfang in der Aufnahme neben einem Jungen aus Wuppertal, der sich einen ursprünglich mehrere Meter langen Sangria-Strohhalm so in die Nase gesteckt hatte, dass er ihn nicht wieder rausziehen konnte. Zwei mittelalte Deutsche, die nüchtern lediglich das Meer unterschätzt hatten, fielen hier nicht weiter auf. Schönleben stand ständig unter Stress, aß und trank unregelmäßig, hat sich ohne Abkühlung ins Meer gestürzt und sein Schwimmvermögen überschätzt beziehungsweise die Robustheit seines Herzens. Diese Geschichte war wahrscheinlich und damit wahr.

»Mein Held«, sagt Katrin gerührt und streichelt weiter seinen Arm, als könne er abfallen, sobald sie damit aufhört, »ich hätte nicht gedacht, dass du so ... so mutig bist!« Sie sagt es, als schäme sie sich ein bisschen.

»Ja, in Deutschland bin ich nur ein einfacher Stadtangestellter, aber auf Mallorca bin ich ... Aquaman! Der Unbesiegbare Held der Meere!« Lorenz ballt die Faust und streckt den Arm wie ein Comic-Held. »Und du hast gedacht, du weißt, wer ich bin«, sagt er zu seiner Frau, und einen Moment später zuckt Schönleben durch seinen Kopf, derselbe Satz, die Augen, der Felsen, das Wasser unter Wasser, der Moment, in dem er ihn losgelassen hat, das Gefühl von Schönlebens Kinn, das sich von seinem Unterarm löst. Die anderen im Zimmer wissen nichts davon, ahnen nichts davon und werden nichts davon erfahren.

Katrin streichelt ihn lachend weiter, Theresa kämpft gegen die Tränen, und die Engländer singen. Die alle haben keine Ahnung. Lorenz ist ganz allein auf der Welt. Dann kommt eine Schwester herein und spricht spanisch.

Nick schwenkt um und versucht eine Versöhnung. Seine Freunde sind zuvor gegangen, vermutlich aus Gewohnheit, weil es kein Bier mehr gibt. Ob Pub oder Krankenhaus, wenn es kein Bier mehr gibt, geht der Engländer. Nick singt jetzt als Friedensangebot an den deutschen Zimmernachbarn »Rummenigge, Rummenigge all night long« und redet lobend von Ballack, während Theresa versucht, einen deutschsprechenden Arzt zu finden, der ihr etwas zum Zustand ihres Mannes sagen kann. Katrin, durch den Job in der Stadtverwaltung besser geschult im Umgang mit Angestellten, hilft ihr dabei und pendelt zwischen Lorenz' Krankenzimmer und den vorbeihuschenden Ärzten. Lorenz hat ein pappiges Thunfischsandwich und ein undefinierbares Stück Kuchen gegessen und fühlt sich dem Leben wieder gewachsen.

Die holländischen Meerjungfrauen haben offenbar die Kleiderhaufen in den Plastikbeutel eines Supermercados gesteckt und ihm im Krankenwagen mit auf den Weg gegeben. Lorenz findet jedenfalls die beiden Schönleben-Outfits, die sie getragen haben, in dem Schränkchen neben seinem Bett. Die freundlichen Farben der Hemden, nur eine Täuschung, die auch den Träger freundlich erscheinen lassen sollen. Das vermeintliche Wappen auf dem Polohemd, das nichts weiter ist als ein Modegag. Die Überreste von Alexander Schönleben in einer dünnen Tüte.

Nick hält derweil fest: »Ballack's no Rooney« und Chelsea ohnehin »shit«, durch den »oil wanker« und die ganzen anderen reichen Spinner. Aber »all in all« haben die Engländer nun mal den Fußball erfunden und waren von Anbeginn der Zeit die Besten.

Lorenz braucht jetzt aber wirklich zwingend Ruhe und kramt in einem hinteren Eckchen seines Schulenglisch hervor, dass »penalty« Elfmeter heißt und dass die Engländer einfach vergessen haben zu erfinden, wie man das macht, und überhaupt käme jetzt seit vielen Jahren in jedem Turnier eben nie der Football home, sondern immer nur die englische Mannschaft, und das meistens schon nach der ersten Runde. Und wirklich ist Nick schlagartig ruhig, und Lorenz wendet sich wieder der Tüte zu. Der Autoschlüssel zum roten BMW, der Hausschlüssel zur weißen Villa, das Handy, das, unbeeindruckt von dem, was im Meer passiert ist, weiter Anrufe entgegengenommen hat. Sechsmal hat jemand versucht, Schönleben zu erreichen, steht im Display. Das Leben geht weiter, bis sich nicht mal mehr die Mailbox meldet. Für James Bond gab es auch verschiedene Darsteller, während der Auftrag und das Auto gleich blieben.

Als Katrin das nächste Mal ins Zimmer kommt, trägt Lorenz wieder sein Schönleben-Outfit und steht neben dem Bett, in dem Nick, von Bier und Lorenz überwältigt, leise schnarcht. Er wird sich jetzt selbst entlassen, sagt Lorenz, auf Katrins Blick. Schließlich könne Aquaman nicht nach jedem kleinsten Einsatz zur Reparatur gebracht werden. Und ganz im Ernst sei er lieber im Gäste- als im Krankenhaus, wo die Gefahr groß ist, dass Freund Nick sich nach dem nächsten Aufwachen doch noch für den Blitzkrieg rächen wolle. Katrin soll ruhig noch ein bisschen bei Theresa bleiben, sagt Lorenz, die ist momentan verständlicherweise völlig hilflos und aufgeschmissen.

Beim Alex, sagt Katrin, gibt es weiter keine Veränderung. Bewusstlos noch immer, aber nach allem, was sie verstanden haben, schwebe er wohl nicht in Lebensgefahr.

»Gut«, sagt Lorenz knapp.

All das, was sie da im Meer erlebt haben, der erste Moment unter Wasser, wie Schönleben ihn angesehen hat, der Felsen, glitschig und hart, das Gefühl von Schönlebens Gesicht an seinem Ellenbogen, all das schnurt bei Katrin zusammen zu »schwebt nicht in Lebensgefahr«. Alles falsch. Er ist in Lebensgefahr geschwommen, in Todesgefahr sogar.

»Ich fahr nach Hause. Morgen guck ich dann nach ihm.« Er macht keinen Vorschlag, er bietet das nicht an, er sagt es fest und bestimmt, und Katrin ist ohnehin noch so durcheinander von all den neuen Seiten und Eindrücken ihres Mannes, dass sie nicht widerspricht. Lorenz versichert ihr noch mehrfach, dass alles in Ordnung ist, dass er Geld für ein Taxi hat und allen jetzt mehr geholfen ist, wenn sie Theresa hilft. Er wird direkt in ein Taxi steigen und nach Hause fahren, sagt Lorenz.

Die Stelle, an der Schönleben den BMW geparkt hat, ist nicht leicht zu finden, der Taxifahrer kurvt ein bisschen herum, aber Lorenz ist die Geduld in Person, und schließlich finden sie das Haus, vor dem sie das Kreuz abmontiert haben, und ab da ist es dann einfach.

Tatsächlich steht der Wagen noch da, rot und dachlos, als sei Schönleben nur mal kurz ausgestiegen, um einen Blick aufs Meer zu werfen. Lorenz steigt ein und muss nicht einmal den Fahrersitz verstellen. Das teure Auto an dieser Stelle noch die ganze Nacht offen stehen zu lassen wäre leichtsinnig gewesen, rechtfertigt Lorenz seinen Ausflug vor einer imaginären Katrin, und gleichzeitig sucht er instinktiv nach Schönlebens Zaubermäppchen, zappelig und aufgeregt wie ein Alkoholiker, der irgendwo eine von allen übersehene Minibar vermutet. Es liegt im Handschuhfach und Lorenz reißt am Reißverschluss. Nichts. Nichts, außer spanischen Verträgen, Fotos von Häusern, Zetteln mit Namen und Telefonnummern. Kein Geld. Der Zylinder allein macht noch kein Kaninchen.

Aber es ist nur eine kurze Enttäuschung. Lorenz fährt los. Ein Auto ist kein Pferd, das sich an einen Reiter gewöhnt und jeden abwirft, der sich einfach in den Sattel setzt. Ein Auto ist eher wie ein Mensch, es gehorcht, ohne zu fragen. Lorenz hat sich nie besonders für Autos interessiert, aber der Unterschied zu seinem hustenden Corsa, der wie eine zickige alte Diva oft grundlos den Dienst verweigerte, ist so groß, dass er nicht ignoriert werden kann. Lorenz fährt, wie in den ersten Monaten nach der Führerscheinprüfung, fährt einfach, um zu fahren. Der Tag geht zu Ende, der rote Sonnenball steht über den Bergen, der Wind riecht nach Wald, und die Straßen sind staufrei. Keiner der wenigen Menschen, an denen er vorbeifährt, sieht ihn zweifelnd an. Alle scheinen ihm dieses Auto zuzutrauen. Er scheint bestens in dieses Auto zu passen. Lorenz verfährt sich ein paarmal auf dem Weg ins Haus. Aber er hat ja Zeit, er wäre beinah ertrunken, an einem solchen Tag kann man sich Zeit lassen. Und er hat einen Menschen gerettet. Einen kurzen Moment lang erinnert sich Lorenz daran, wie er ins Wasser springt, um den winkenden Schönleben zu retten, und ist verblüfft, als ihm einfällt, dass es diesen Moment nicht gegeben hat.

Um zu beweisen, dass sein Verstand einwandfrei funktioniert, hält Lorenz an einem Supermarkt und kauft alles Nötige für gefüllte Auberginen und Wein und Brot fürs Frühstück. Auch hier nehmen sie an der Kasse ohne Zögern das Geld, das er von Schönleben bekommen hat. Den Scheinen ist nichts anzusehen. Sie sind verschwiegen wie das Meer.

Otto ist ungehalten, dass man ihn so lange alleingelassen hat. Und dann kommt noch nicht einmal einer seiner Lieblingsmenschen, sondern der, der ihn getreten hat, der, den er nicht zu mögen fest in seinem Hundeherzen beschlossen hat. Otto zieht deswegen das Begrüßungsbellen, das er angeschlagen hat, als der Wagen um die Ecke biegt, quasi wieder zurück und nimmt stattdessen seine Drohposition ein. Aber die Drohung verpufft dieses Mal bei Lorenz, der heute nicht mehr einzuschüchtern ist. »Ohne Daumen und Dosenöffner ist Scheiße, Kollege, hm?«, sagt Lorenz laut zu dem Hund, mit dem Selbstbewusstsein, diesen Tag überstanden zu haben, und Otto weiß, wann er verloren hat, und trottet hinter Lorenz ins Haus.

Es ist ganz leer und still. Keine lastende Stille, keine peinliche Stille, sondern zum ersten Mal seit Ewigkeiten eine friedliche Stille. Kein Laut. Kein vorbeirauschendes Auto, kein Flugzeug im Landeanflug, kein Telefon klingelt, niemand ruft, keiner spricht, selbst Otto sitzt anklagend, aber stumm vor seinem leeren Napf. Er hat sich in sein Schicksal ergeben, jetzt offenbar von Lorenz abhängig zu sein. Und der lässt sich nicht lumpen und gibt Otto etwas von der Hackfleischfüllung, die eigentlich für die Auberginen gedacht ist. Dann macht er noch eine Dose für ihn auf. Anschließend sieht Otto so aus, als sei er bereit, ihre Beziehung noch einmal zu überdenken. Auch Hunde sind käuflich.

Lorenz verstaut die restlichen Einkäufe und schlendert anschließend durch das Haus, probiert es sich an wie einen neuen Anzug. Er benutzt die Toilette, sprüht sich testend ein bisschen von Schönlebens Aftershave auf und ritzt mit seinem Daumennagel in die Gummidichtung der Duschtür. Dann zieht er sich aus und geht duschen. Zum ersten Mal wieder unter Wasser, jetzt aber in sicherer, marmorner Umgebung.

Der Kleiderschrank steht offen, Lorenz greift sich eine dunkelblaue kurze Hose und ein anderes Polohemd. Er ist erstaunt, dass er erst so spät in seinem Leben Polohemden für sich entdeckt, die ihm sogar besser stehen als Schönleben, wie er findet. Als hätte der weitblickend für ihn eingekauft. Lorenz' getragene Sachen liegen achtlos hingeworfen auf dem Boden, so wie sie heute schon mal gelegen haben.

Wie der andere an seinem Arm gezerrt hat, wie der versucht hat, ihn unter Wasser zu drücken! Vielleicht aber war das alles nur ein Missverständnis, ein Unfall? Der Schlag ins Gesicht, vielleicht auch passiert beim Versuch, den andern zu retten. So hat er es ja auch dem Rettungssanitäter erklärt, der kein Wort verstand. So ist es ja vielleicht auch gewesen.

Er öffnet den Wein, den er gekauft hat, stellt sich mit einem Glas ans Panoramafenster und blickt hinüber auf das dunkel daliegende Gästehaus. Unten dagegen, in der Bucht, blinken jetzt wieder Lichter. Der Küstenstreifen, an den sie angespült worden sind, ist nicht zu sehen, aber auch der wird jetzt von oben still und abendfriedlich aussehen.

»Nicht schlecht, hm? Was meinst du?«, fragt er Otto, der daraufhin vorsichtig einen kleinen Gummiball in Richtung Lorenz stupst. Vielleicht hat ja seine Menschenkenntnis nachgelassen, und er hat sich gänzlich in diesem Zweibeiner vertan. Mit mildem Lächeln stupst Lorenz den Ball mit dem Fuß zurück. Für Otto ist damit klar, dass der Mensch zwar das Spiel nicht verstanden hat, aber er ist nicht mehr gänzlich gegen ihn. Mit etwas Geduld kann der das noch lernen. Es ist doch noch ein guter Tag geworden für Otto, den Hund. Er wedelt gutmütig und rollt sich als Angebot auf dem Teppich vor dem Kamin zusammen. Neben fressen und spielen kann er ja auch noch schlafen.

Der winzig kleine Schreibtisch nimmt sich albern aus in dem riesigen Haus, aber Leute, die in solchen Häusern wohnen, brauchen keine großen Schreibtische, sie beschäftigen andere, schlechter bezahlte Menschen dafür, große Schreibtische zu haben, auf denen die Arbeit getan wird. Auch der winzig kleine Schreibtisch beherbergt kein Geld. Es ist jetzt wie früher, als sein Vater zu Ostern Eier versteckte. Von Jahr zu Jahr wurde Lorenz findiger, so dass sein Vater sich immer kompliziertere Verstecke ausdachte. In einem Jahr konnte er selbst nicht mehr alle Eier wiederfinden, und erst Wochen später wies der Gestank den Weg. Deswegen ging er von Hühner- zu Holzeiern über, deren unterschiedliche Farben nach wie vor unterschiedliche Geldwerte repräsentierten. Dieses Spiel spielt er jetzt wieder, nur dass Schönleben sein Vater ist und sie sich den Umweg über die bunten Eier sparen. Es geht direkt um Geld. Lorenz findet aber nichts. Nur Prospekte, Kataloge und Broschüren, einen ungeordneten Zettelhaufen, Fotokopien. Auf der einen sieht Lorenz das Haus, das sie den Holthorsts verkauft haben, die Bougainvillea in voller Blütenpracht, den Pool, aus dem sie die Blätter gefischt haben. Auch das Haus vom Nikolaus findet er. Herr und Frau Weihnachtsmann sollen das kaufen. Dann donnert das Klingeln des Handys in die Stille. Lorenz kann fast fühlen, wie sein Herz stehenbleibt, so ertappt fühlt er sich. Schönlebens Handy, das Lorenz sich aus Gewohnheit in Schönlebens Hose gesteckt hat, die er jetzt trägt. Er zieht es vorsichtig heraus, als könne eine falsche Berührung alles auffliegen lassen. Eine Nummer leuchtet auf, dazu ein Klingeln, wie früher, als die Telefone noch Wählscheiben hatten, Brokatüberzüge und einen festen Platz im Haus. Dasselbe Klingeln jetzt als sentimentaler Jux auf einem Telefon, das kleiner ist als eine Zigarettenschachtel.

Lorenz drückt auf das grüne Hörersymbol und sagt »Hallo?« in die unendliche Weite des Weltraums.

»Dotzauer«, stellt der Anrufer fest, und für einen winzigen Moment hat Lorenz den Reflex, selbst auf den Namen zu hören, bevor er wieder den elegant verstoppelten Münchener vor Augen hat. Dringende Geschäfte zwingen Herrn Dotzauer früher nach Hause, die scheiß Asiaten, sagt er sachlich, und dass Schönleben sicher weiß, wovon er redet.

»Absolut«, sagt Lorenz.

Deswegen wird's jetzt doch einen Tick schwierig mit dem Haus. Lorenz hat volles, aber einsilbiges Verständnis, was Dotzauer für Reserviertheit hält und entsprechend einen Alternativplan für die Finanzierung anspricht. Keine Spur misstrauisch ist der. Geschäftsmänner am Telefon klingen alle gleich.

Lorenz redet zunehmend sicherer in seiner Rolle als Schönleben mit Dotzauer. Er hält ihm das Haus warm, dabei hilft ihm ja die Sonne, versichert er launig, und wenn Dotzauer mit den Reisnegern durch ist, soll er sich einfach wieder melden. Ruhig flapsig sein, so sind sie alle, und der Dotzauer kann ihm gar nichts. Lorenz hat ihn in der Hand, im wahrsten Sinne des Wortes. Auf die Größe des Telefons geschrumpft ist er, der Dotzauer. Im schlimmsten Falle schafft er ihn sich mit einem Finger vom Hals und vom Ohr. Entsprechend wird das Telefonat problemlos zu Ende gebracht.

Lorenz schüttet sich zur Belohnung noch ein Glas Wein ein. Er hat sauber einen Deal vertagt. Nichts hat der Dotzauer gemerkt.

»Der Mensch will von Natur aus vertrauen.« Feldwebel Gawlik hat Lorenz das bei der Bundeswehr mitgegeben, als er zum ersten Mal Wache am Haupttor schieben musste und es um die Überprüfung von Ausweisen ging. »Der Mensch sucht instinktiv nach dem, was übereinstimmt, nicht nach dem, was abweicht.« Gawlik zeigte Ausweisfotos, mit denen er am Vortag problemlos die Schranke passiert hatte. Fotos, auf denen Ozzy Osbourne zu sehen war, Lothar Matthäus, und ein Schauspieler aus der *Lindenstraße*, die allesamt eigentlich keine Ähnlichkeit mit Gawlik aufwiesen. Die Wachen hatten ihn dennoch munter durchgewunken. Alles, was man laut Gawlik brauchte, um die Wache zu täuschen, war das Selbstbewusstsein, in diese Uniform zu gehören und in diese Kaserne. Auch wenn Lorenz sonst nichts bei der Bundeswehr gelernt hat, sind ihm die Ausführungen von Feldwebel Gawlik in Erinnerung geblieben.

Lorenz spielt mit dem Handy in seiner Hand. Er geht durch die SMS. Das Telefon war im Alltag doch eine ebenso lebenserhaltende Maschine für Schönleben wie die, an die er jetzt im Krankenhaus vermutlich angeschlossen ist. Lorenz hält ihn hier also quasi weiter am Leben. So wie im dreckigen Ozean. Auf den Wellen trieb der, wie ein Stück Holz. Jetzt ist Lorenz sein Platzhalter.

Lorenz wählt die Kurzwahl zur Mailbox. Dotzauers Stimme noch mal, der die Asiaten erwähnt. Der zweite Anruf ist von Herrn Wörtz. Der Gas-Wasser-Scheiße-Weihnachtsmann. Seine Frau und er sind sich sicher. Ganz sicher. Sie wollen das machen mit dem Haus, alles so wie besprochen. Schönleben möge ihn wenn möglich bitte heute noch zurückrufen. Euphorisch klingt er. Sie werden sorgenfrei unter Palmen alt werden. Sie haben alles richtig gemacht. Lorenz fühlt sich ein bisschen verantwortlich. Er kann sich vorstellen, wie die beiden fingertrommelnd warten, und wählt die Rückrufoption. Tatsächlich nimmt Herr Wörtz schon nach dem ersten Klingeln ab, als Lorenz noch überlegt, wie er den beiden die neusten Entwicklungen schonend beibringt. »Herr Schönleben«, Wörtz klingt froh und erleichtert, »schön, dass Sie sich melden.« Lorenz bringt es nicht übers Herz, den gemütlichen Weihnachtsmann zu enttäuschen. Der redet auch sofort weiter, wie sie, auf dem Weg zurück ins Hotel, beide praktisch gleichzeitig gesagt haben, dass sie sich sicher sind. Die beiden gänzlich gleich aussehenden Eheleute lachen auch jetzt noch gemeinsam über die Gleichzeitigkeit und den gleichen Geschmack, den sie in diesem Fall haben, und Lorenz sagt: »Da haben Sie sich wirklich richtig entschieden, das kann ich Ihnen versichern«, ganz automatisch, so wie man »Gesundheit!« sagt, wenn jemand niest.

Jetzt muss er aber schnell hinterherschieben, dass etwas dazwischengekommen ist, dass er gar nicht Schönleben ist.

»Herr Schönleben«, sagt stattdessen Herr Wörtz, »lassen Sie uns schnell Nägel mit Köpfen machen!« Die erste Rate können sie sofort bezahlen. Seine Frau kann sowieso erst wieder ruhig schlafen, wenn sie das Geld losgeworden ist. Sie bewahren es nämlich momentan tatsächlich in ihrem Hotel auf, im Safe natürlich, aber man liest doch viel, über räuberische Angestellte und so weiter.

»Das verstehe ich«, sagt Lorenz matt. Schönleben zu sein ist in dieser Situation viel einfacher, leichter und bequemer.

Wenn es ihm recht sei, sagt der Weihnachtsmann, werde er die Fünfzigtausend morgen vorbeibringen.

»Nein«, sagt Lorenz, während er versucht, seine Stimme ganz normal klingen zu lassen, »das ist gar nicht nötig, ich glaube, der Herr Dotzauer ist morgen eh in der Nähe. Der kann das Geld bei Ihnen im Hotel abholen.« Um so sicherer, findet Frau Weihnachtsmann. Lorenz braucht drei Anläufe, bis er die Hoteladresse lesbar notiert hat, so zittert der Kugelschreiber.

Dann bellt Otto. Ein Taxi fährt die Auffahrt hoch. Lorenz beendet das Telefonat und geht mit weichen Knien in die Küche.

Die beiden Frauen können kaum glauben, dass Lorenz tatsächlich sowohl an den Wagen als auch ans Essen gedacht hat. Einmal mehr ist Lorenz der Held für seine Frau, denn ihr steht der Hunger bis kurz unters Kinn, sagt Katrin. Die Ärzte haben sie nach Hause geschickt. Schönleben ist kurz aufgewacht, dann aber gleich wieder mit einer Spritze in Tiefschlaf versetzt worden. Der Körper helfe sich jetzt am besten selbst, war wohl die Diagnose der spanischen Ärzte. Sinnlos, noch länger neben dem Schlafenden zu sitzen. Nein, gesagt hat er nichts, sagt Theresa, als Lorenz fragt.

Haus und Insel sind zu schön für die Umstände, unter denen sie jetzt zusammensitzen. Wenn's um Leben und Tod geht, muss es ja eigentlich regnen, kalt sein, und Türen müssen quietschen. Nichts davon an diesem Abend, der sich von dem davor nur dadurch unterscheidet, dass Alexander Schönleben und Robbie Williams nicht dabei sind. Nach wie vor ist es wunderschön hier, auch die Auberginen sind gelungen, der Abend wirkt wie das Happy End eines Katastrophenfilms.

Die schöne Theresa ist verquollen. Ungeschminkt in jeglicher Hinsicht. Sie redet, damit es nicht wieder still wird. Darüber, wie sie Schönleben zuerst gesehen hat, in der Baufirma ihres Vaters. Als Mädchen für alles hat er da gearbeitet, nichts richtig gelernt, alles aber schnell gekonnt. Auf den Baustellen genauso beliebt wie bei den Kunden im Büro. Der Alex habe da noch Schneider geheißen, wie sein Vater, und erst später den Namen seiner Mutter angenommen. Ihr Vater mochte ihn, was sich erst änderte, als Alexander Schneider begann, sich für sie zu interessieren. Ihr Vater stellte sich für seine einzige Tochter doch eine andere Partie vor, und ganz plötzlich war der Alex nicht mehr gut gelitten in der Firma. Aber da hatten sie sich schon ineinander verliebt, und nichts habe den

Alex abhalten können. Die siebzehn Jahre Altersunterschied hat er weggelacht und war entschlossen, sich auch vom Klassenunterschied nicht aufhalten zu lassen. Ihr war damals völlig egal, was der Alex verdiente, sagt die blasse Theresa. Mehr als einmal habe sie gesagt, dass es ihr aufs Geld nicht ankomme. Aber der Alex wollte davon nichts hören. Sie kriege das, was sie verdiene, war sein Mantra. Jetzt, im Nachhinein, müsse man sagen, sie sei schon ein verwöhntes Blag und wäre mit einem Leben ohne Geld wahrscheinlich wirklich nicht klargekommen. Ihr Vater und letztlich auch der Alex haben das damals wohl schon erkannt. »Ohne einen Mann, der sich ums Geld kümmert, bin ich aufgeschmissen!«

Theresa zieht eine Schnute, und Katrin sagt freundlich: »Vierzig Jahre Emanzipation schmeißt du einfach über den Haufen. Aber wenigstens ist es ein Haufen Geld.«

»Darauf wollen wir trinken«, sagt Lorenz, »kipp mir Wein nach, Weib!« Heiter bleiben. Andere Gedanken gar nicht erst aufkommen lassen. Und so erzählt Theresa weiter, wie der Alex dann in der Firma des Vaters kündigte, sich selbständig machte und plötzlich Geld hatte. Sie habe anfangs nachgefragt, was er denn jetzt mache, »Geschäfte« sei aber die einzige Antwort geblieben, die sie bekommen habe. Irgendwann habe sie dann aufgehört zu fragen.

Letztlich musste dann auch ihr Vater seinen Segen geben, erzählt Theresa weiter, zumal Schönleben ihm wohl aus einer kleinen finanziellen Misere geholfen hat. Ganz genau weiß sie bis heute nicht, was da abgelaufen ist, beide Männer haben nie etwas erzählt.

Theresa redet fast ohne Pause und stochert nebenbei in ihrer Aubergine. Dann mussten sie von einem Tag auf den anderen umziehen, weg, nach Dänemark, nur um zwei Jahre später auf ein Kaff in der Oberpfalz zu ziehen, anschließend weiter nach Schleswig-Holstein, in die sogenannte Holsteinische Schweiz. Im Sommer herrlich, im Winter der ideale Ort, um depressiv zu werden. Da hat dann plötzlich der Alex den Namen seiner Mutter angenommen, und sie sind überhastet aus Schleswig-Holstein wieder weg und nach Osthofen, wer weiß, für wie lange dieses Mal. Lorenz denkt an das Hermann-Hesse-Gymnasium, und Katrin sagt: »Das klingt doch nach einem bewegten Leben.« Es ist nicht ganz klar, ob sie das bewundernd oder bedauernd meint.

Theresa und Lorenz tragen nach dem Essen das Geschirr in die Küche. Keiner weiß so recht etwas zu sagen. Verlegene Blicke über der Auberginenruine. »Ich würd' mal sagen, diesen Tag tauschen wir einfach um. Hoffentlich ist noch Garantie drauf.« Lorenz bleibt beim aufmunternden Ton und hält seinen Teller unter Wasser.

»Ich mach das schon«, sagt Theresa und drückt sich plötzlich von hinten an ihn. Er spürt ihren Körper durch die zwei Lagen dünnen Stoff, die sie beide am Leib tragen. Das Wasser läuft weiter, er hat noch immer seinen Teller in der Hand, Theresa drückt ihn gegen die Spüle. »Danke, für alles.« Ganz leicht tupft ihre Stimme ihm die drei Worte in den Nacken, ihre Finger halten ihn an der Schulter fest, der Wasserhahn verschwendet, voll aufgedreht, wertvolles Trinkwasser. Er spürt ihre Lippen über dem Kragen seines Polohemds, die Haare an seinen Armen stehen augenblicklich stramm. »Was machen wir, wenn der Alex es nicht schafft?« Sie spricht weiter in seinen Nacken wie in eine Notrufsäule. »Wir«, sagt sie und drückt Lorenz ihre Brüste unmissverständlich ins Kreuz.

Dieser Tag will kein Ende nehmen. »Ohne einen Mann, der sich ums Geld kümmert, bin ich aufgeschmissen.« Gerade erst hat sie das gesagt, und er, Lorenz, er ist der legitime Nachfolger von Alexander Schönleben. Er wohnt schließlich hier und hat mitgemacht bei den Geschäften ihres Mannes. Kann Theresas Welt so einfach sein?

»Ich wette, er springt morgen schon wieder durch die Gegend wie ein Schwein«, sagt Lorenz und merkt, dass er sich im Tier vertan hat. »Känguru«, schiebt er deswegen hinterher. Theresas Brüste lösen sich aus seinem Rücken.

»Wir machen das morgen fertig«, sagt Theresa, und Lorenz weiß nicht, ob sie den Abwasch meint.

»Meinst du, der Alexander ist irgendwie nicht ganz koscher?« Katrin steht zähneputzend in ihrem übergroßen Schlaf-T-Shirt am Fenster und sieht auf das weiße Haus gegenüber.

Lorenz zuckt die Schultern. Alles, was Sie jetzt sagen, kann später gegen Sie verwendet werden. Er ist außerdem noch zu verwirrt von Theresas Küchenauftritt. Vielleicht ist auch Sekt *und* Wein möglich. Vielleicht verträgt Lorenz mehr, als er gedacht hat.

»Ich kann den Alexander gar nicht richtig einordnen! Du?«

Katrin fragt so leicht dahin, als ginge es um »Haben wir noch Butter?« oder »Kommt was im Fernsehen?«, dabei müsste Lorenz ja für diese Frage weit ausholen. Wie er den Schönleben zum ersten Mal gesehen hat, in Tannbusch, beim Blumenfußball, beim Joggen. Damit klar wird, dass er, Lorenz, in dieser Geschichte der Gute ist. Aber dafür müsste Katrin stillsitzen. Sie gehört zu den Leuten, die beim Zähneputzen herumlaufen.

»Aber sie ist ja auch 'n Herzchen, oder?«

Gleich die nächste Frage, für deren Antwort man Zeit braucht.

»Weißt du, welches Gerücht im Laden rumgeht?« Katrin schiebt die Zahnbürste in ihrem Mund ein bisschen hin und her, bevor sie ihre Frage selbst beantwortet. »Du hast was mit Theresa am Laufen.« Sie lacht, kleine, weiße Zahnpastaflöckchen fliegen aus ihrem Mund. »Mirek schwört Steine und Beine«, imitiert Katrin den polnischen Hausmeister und Gerüchte-Chefkoch, »frag mich nicht, wie der darauf kommt.« Lorenz lächelt ein bisschen mit. »Jetzt überleg mal, was der aus der Geschichte hier macht!«, ruft Katrin jetzt aus dem Badezimmer und spült sich den Mund aus. »Wahrscheinlich hast du versucht, den Schönleben zu ersäufen, damit du freie Bahn hast, und dann sind dir die Holländerinnen in die Quere gekommen!«

Lorenz wird Katrin gleich alles erklären, gleich, sobald sie im Bett liegen und Ruhe haben.

»Aber da hat er die Rechnung natürlich ohne Frau Wirtin gemacht«, sagt Katrin und kommt zurück ins Zimmer, jetzt ohne das T-Shirt. Jetzt trägt sie nur noch einen schwarzen Slip, an dessen Vorderseite ein ganz kleines Glassteinchen schimmert und so tut, als sei es ein Diamant. »Die Frau Wirtin hat da ja auch noch ein Wörtchen mitzureden.« Katrin sagt es in dem Ton, den sie früher »Radio Schlafzimmer« genannt haben, heiter, verführerisch. Ihre Brüste überraschen ihn, wie zwei alte Bekannte, die er lange nicht gesehen hat. Mit den Knien schiebt Katrin ihre beiden Betten aneinander.

»Katrin«, sagt Lorenz schwach und merkt selbst, dass das nicht der Auftakt zu einer großen Rede sein wird.

»Hier, bei der Arbeit!«, sagt sie und kniet sich auf ihr Bett neben ihn. Ein langer Moment vergeht, und Katrin wechselt in einen anderen Tonfall: »Sei ehrlich, das war ganz schön knapp heute, oder?«

Sie meint das Meer, aber gleichzeitig stimmt der Satz auch für noch für so viel mehr, dass Lorenz gar nicht weiß, wo er anfangen soll mit Antworten, deswegen sagt er gar nichts.

Katrin hält sein Schweigen für Zustimmung. »Wir sind ja beide nicht so gut im Ernsthaft-Reden«, sagt sie und nimmt das Streicheln des Armes wieder auf, das sie im Krankenhaus unterbrochen hat, »deswegen mach ich's kurz: Ich bin sehr froh, dass du noch da bist.« Ihre Stimme wird morsch am Ende des Satzes, und Tränen laufen ihr aus den Augen.

»Das … das kann ich genau so zurückgeben«, sagt Lorenz genauso brüchig und meint es so, ganz und gar ehrlich.

24

Es stimmt, dass neues Leben aus Sex entsteht. Lorenz jedenfalls fühlt sich am anderen Morgen wie neugeboren. Ganz klar sieht er alles. Er weiß, wer er ist. Katrin hat es ihm in der Nacht ins Ohr geflüstert. Sie behauptete früher, der Name »Lorenz« sei an sich schon eine Verhütungsmethode und im Bett so unaussprechbar wie »Papa« oder »Baby«, deswegen blieb sie meist still beim Sex. Gestern hat sie ihn neu getauft, mit allerlei Namen. Nichts kam ihnen albern vor. Sie hatten im, jetzt selbstgewählten, Dunkel keine Angst, wie ein Pilcher-Hörbuch zu klingen. »So groß kann ein Loch in meinem Herzen gar nicht sein, dass du jemals rausfallen könntest.« Sie hatten den Jüngsten Tag hinter sich und haben deswegen in der Nacht neu angefangen.

Auch die alte Sonne steht jetzt wieder neu am Himmel, ein spanischer Gärtner reißt singend Unkraut aus dem Garten, selbst Otto wirkt, als hätte er eine Fortbildung zur Katze gemacht, und streicht Lorenz um die Beine. Der ganze Tag tut so, als sei er ein Sonntag.

Lorenz macht sich an der Kaffeemaschine zu schaffen und pfeift fröhlich durch sein gesamtes Repertoire. Die Haare sind feucht vom Duschen, und überall auf der Haut spürt er Katrin noch. Mitten in sein Pfeifen schrillt Schönlebens Handy, und Lorenz meldet sich in bester Büromanier mit »Apparat Schönleben«. Er findet, dass es einen guten, ehrlichen Klang hat, so wie er es sagt. Ebenso sachlich klingt die bislang stets so unsachlich aussehende Frau Balz. Ohne einen Moment des Zögerns wird Lorenz von ihr an diesen sechs Silben erkannt. Schönleben hätte sich gestern bei einer Frau Körber zurückmelden sollen, sagt sie, jetzt hat die ihrerseits schon mehrfach angerufen. Kann sie, Frau Balz, irgendwas tun? Richtig gut leiden kann Lorenz die Frau Balz, mit ihren künstlichen Fingernägeln und ihren giraffenlangen Beinen, die trotzdem so wohlorganisiert ist und immer so klingt, als gäbe es kein Problem, das sich nicht bewältigen lässt. Deswegen berichtet Lorenz sachlich und höflich von dem »kleinen Unfall«, der sich ereignet hat, über den sich aber bitte weder Frau Balz noch die Frau Körber unbekannterweise ernsthafte Sorgen machen müssen. In einer paar Tagen ist alles wieder ausgestanden. Im Grunde genommen, sagt Lorenz, ist schon jetzt alles wieder gut.

Frau Balz ist nicht eine Spur hysterisch geworden. Ob ihr Chef vorübergehend auf einer Intensivstation in Malle oder auf einer Raumstation im All gelandet ist, bringt sie nicht aus der Ruhe. Im Gegenteil, sie bietet Hilfe an, falls es Ärger wegen der Arztrechnungen geben sollte, sie wird auch die Rückflüge für Lorenz und seine Frau umbuchen und selbstverständlich auch der Frau Dressel Bescheid sagen, dass sie beide später zurückkommen.

Daran hat Lorenz noch gar nicht gedacht. Irgendwie kann er sich in diesem Moment kaum vorstellen, dass er je wieder stundenlang nichts im Blick haben wird als das ereignislose Gesicht von Erich Schlindwein. Osthofen ist unendlich weit weg.

Ja, das mit Frau Dressel wäre prima, sagt Lorenz, denn es gibt ja hier jetzt doch noch einiges zu tun.

Auch für Frau Balz ist klar, dass Lorenz vor Ort auf Mallorca weiter gebraucht wird, als Vertreter von Schönleben. Ob sie noch irgendetwas für ihn tun kann? Lorenz hat diese Phrase ja selbst schon oft benutzt und sie noch öfter gehört, und immer war es nur eine Umschreibung für »Ich würde gern aufhören, mit Ihnen zu reden«. Bei Frau Balz dagegen kann er jetzt sagen, ihm fehle es an Socken, außerdem hätte er gern fettarmen Joghurt, und sie würde fragen, in welche Richtung sich die Milchsäure im Joghurt drehen soll, da könne sie nämlich Verschiedenes anbieten, und anschließend wäre alles innerhalb von Minuten im Haus. Bislang war er stets seine eigene Frau Balz.

Mit einer echten Frau Balz ausgestattet, kann Lorenz sich um all das kümmern, wofür nie Zeit geblieben ist. Um sein Leben zum Beispiel. Er soll ruhig von ihr Gebrauch machen, sagt Frau Balz sachlich freundlich, und selbst wenn Lorenz weiß, wie sie aussieht, kommt er nicht auf glitschige Gedanken. Frau Balz ist Zimmerservice, und das ist es, was Lorenz braucht. Sein Leben braucht Zimmerservice. Sie beenden das Gespräch mit einem sachlichen »Tschüs, Frau Balz«, »Tschüs, Herr Brahmkamp«. Sicher ist sie kolossal unterbezahlt. Bei Gelegenheit wird er ihr Blumen schicken.

»Eigentlich müssten wir auch noch mal losziehen und dir neue Klamotten kaufen«, sagt Katrin mit Blick auf sein Outfit. Er hat, ohne nachzudenken, in die eigene Reisetasche gegriffen und eins seiner bunten Hemden angezogen, die er immer nur im Urlaub trägt. »Ich finde, aus den Sachen bist du irgendwie rausgewachsen.«

Die bunten Hemden gehören zu den wenigen Klamotten, die Lorenz sich in Eigenregie gekauft hat. Nie waren sie ein Thema. Jetzt aber sagt Katrin freundlich: »Das Hemd hat in Tierversuchen schon drei Paviane blind gemacht«, und fügt an: »Ich finde, die Polohemden stehen dir gut.«

Lorenz zieht folgsam das bunte Hemd aus und begräbt es tief in seiner Tasche, als sei es die Nationalflagge von Brahmkampanien, dem kleinen, bescheidenen und gestern untergegangenen Inselreich am Ende der Welt. Dann schlüpft er in ein geliehenes Polohemd und geht im Alltagskarneval einmal mehr als Alexander Schönleben.

Theresa kommt dazu. Auch sie wirkt, als hätte sie sich in der Nacht gründlich renoviert. Sie hat wieder Make-up aufgelegt, trägt Jeans, T-Shirt und flache Schuhe, wie eine Arbeitskleidung, bereit, sich den Herausforderungen des Tages zu stellen. Sie wirft Lorenz ein kleines Lächeln zu, aber Lorenz weiß jetzt, wo er hingehört. Theresa fragt, ob die Brahmkamps mitkommen ins Krankenhaus, und beide nicken.

Eigentlich sei ihr der Alex ja herzlich wurscht, sagt Katrin munter, ihr ginge es hauptsächlich darum, einmal den BMW zu fahren. Sie hüpft und klappert mit den Händen wie ein Seehund bei der Fütterung, als Theresa ihr den Schlüssel gibt und sagt, es sei eh besser, wenn sie heute nicht fahre.

»Rot steht mir hervorragend«, albert Katrin und betrachtet sich im Rückspiegel, »genau wie Lorenz, wobei, der kann ja jede Farbe tragen, und das teilweise sogar gleichzeitig, zumindest auf den alten Hemden.«

Theresa lacht, und Lorenz muss als Ziel für liebevollen Spott herhalten. Aber nur ein bisschen. Zu nah liegen noch die Ereignisse des letzten Tages. Da macht Katrin sich lieber über sich selbst lustig und erzählt, dass sie früher auch so ein peinliches Pferdemädchen war und jede freie Minute auf einem Reiterhof verbrachte, leider aber zu arm war für ein eigenes Pferd, und jetzt noch immer zu arm ist, erst recht für so viele Pferde, wie gerade unter der Motorhaube des Cabrios ackern. Begeistert juchzt Katrin die Küstenstraße entlang und sagt, sie wisse, sie sei peinlich, aber so schnell komme die Gelegenheit nicht wieder, so ein Auto auf so einer Straße bei so einem Wetter zu fahren. Lorenz weiß genau, wie sie sich fühlt. Sie kennen sich jetzt wieder in- und auswendig, so wie früher.

Die Inneneinrichter von Krankenhausfluren scheinen sich weltweit an einem Prototyp zu orientieren. So sieht vermutlich auch das Fegefeuer aus. Hier wie dort sitzt man eine Ewigkeit herum, wartet auf ein Urteil und denkt über seine Sünden nach. Alle geben sich große Mühe, dass niemand sich wohl fühlt. Der Teufel hat sogar Fotos vom Meer an die Wände gehängt. Ausgeblichen, wie der Westerwald in Blau.

Lorenz hat sich bislang noch gar keine Gedanken gemacht, wie Schönleben auf ihn reagieren wird. Er war viel zu sehr mit seinem eigenen Leben beschäftigt. Ausgerechnet Lorenz Brahmkamp hat sich keinen Plan gemacht, und jetzt ist es zu spät. Theresa hat schon eine spanische Krankenschwester gefunden, die Bescheid weiß. »Är isse ganze wach un' klar«, sagt sie. Lorenz attestiert ihr erstaunlich gutes Deutsch, und Schwester Inez erklärt: »Ick hatte swei Jahre Rüsselheim.«

Die vom Cabriofahren übermütige Katrin sagt, das klinge nach einer harten Strafe im Elefantenhaus, und die drei Deutschen lachen und kommen so gutgelaunt in Schönlebens Krankenzimmer, das heller und moderner aussieht als das, das Lorenz sich mit Nick geteilt hat. Schönleben aber ist allein. Und gar nicht sehr verändert. Die struppigen Haare stehen noch immer ab, die Augen sind gewohnt blau, selbst lächeln kann er wieder, als habe er das Ur-Lächeln geklaut, das normalerweise in einem Pariser Museum hinter Glas verwahrt wird. Auch die Schläuche und piependen Apparate fehlen, mit denen Lorenz gerechnet hat. Alles halb so schlimm. »Och, gar keine Engländer«, gibt sich auch Katrin enttäuscht, »jetzt hatte ich mir schon so schöne Schlachtrufe ausgedacht!«

Lorenz versteckt sich hinter den Frauen, erst mal abwarten, was kommt. Die blauen Augen finden ihn aber. »Ja, Mensch, Alter, das war ja was gestern!« Schönlebens Stimme, kein Wackler, nichts.

»Ja, das war was!«, retourniert Lorenz. Die spanische Eröffnung im Sätzeschach. Jeder hat einen Bauern gezogen.

Und der andere zieht nach. »Klassischer Fall von Selbstüberschätzung!« Es ist nicht klar, wen Schönleben meint, deswegen sagt Lorenz »gleichfalls«, und lächelt, so gut es geht.

Theresa sagt, so klinge Dankbarkeit immer beim Alex, sie kenne es nicht anders, und streichelt vorsichtig auf Schönleben herum, als sei er eine teure Skulptur. »Er meint es nicht so«, sagt sie.

Wie es ihm denn geht, fragt Schönleben, während die blauen Augen eine andere Frage stellen, aber von Lorenz nichts erfahren.

Er sei schon wieder ganz der Alte, sagt Lorenz stattdessen.

Katrin widerspricht: Wesentlich besser als der Alte ist er, regelrecht ein ganz Neuer ist er, und verwuschelt ihm die Haare.

Ihm tun die Knochen noch weh, sagt Schönleben, an Tanzen sei im Augenblick nicht zu denken, und auch das Kamasutra werde er vorerst nicht mehr nachstellen. Er habe schon Schwester Inez enttäuschen müssen, lächelt er. Hin und her gehen die Augen dabei und suchen Lorenz ab. Sicherheitskontrolle. Ein bisschen wirkt der unter der weißen Bettdecke, als sei er zusammengestaucht worden, als sei er kleiner als gewöhnlich. Ein Liegezwerg. Das Pendant zu einem Sitzriesen. War es wirklich so, wie alle sagen, dass er ins Wasser gesprungen ist, sein Herz ganz plötzlich, bums, einfach so ausgesetzt hat und Lorenz ihn dann an Land schleppen musste, wie einen alten Kutter? Schönleben lässt Lorenz nicht aus dem Blick, tut ganz und gar unwissend.

Fest wie der Felsen, an den sie sich beide geklammert haben, bleibt Lorenz bei dieser Geschichte. So war's. Wenn Schönleben sie nicht glaubt, kann der sie sich auch noch mal auf Holländisch erzählen lassen. Ein ganzes niederländisches Frauenrudel war nämlich dabei. Bestätigen auch die hier anwesenden Frauen. Lorenz Brahmkamp ist der David Hasselhoff von Mallorca. Ohne den wär Schönleben jetzt Fischfutter. Ohne Lorenz kein Schönleben mehr. Ein kurzer Augenblick, in dem keiner etwas sagt, eine viertel Gedenkminute.

Dann drehen die Frauen die Welt weiter, übermitteln Grüße von Otto, öffnen das Fenster und beneiden Schönleben um den Ausblick auf Doktor Suarez, der viel zu gut aussieht, um intelligent genug für ein Medizinstudium zu sein. Schönlebens blaue Augen lauern weiter, aber Lorenz ist lebend aus dem riesigen Meer gekommen, er zuckt nicht, er lässt seine Augen zurücklauern. Schönleben richtet sich sogar ein bisschen auf, aber Lorenz ist trotzdem noch ein paar Köpfe größer, wie er da an dem Bett des anderen steht und auf den herunterblickt.

»Ich finde, wir sind quitt!«, sagt Lorenz plötzlich, obwohl Theresa gerade von Schwester Inez im Rüsselheim erzählt. »Jeder hat den anderen jetzt ein Mal ins Krankenhaus gebracht!«

Katrin nimmt das lachend auf, erzählt von der ehemaligen Deponie, dem zukünftigen Golfplatz und wie Lorenz den Ball an den Kopf bekam, danach nur noch wirres Zeug redete und sich an nichts mehr erinnern konnte.

An beiden Frauen vorbei sieht Lorenz auf den anderen im Bett, dessen Augen aufgehört haben zu lauern. »Ja, kann ich jetzt gut nachempfinden«, lügt Schönleben. Remis. Mindestens.

Dann piepst das Handy. Neue Töne hat er eingestellt, sagt Lorenz, als er es aus der Tasche zieht, dieses schrille Geklingel, kein Wunder, dass Schönlebens Herz das auf Dauer nicht mitgemacht hat. Schönleben verzieht schmerzhaft das Gesicht, als er den Arm nach seinem Telefon ausstreckt, und Lorenz übersieht gekonnt beides. Er geht zum Fenster, als könne er da die hereingekommene SMS besser sehen, und tippt die Antwort mit großen Zaubergesten. »Ist für mich«, sagt er so leicht wie möglich und ohne Schönleben anzusehen, »Frau Balz hat meine neuen Flüge bestätigt.«

Herr Weihnachtsmann ist als Klempner mit allen Wassern gewaschen. Und auch seine Frau weiß, wie der Hase läuft und wo er im Pfeffer liegt. Wer sieben Euro für ein Bier zahlt, muss sich doch nicht wundern, wenn er sonst im Leben zu nichts kommt. Und dann noch eine unfreundliche Bedienung. Im Schwarzwald hätte so ein Laden keine Zukunft. Frau Wörtz geht's nicht ums Geld, sondern ums Prinzip. »Ums Prenzipp«, sagt sie. Eindringlich warnen die beiden Lorenz vor dem Laden, in dem sie gestern versucht haben, etwas zu essen zu bekommen. Das Brot steinhart und der Salat stellenweise brauner als sie, sagt Frau Wörtz. Aber so was kann man mit ihnen nicht machen. Einfach gegangen sind sie, direkt nachdem sie gesehen haben, was für eine Zumutung man ihnen als Vorspeisen da auf den Tisch gestellt hat. Aufgestanden und gegangen. Die schon angetrunkene Limo haben sie wohl oder übel noch bezahlt, aber das Essen nicht. Punktum. Und die Spanier haben wohl auch gesehen, dass man es mit ihnen nicht machen kann, denn keiner von denen ist hinterhergekommen.

»Wär auch noch schöner gewesen«, sagt Herr Wörtz, »denen hätte ich was erzählt!« Auch wenn sie beide kein Spanisch sprechen, das hätten die Spanier verstanden, garantiert! Und nur so geht's doch. Aber die meisten lassen sich halt alles gefallen. Frau Wörtz trägt kleine Haie aus glitzernden Pailletten auf dem hellgelben T-Shirt und hat sich den Kopf hochrot geärgert. Aber wer nicht so denkt wie sie, der bringt es zu nichts im Leben, und schon gar nicht braucht der hier hinzuziehen.

Lorenz hört sich geduldig die ganze Litanei an. Das gehört dazu. Kundendienst. Dafür braucht er Schönleben nicht. Da erzählen ihm die Wörtzens nichts Neues, sagt Lorenz also, denn schließlich ist er jetzt wieder Herr Dotzauer, der die Insel und seiner Bewohner bestens kennt.

Sie sitzen in der Ecke eines ansonsten leeren Gastraumes, der sich großspurig »Bar« nennt, nur weil es einen kleinen hölzernen Tresen gibt, hinter dem ein halbes Dutzend Flaschen steht, das vermutlich seit Jahren auf seinen Einsatz wartet. Offiziell hat dieses Hotel nur drei Sterne, aber die Weihnachtsmanns waren auch schon in Vier- und Fünf-Sterne-Hotels, wo die Zimmer auch nicht größer oder besser waren als hier, dafür aber um einiges teurer. Hier gibt es zum Beispiel echten deutschen Filterkaffee. So steht es auch draußen auf einer Tafel. »Viltercafe«, steht da, aber man weiß ja, was gemeint ist. Hinter ihren Kaffeetassen im schwummerigen Halbdunkel wirken die Wörtzens kaum noch wie die gemütlichen, netten Weihnachtsmanns. Es sind einfach nur Deutsche. Kaum zu glauben, dass Lorenz den beiden gestern im Meer noch ein Opfer bringen wollte.

Er hat Schönleben im Krankenhaus auf den aktuellen Stand gebracht. Ganz nüchtern, wie bei einer Besprechung im Stadthaus. Große Fragen aber wurden nicht angesprochen, denn ständig kam oder ging jemand rein oder raus. Schönleben ist schon nach einem Tag bei allen beliebt, kennt jeden, hat den Schwestern ausgiebig gespendet und den Ärzten gute Deals bei Autos in Aussicht gestellt. Deswegen steht Schönleben auch im spanischen Krankenhaus wieder im Zentrum des Interesses. Schwester Inez hat ständig seinen Blutdruck gemessen, Ärzte steckten fürsorglich ihre Köpfe durch die Tür, und Theresa brachte zwischendurch Orangensaft.

Still war das Leben nur auf dem Meer, als es beinah vorbei war. Jetzt hat es wieder seinen regulären Betrieb aufgenommen, in dem es nur darum geht, das Notwendige zu tun, um es aufrechtzuerhalten. Keine überflüssigen Sätze haben die beiden deshalb verloren, sie sind beide erfahrene Eheleute, sie wissen, wie das geht. Ihrer beider Leben haben sie sich gegenseitig gerettet. Es ist leichter, jetzt von den Wörtzens zu sprechen.

Verbrechen sieht anders aus. Waffen braucht man, Kugeln müssen fliegen oder wenigstens Fäuste, Blut ist nötig, Schreie, Schmerzen. Das hier ist ein Kaffeekränzchen. Lorenz könnte ebenfalls Wörtz heißen und seinen Eltern diesen Urlaub geschenkt haben. Jetzt sitzen sie gemeinsam beim Kaffee und reden über alte Zeiten. Erst als Herr Wörtz aufsteht, um »mal zum geschäftlichen Teil überzugehen«, merkt Lorenz, dass er kalte Finger hat, eiskalte Finger.

An der Rezeption hängen mehrsprachige Hinweistafeln. »If you are stolen, call the police at once«, wird den englischsprechenden Gästen geraten. Für die deutschen Gäste steht darunter: »Vorsicht vor Leuten«. Auch auf Deutsch ist von der Polizei die Rede, aber Lorenz glaubt nicht an Gott und nicht an Omen, nur an sich selbst.

Herr Wörtz steht an der Rezeption und kommandiert die

kleine spanische Dame hinter der Theke zu dem Koffer, den er im Hotelsafe deponiert hat. Als sie ihn nicht versteht, wiederholt er denselben Satz noch mal, nur lauter. Den KOFFER!!, den er ABGEGEBEN!! hat, für den SAFE!! Als sei die kleine Dame nicht spanisch, sondern doof. Lorenz hilft in leisem Englisch, die Señora versteht und verschwindet in einem Büro. Herr Wörtz lächelt wortlos und zuckt die Schultern, ›diese Spanier, was will man machen?!‹

Lorenz könnte jetzt sagen, dass er etwas vergessen hat, könnte gehen und einfach nicht zurückkommen. Die spanische Dame gibt ihm ausreichend Gelegenheit dazu. Die Wörtzens würden warten, eine ganze Weile warten und keinen Verdacht hegen gegen den netten Herrn Dotzauer. Irgendwann würden sie sich natürlich wundern, aber bis dahin wäre Lorenz über alle Berge, Herr Dotzauer hätte sich in Luft aufgelöst und würde Jahre später zu einer weiteren Anekdote über Spanien und Mallorca, wo man die unglaublichsten Dinge erlebt, mit Salat und Immobilien.

Aber vielleicht, weil Herr Wörtz so rabiat mit der kleinen Señora umgegangen ist oder weil Frau Wörtz sich »aus Prenzipp« kein teures Bier leistet, bleibt er. Weil die beiden nichts verstanden haben. Von Spanien nicht und vom Leben nicht, während Lorenz alles klar sieht. Wenn er jetzt geht, geht er direkt wieder zurück nach Osthofen, aber er hat es sich verdient, noch länger hierbleiben zu können, in der Sonne, auf dieser einmaligen Insel. Die Wörtzens mit ihren kleinen Fachwerkseelen wollen auch in Spanien nicht raus aus Deutschland, wollen einfach weitermachen wie bisher, nur mit mehr Sonne. Lorenz aber hat ganz und gänzlich neu angefangen.

Es ist ein billiger Koffer aus imitiertem Leder, den die kleine Dame bringt. »Gratziass«, sagt Herr Wörtz barsch, und es klingt, als sei das seine Übersetzung für »Wurde auch Zeit«. Die eigentliche Übergabe machen sie dann aber doch besser auf dem Zimmer.

Herr Wörtz zählt vor, die ganzen Fünfzigtausend, Frau Wörtz bewegt parallel dazu stumm die Lippen, weil bei ihnen alles doppelt gemoppelt wird. Zu jedem einzelnen Schein gibt's eine Geschichte. Der Stadt, die schon wieder ein Asylantenheim baute, wurden gebrauchte Durchlauferhitzer eingebaut und als neue abgerechnet. Die Trottel von der Bauaufsicht haben eh keine Ahnung und die gebrauchten waren ja auch noch einwandfrei, nicht dass wir uns falsch verstehen. Wo kommen Sie heute hin mit reiner Ehrlichkeit? Eben. Oder: Eine ganze Siedlung wurde zugemacht, wegen Asbest. Die Installationen da drin, keine zehn Jahre alt, alles noch tipptopp. Mit fünf Mann sind sie da rein und haben rausgeholt, was rauszuholen war, bevor abgerissen wurde, Heizungen, Wärmepumpen, alles, und dann nach und nach verbaut, privat, nebenher. Anders geht's ja nicht.

Lorenz kommt mit dem Nicken gar nicht mehr nach. Eine Empfangsbestätigung hat er dabei. In Schönlebens Zaubermäppchen. Durchschläge auch für die Wörtzens. Offizielle Stempel sind da drauf, ein offizieller Briefkopf. »No. 1 Immobilien«. So vollgelullt mit ihren Klempnergeschichten haben die Wörtzens ihn, dass jetzt sogar jemand kommen könnte, um ihn auffliegen zu lassen, es wäre eine willkommene Abwechslung. Es kommt aber niemand. Auch Blitz und Donner bleiben aus, die Erde verdunkelt sich nicht, im Gegenteil, draußen steht noch immer die Sonne am Himmel. Autos hupen und fahren weiter. Für fünfzig Euro hat er den Wörtzens auch den Koffer selbst noch abgekauft, denn er hat nicht daran gedacht, einen eigenen mitzubringen. Einen Zeitplan aber hat er aufgestellt, wie es weitergeht, und dabei wichtig in Schönlebens Handy nach freien Terminen gestöbert. Auch das kann er alleine. X-mal gemacht im Büro. Die langsam mahlenden spanischen Mühlen muss er dazu erfinden, ebenso den spanischen Notar, den er kennt und der einer der wenigen hier ist, die einen nicht übers Ohr hauen. Er verkauft den Wörtzens ihre eigenen Vorurteile, und die nicken.

»Keine Sorge«, sagt Herr Dotzauer professionell, »Weihnachten sitzen Sie unter Palmen.« Die Weihnachtsmanns strahlen ihn an.

Als er wieder ins weiße Haus kommt, erwartet ihn Katrin schon. Sie hat ihm drei Polohemden und noch anderes gekauft. »Es wird höchste Zeit für eigene Sachen«, sagt sie, die Lorenz besser kennt als irgendwer sonst auf der Welt.

25

Erich Schlindwein kann es kaum fassen, dass Lorenz ihm einen großen Bildband über Tauben mitbringt. Er wendet ihn hin und her, als erwarte er, dass das Buch jeden Moment explodiert oder sich vor seinen Augen in einen stinkenden alten Käse verwandelt. Ein echtes Geschenk ohne Hintergedanken kann er sich von Lorenz einfach nicht vorstellen. Frau Dressel bekommt einen großen Kasten Pralinen. Für all die Jahre, in denen Lorenz manchmal nicht so nett zu ihr war. Skeptisch wirft sie einen Blick unter die Box aufs Haltbarkeitsdatum und würgt dann ein zähes »Danke« durch die Zähne. Auch sie ist sicher, dass Lorenz sie verarscht. Wie ausgewechselt ist der Brahmkamp, als er aus Mallorca zurückkommt.

Hausmeister Mirek hat sofort täglich neue und täglich wechselnde so gut wie sichere Tatsachen aus praktisch erster Hand. Danach ist Lorenz jetzt in der Sekte, die Tom Cruise gegründet hat, oder Tom Hanks, irgendwer aus Hollywood jedenfalls, und diese Sekte zieht weltweit alle Fäden. Das ist Fakt, sagt Mirek. Mit Geld- und Gehirnwäsche arbeiten die, so viel ist sicher. Deswegen ist Lorenz jetzt reich und nett. Anderntags ist es eine Spezial-Klinik, in der Lorenz sich als Testperson für eine neuartige Behandlung zur Verfügung gestellt hat, Bestrahlungen mit Laser, Mirek hat das gehört, und endlich hat Medizin mal positive Nebenwirkungen. Sogar eine Schönheits-OP wird vermutet, denn irgendwas ist anders an Lorenz Brahmkamp. Dabei ist es nur das Lächeln.

Zu Hause nimmt Lorenz den Plan vom Kühlschrank und wirft ihn in den Müll. Der ganze missratene Duschtempel wird rausgerissen und solide durch echte Glaswände ersetzt. Dieses Mal von Fachpersonal. Klempner kommen, Kollegen quasi von Herrn Wörtz, und sie bekommen auch dessen Geld, ohne es zu wissen. Die Wirtschaft ist ein immerwährender Kreislauf. Schönleben hat es noch im Krankenhaus doziert. Die Leute haben sich durch die Börsen daran gewöhnt, Geld für Dinge auszugeben, die nicht da sind, die sie nicht verstehen, die aber noch mehr Geld versprechen. Alle wollen gewinnen, und wie in jedem Spiel schafft es auch einer. Und der kauft sich dann eine neue Dusche.

Drei Häuser haben sie auf Mallorca noch drangehängt. »Wörtz-Immobilien« haben sie gegründet, mit einer Flasche Rotwein am Computer. Lorenz Schönleben und Alexander Brahmkamp waren sie für einen armen Teufel, dem ein Insolvenzverwalter im Nacken saß und der dringend auf der Insel noch ein bisschen Geld verstecken musste. Der Verwaltungsdirektor, über dessen Tisch »jede Ausschreibung in der Stadt« geht, spricht mit Alexander Schönkamp und Lorenz Brahmleben über die »Provisionen«, die die Handwerksbetriebe gerne zahlen und für die er sich jetzt »was Schönes mit Blick aufs Meer« gönnen will. Tatsächlich mit Kartoffeldruck wie im Kindergarten spielen sie ein mallorquinisches Amt nach, faxen kunstvoll verwischte Verträge nach Deutschland, entschuldigen sich telefonisch und schieben die Panne schnell erfundenen Einheimischen in die Schuhe.

Es gibt auch Rückschläge. Die Holthorsts haben daheim in Deutschland »ihr« Haus entdeckt, ganz regulär zur Vermietung. Käpt'n Holthorst ist am Telefon ein ausgebrochener Vulkan und schleudert wüste Flüche, Schönleben knabbert an den

Fingernägeln, solange er noch am Telefon beschimpft wird, und versichert dann glaubwürdig, er habe schon die Polizei verständigt. Einem Betrüger müsse er da aufgesessen sein, und die Holthorsts seien seinem Anruf nur ganz knapp zuvorgekommen. Dem »Herrn Schneider« gehe es übrigens ganz ähnlich, der sitze zufällig jetzt hier, und so lamentiert auch der noch mal über das andere Haus, das er ganz überstürzt gekauft habe, weil er doch seine Ehe habe retten wollen, und dann habe ausgerechnet seine Frau festgestellt, dass die fragliche Finca gar nicht zum Verkauf stünde.

Selbstverständlich bekommen die Holthorsts ihre Anzahlung zurück, sagt Schönleben. Nicht ganz, leider, denn das spanische Rechtssystem ist halt nicht vergleichbar mit dem deutschen, deswegen sei der Vertrag, den sie unterschrieben haben, nach geltendem hiesigen Recht groteskerweise gültig, gern können die Holthorsts da einen Anwalt fragen, wenn sie einen haben, der im spanischen Vertragswesen bewandert ist. Oder sie warten, bis Schönleben hier in Spanien seine spanischen Anwälte auf den Betrüger gehetzt hat. Dann gibt's auch keine lästigen Nachfragen in Deutschland, woher das Geld stammt, mit dem die Holthorsts sich das Haus kaufen wollen. So mache es übrigens auch der »Herrn Schneider«. Der kann von einem deutschen Anwalt auch nur abraten. Seiner jedenfalls habe hier bislang gar nichts ausgerichtet, sei vor dem Gericht in Palma übrigens auch gar nicht zugelassen und habe ihn summa summarum jetzt schon mehr Geld gekostet als das Haus.

Herr Holthorst, der Flüche spuckende Vulkan am anderen Ende, grummelt nur noch. Eine Scheiße sei das, sagt er, langsam leiser werdend. Er kann doch jetzt nicht ständig seinem Geld nach Spanien hinterherfliegen. Völlig klar, sagt völlig ruhig Herr Schönleben.

Eine Flasche Wein machen sie auf, nach Beendigung des Telefonats, und blicken aufs Meer.

Solche Sachen kommen immer wieder mal vor, weiß Schönleben, und deswegen wird immer Geld beiseitegelegt. Kann ja sein, irgendwelche Holthorsts lassen sich nicht abschrecken oder kennen doch einen Anwalt. »Nie gierig werden«, sagt Schönleben, »das sind ja schon die anderen.«

Katrin will zu Hause nichts überstürzen. Erst mal bleibt sie noch in ihrem Zimmer beim Hajo. Aber als Lorenz ihr eine gereimte Einladung zum Inder auf den Rechner schickt, bekommt er nach zehn Sekunden ein »extra smileyfreies Ja« zurück, und sie hat abends eine kleine Tasche mit Kulturbeutel dabei und ist kein Stück überrascht, als Lorenz ihr nach dem Essen vorschlägt, in dem Hotel nebenan zu bleiben.

Am nächsten Morgen sitzen sie beim Frühstück. Lorenz ist bei der zweiten Portion Rühreier mit Speck, und Katrin übersetzt »Huevos revueltos con el bacon«. Einen Sprachkurs auf CDs hat sie sich gekauft, und dieses Mal will sie's auch durchziehen.

Lorenz sagt, dass er keinen Sprachkurs braucht, nur die drei wichtigsten Wörter der Welt, und zählt auf: »Eier, Speck, Katrin.«

Sie würde gern noch mal über die Reihenfolge in diesem Trio diskutieren, lacht seine Frau, und dann singt James Brown.

»Kleinert hier«, sagt Herr Kleinert aus Lorenz' Handy, »wo sind Sie denn? Wir wollten uns doch heute wegen der Deponie zusammensetzen.«

Katrin wirft einen erschrockenen Blick auf die Uhr, denn tatsächlich haben sie völlig die Zeit vergessen, während Lorenz schon Fragmente einer Erklärung im Kopf hat. Wasser hat er ins Ohr bekommen, auf Mallorca, und damit in den Kopf und …

»Ich sitze noch beim Frühstück«, sagt er dann plötzlich und für einen Moment schweigt Herr Kleinert, »meine Frau und ich haben gestern das neue Romantik-Hotel getestet, nicht weit von der alten Deponie übrigens, und jetzt sitzen wir noch beim Frühstück.«

Noch immer ist nichts als Rauschen zu hören und ein ganz leises Röcheln von Herrn Kleinert.

»Aber wir beeilen uns«, sagt Lorenz mit großer Ruhe und sieht auf die Uhr, »ich denke, um halb bin ich da. Kann aber auch Viertel vor werden.« Er wartet höflichkeitshalber noch einen Moment, bevor er auflegt, aber er rechnet nicht damit, dass Kleinert noch etwas einfällt, und er hat recht.

Im Stadthaus gewöhnt man sich schnell an den neuen Herrn Brahmkamp, der jetzt manchmal sogar eine Krawatte trägt, meistens aber Polohemden. Mirek weiß von dem Sonderstatus, den Lorenz jetzt hat. Kaum noch ist der in seinem Büro zu finden, dafür umso häufiger in Tannbusch, beim Schönleben. Der hat ein paar Leichen im Keller, die der Brahmkamp gefunden hat, und jetzt ist er praktisch bei dem in der Firma mit eingestiegen, weiß Mirek, aber jetzt glaubt ihm keiner mehr.

Irgendwie läuft das ganze Megapark-Projekt tatsächlich über Lorenz Brahmkamp, und das Ding ist jetzt richtig wichtig geworden, seit die neuen Wirtschaftszahlen da sind und Osthofen dasteht wie Timbuktu. Das ganze Ruhrgebiet knapp vor Dritte Welt. Die Zukunft wohnt jetzt in Asien. Aber der rettende Strohhalm steckt ja manchmal in einem Cocktailglas, und so ein Luxusprojekt wie der Megapark, das verspricht doch zumindest, dass es in Zukunft auch in Osthofen wieder besser wird, dass irgendwo noch Geld ist und dass die Leute, die es haben, es mit etwas Glück auch wieder in Osthofen stecken. Und irgendwie hat ausgerechnet dieser Brahmkamp die Geldheinis alle an der Hand. Lorenz ist der menschgewordene Oman: Vor kurzem noch Sand gesiebt, und niemand musste wissen, wer und wo der ist, und jetzt ist er plötzlich hip und steckt die alten Säcke alle locker in die Tasche.

Kleinert hat die Dressel schon zusammengefaltet, warum sie den Brahmkamp immer wie Karl Arsch behandelt hat, ausgerechnet den! An einer Flitzpiepe wie dem Schlindwein kann sie ihre notorisch schlechte Laune seinetwegen auslassen, aber der Brahmkamp – Mensch, Frau Dressel! Wenigstens zu dessen Frau soll sie in Zukunft nett sein, Scheiße! Alle bis dahin noch im Schreibtisch lagernden Brahmkamp-Pralinen stopft die Frau Dressel daraufhin in sich hinein. Schlank wird sie eh nie mehr, und für wen denn auch überhaupt.

Umgekehrt verspricht Schönleben den Anzügen, dass er die Stadt jetzt so weit an den Eiern hat, dass die alles durchwinken werden. Den Herrn Brahmkamp haben die eigens dafür abgestellt. Er habe ja durchaus schon einiges erlebt, aber so was noch nicht. Die Anzüge nicken und haben Vergleichbares auch noch nicht erlebt. Ein hoher, fast höchster Stadtbeamter für nichts anderes da als ihr Projekt. Glücklichweise haben sie den Schönleben gerade noch rechtzeitig entdeckt, tuscheln die Anzüge untereinander. Jetzt nimmt er viele, die auch auf den Zug aufspringen wollen, nicht mehr an, will deren Geld gar nicht. Leuten, die ihm nicht von Anfang an trauen, denen traut er auch nicht.

Die braune Frau Körber mit dem faltigen Hals zum Beispiel ist plötzlich misstrauisch geworden und ängstlich. Sie wollte ihr Geld wiederhaben, kurz bevor Schönleben nach Mallorca geflogen ist. Regelrecht panisch war sie, als sie nichts mehr hörte, so panisch, dass sie sogar die eigentlich ruhiggespritze Stirn wieder in Falten legen konnte.

Und dann kommt der Schönleben zurück und stellt ihr nacheinander vor versammelter Mannschaft drei Koffer mit Geld auf den Tisch (Lorenz hat eigens neue kaufen müssen, teure, aus Krokoleder), und den ganzen Rest könne sie selbstredend auch wiederhaben – Frau Balz schleppt noch mehr Koffer an –, sogar mit Zinsen, nur dann sei sie beim Megapark leider nicht mehr dabei, denn »Geld ist eine Frage des Vertrauens«, sagt er und klingt honorig, wie der Bundesbankpräsident persönlich, »und je mehr Geld Sie wollen, umso mehr Vertrauen brauche ich.«

Schönleben lässt den vierten Koffer aufschnappen, voll mit Geld, und der Frau Körber ist jetzt alles unendlich peinlich, sie bittet darum, dass Schönleben die restlichen Koffer bitte zulässt und behält. Eigentlich kann sie ihren Aussetzer nur damit erklären, dass ihre Coco jetzt wohl endgültig nicht mehr zu retten ist. Der ganze Hund voll Metastasen. Dafür hat Schönleben Verständnis und hält Otto spaßig die Ohren zu, aber noch in das befreite Lachen von allen hinein sagt er, Hund ist Hund, und Geld ist Geld, und in Zukunft seien beide bitte auseinanderzuhalten.

Lorenz hat im Hintergrund seinen Daumennagel gründlich kleingekaut. Schon der fünfte Koffer wäre leer gewesen.

26

Am Telefon ist der freundliche Herr Martins von der *WAZ*. Der Megapark nimmt ja offenbar immer konkretere Formen an, und Lorenz ist ihm als Gesprächspartner für seine Zeitung genannt worden, ob sie sich treffen können.

Erich Schlindwein am Tisch gegenüber benagt bedächtig sein Käsebrot. Von dem ist keine Abwechslung zu erwarten, und seit Mallorca ist ohnehin alles, was sein Bürocomputer zeigt, für Lorenz so langweilig wie ein vierteiliges Puzzle. Ein Interview also, warum nicht? Eine gute Gelegenheit, aus dem Büro zu fliehen. Sie verabreden sich für den nächsten Mittag in Tannbusch.

Seit Lorenz häufig dort ist, kommt ihm sein Büro bei der Stadt noch kleiner vor und Erich Schlindweins Acrylpullunder noch schäbiger. Er kann sich nicht noch jahrelang hier einpferchen. Weder in seinem Büro noch in Osthofen. Lorenz versucht Katrin schon mal langsam darauf vorzubereiten, dass sie irgendwann weggehen werden, weggehen müssen, und dann vielleicht sogar schnell, auch wenn er sich das selbst noch nicht recht vorstellen kann. Er versucht es bei Katrin zwischendurch spielerisch. Stadt Land Fluss. Nicht nach Alphabet gespielt, sondern danach, wo sie am liebsten leben würde. Ob sie sich auch ein kleines Häuschen auf Mallorca vorstellen kann, jetzt wo sie ja auch Spanisch lernt. Katrin nimmt es nicht ernst. Aber er hat schon ganz anderen Leuten ein Haus auf Mallorca angedreht.

Schönleben und Lorenz werden eh noch Geld sammeln müssen. Die Anzüge machen zwar schon was locker, aber die beschlossene Devise war: nicht mehr kleckern, sondern aussorgen. Dafür müssen noch mehr Anzüge her, größere auch, mit noch mehr Geld. Vielleicht planen sie ja gleich eine ganze Kette Megaparks, europaweit. Lorenz muss auch damit rechnen, dass der Schönleben den Bogen überspannt. Auch für den Fall muss er schnell weg sein. Zwei volle Kroko-Koffer hat Lorenz schon in seiner Bank. Aber das reicht nicht.

Am nächsten Mittag sieht er Herrn Martins von der *WAZ* in Tannbusch schon von weitem auf den Überwachungsmonitoren. In einem klapprigen alten Polo ist der junge Mann gekommen. Lorenz sieht die Blicke auf den Porsche und muss lächeln. Aber natürlich tritt Herr Martins von der *WAZ* keine Blumen oder Hunde. Er klingelt stattdessen und stellt sich artig vor. Mit ehrlich herausplatzender Begeisterung bestaunt er das Haus: »Und hier wohnt Herr Schönleben ganz alleine?«

Bei der Zeitung scheint es mittlerweile auch keine Eignungstests mehr zu geben.

»Ja«, sagt Lorenz eine Spur patzig, »Herr Schönleben ist jetzt allerdings nicht da, aber ich vertrete ihn häufiger.« Lorenz demonstriert das, indem er in der Küche »kurz was zusammenzaubert«. So ein Ziegenkäse ist schnell gratiniert. Lorenz weiß, in welche Schubladen er greifen muss, er ist hier praktisch zu Hause. Theresa kommt dazu, in einem ärmellosen Kaschmirrolli, und Lorenz drückt sich gegen ihre unverschämten Kaschmirhügel und küsst sie zwei Mal zur Begrüßung auf die Wange. Dem Zeitungsbürschchen muss gezeigt werden, wo der Hammer hängt. Vielleicht liegt es am Polo, dass Lorenz so gereizt auf den *WAZ*-Mann reagiert. Der Polo hat Lorenz an seinen eigenen Corsa erinnert, der in der Straße parkt. Schönleben hat darauf bestanden, dass Lorenz noch wartet, bis er sich einen neuen Wagen zulegt. Nicht zu viel Aufmerksamkeit erregen, jetzt bloß nicht zu sehr aus der Rolle fallen! Lorenz muss weiter Herr Brahmkamp von der Stadt bleiben, auch wenn er es nicht mehr ist, sonst war alles umsonst.

Herr Martins ist vielleicht Ende zwanzig und somit natürlich eine vollkommene Hormonmarionette, seit Theresa da ist. Er stolpert durch seine Frage: »Gibt es denn Leute, die jetzt ihr Geld, beziehungsweise soll man sein Geld nicht lieber in Gold oder auf die Bank ...«

Lorenz lächelt. »So sicher sind die Banken ja auch nicht. Ist nicht erst vorletztes Jahr in Osthofen eine überfallen worden? Sogar von einem ihrer eigenen Angestellten?«

Herr Martins erinnert sich nicht. Der erinnert sich grad wahrscheinlich nicht mal an seinen Namen. »Wie, äh ...«, stottert er, als Theresa nah an ihm vorbeischwebt und seine Stimme rutscht ins Tonlose, »... wie ist es denn zu der Zusammenarbeit mit Herrn Schönleben gekommen?«

Nichts könnte den weniger interessieren, sieht Lorenz ihm an. »Ich hab auf Mallorca versucht, ihn absaufen zu lassen, und seitdem arbeiten wir prächtig zusammen!« Herr Martins lächelt höflich und hat die Augen an Theresas Hintern, bis sie in den Weiten des Hauses verschwindet. »Das kann ich ja schlecht schreiben«, sagt er dann.

»Warum? Ich dachte, als Journalist sind Sie der Wahrheit verpflichtet«, erwidert Lorenz und lässt jetzt als Versuch das Lächeln weg. Es ist nicht ganz dasselbe prickelnde Gefühl wie beim ersten verkauften Haus, als Herr Wörtz den billigen Koffer geöffnet hat. Herr Martins sieht enttäuscht aus, enttäuscht von einem Leben, das ihn vermutlich nie in die Nähe einer Frau wie Theresa führen wird, sondern immer nur in die Nähe von Leuten wie Lorenz, die erwarten, dass man über ihre schlechten Witze lacht. Herr Martins wartet noch immer auf eine richtige Antwort.

»Um die Wahrheit zu sagen, wir kennen uns aus dem Westerwald.«

Lorenz erfindet jetzt gelangweilt eine Geschichte aus frühen Jugendtagen, in der Schönleben und er im selben Fußballverein waren. Dann hat man sich jahrelang aus den Augen verloren und plötzlich und so weiter. »Aber bestimmt ist Herrn Schönleben das peinlich, deswegen schreiben Sie's besser nicht.«

Herr Martins kriegt noch die große Tour, inklusive einer Besichtigung von Frau Balz und dem Styropor-Modell vom Megapark. Frau Balz hat sich auch heute verlässlich in eine Hose einschweißen lassen, mit der es ihr eigentlich unmöglich sein müsste zu sitzen. Der junge Herr Martins schleicht anschließend geknickt zurück zu seinem Polo.

»Ich hab Ziegenkäse gratiniert«, sagt Lorenz zu Frau Balz, aber die mag keinen Ziegenkäse.

Lorenz verfüttert den Käse an Otto und geht in den Garten, wo der Herbst mittlerweile nicht mehr zu leugnen ist. Bunt und tot fallen die Blätter von den Bäumen. Das Jahr ist bald um. »Wer jetzt kein Haus hat …«

Das Leben ist nicht immer ein Gedicht. Missmutig fährt Lorenz zurück ins Büro.

Nachmittags ruft Herr Martins an und hat noch eine Frage. Den Fußballverein aus dem Westerwald, wo Herr Brahmkamp und Herr Schönleben sich kennengelernt haben, also seine Eltern haben da mit ihm früher immer Urlaub gemacht, als er noch kleiner war, deswegen kennt er die Gegend ganz gut, sagt Herr Martins, und diesen Fußballverein, den kann er beim besten Willen nicht finden, den gibt's irgendwie nicht. Er klingt jetzt nicht mehr so freundlich wie am Vormittag.

»Gibt's nicht?« Lorenz ist plötzlich hellwach. »›Gibt's nicht‹ geht natürlich gar nicht.«

Und über Osthofen steht der blauste aller Himmel.

Extrablätter: Fragen an den Autor

Herr Husmann, welches Buch würden Sie jemandem empfehlen, dem »Vorsicht vor Leuten« nicht gefallen hat?
Wem es zu lustig war, dem sei Thomas Pynchons »Vineland« empfohlen, wem es nicht lustig genug war, zum Beispiel Eckhard Henscheids »Die Vollidioten«, und wer jetzt gerade in der Buchhandlung steht und das Buch von hinten durchblättert, sollte sich von dieser dämlichen Frage nicht abschrecken lassen.

Zu welcher Tageszeit schreiben Sie am besten?
Morgens komm ich oft schwer rein, mittags ist mein Biorhythmus im Arsch, nachmittags denke ich »Jetzt lohnt es sich auch nicht mehr«, aber abends nehme ich mir ausgiebig vor, am nächsten Morgen anzufangen. Wenn der Druck allerdings groß genug ist, schreibe ich wann und wo auch immer.

Was macht einen guten Dialog aus?
Idealerweise sollte man ihn beim Lesen hören können. Und dann sollte er einem nicht in den Ohren wehtun.

Schreiben Sie langsam? Warum?
Beim Schreiben und beim Sex sind »schnell« und »langsam« oft Ansichtssache …

Machen Sie beim Schreiben irgendwas nebenbei? Essen? Musik hören?
Nein. Es ist fast anders herum. Wenn es beim Schreiben nicht läuft, hab ich das dringende Bedürfnis, Staub zu wischen, den Balkon zu entrümpeln oder mich im Internet über – zum Beispiel – Litauen schlau zu machen. Im hintersten Hinterkopf schreibe ich manchmal heimlich dabei weiter, um mich selbst zu überlisten. Und oft genug schaffe ich das.

Wie erleben Sie bei Lesungen den direkten Kontakt zum Publikum, den Sie als TV-Autor und -Produzent nicht haben?
Ich bin mitunter erstaunt, an welchen Stellen die Leute lachen und an welchen nicht. Ich staune auch darüber, was Menschen so anziehen, die zu Lesungen gehen, und welche Dialekte es in Deutschland gibt.

Kriegen Sie eigentlich Fanpost?
Kommt vor. Aber vermutlich deutlich weniger als zum Beispiel bei Peter Hahne oder den Scorpions. Lassen Sie uns also bitte schnell das Thema wechseln.

Welchen Roman sollte man mit 45 gelesen haben?
Zum Beispiel »Montauk« von Max Frisch, der einem Hoffnung machen kann, dass da noch was kommt, oder auch »Bessere Verhältnisse« von John Updike, der einem zeigt, dass es anderen in dem Alter auch nicht besser geht, oder »Ignaz oder die Verschwörung der Idioten«, das kann man eigentlich in jedem Alter lesen …

Worüber können Sie nicht mehr lachen?
Clowns, Pantomimen, Büttenreden, Radiowerbung

Sind Sie kein Hypochonder?
Nein.

Wen würden Sie gern mal interviewen?
Aaron Sorkin, David Letterman, Drew Barrymore, man muss bei Interviews ja nicht immer reden.

Welcher Autor macht bösere Witze als Sie?
Da gibt's etliche. Gerhard Polt und Sarah Palin zum Beispiel.

Wie wichtig ist Fußball? Und Politik?
Für Männer ist Fußball wichtig als Klatsch-Ersatz. In den vielen Situationen, in denen Männer irgendwas reden müssen, bei Meetings, Verwandten- oder Krankenbesuchen, oder einfach nur im Fahrstuhl mit dem Chef. »Was ist denn da wieder bei den Bayern los?!«, ist immer ein prima Eröffnungssatz.

Obwohl Fußball eine genauso kommerzielle, korrupte und marketinggetriebene Verarsche ist wie Politik, ist von Fußballverdrossenheit nichts zu spüren. Ins Stadion gehen alle gerne, zur Wahl immer weniger. Aber auch ich bin beim Fußball bereit, mich jedes Mal aufs Neue verarschen zu lassen.

Und was machen Sie, wenn jemand mit Ihnen über Autos reden will?
Ich schwenke um auf Fußball (»Was ist denn da wieder bei den Bayern los?!«); wenn das nicht hilft, hilft Gähnen. In ganz hartnäckigen Fällen erzähle ich von all den Freunden und Verwandten, die bei Autounfällen gestorben sind, und versuche es dann noch mal mit Fußball …

In welchem Ausland kennen Sie sich wirklich aus?
In Köln geht's jetzt langsam. Ansonsten finde ich mich in den USA zurecht. Eine Zeitlang dachte ich, ich hab verstanden, wie's in Italien so läuft, aber das war vor Berlusconi …

Wer kann Sie überhaupt nicht leiden?
Gott, weil ich ihn immer verleugne, ein paar Schalker, ein paar Frauen und etliche Autoren. Autoren können sich untereinander nie leiden.

Welchen Film haben Sie mehr als ein Mal gesehen?
»Der Pate« I, II und sogar III. Das meiste von Clint Eastwood, Martin Scorsese, David Fincher, Woody Allen, Billy Wilder usw.

Wie merken Sie sich Ideen, wenn Sie unterwegs sind?
Gar nicht. So hab ich die tolle Ausrede, dass mir schon zwei Dutzend spitzen Filme, Serien und Bücher eingefallen sind, an die ich mich aber leider nicht mehr erinnern kann. Tatsächlich weiß ich aber, dass die meisten Ideen irgendwann wieder am Großhirn vorbeikommen. In dieser Hinsicht bin ich sehr entspannt.

Können Sie gut loben? Und wie ist es, von Ihnen kritisiert zu werden?
Ich bin fürs Loben das, was Picasso fürs gegenständliche Malen war. »Ist doch gar nicht so schlecht!«, war jahrelang mein höchstes Lob, bis ich gemerkt habe, dass so was für die Motivation von Mitarbeitern nicht gut ist. Seitdem bemühe ich mich, hin und wieder in Begeisterung auszubrechen. Umgekehrt versuche ich aber, auch bei vernichtender Kritik immer mit irgendwas Positivem anzufangen, im Zweifel zum Beispiel die Schuhe meines Gegenübers zu loben.

Wobei kriegen Sie garantiert schlechte Laune?
Volksmusik, Radiowerbung, Kaufhäuser, Reisegruppen, Kölsch (als Bier und Dialekt), Kirchentage

Welche Weisheit hängt leider nicht in Ihrem Gäste-WC?
»Eines Tages wird alles gut sein«, wahlweise auch »Dieses ist der letzte Tag vom ersten Teil Deines Lebens« oder »Man sieht nur mit den Augen gut – Der große Prinz«

Ihre 3 ultimativen Ratschläge für junge Autoren?
Schreiben, schreiben, schreiben. Der vierte Ratschlag lautet: Fang nicht mit dem Schreiben an, weil du denkst, das ist ein Job, den man schön allein in seinem Kämmerchen machen kann und bei dem man nicht mit den ganzen anderen doofen Menschen reden muss. Ein Großteil des Jobs besteht nämlich darin, sich verkaufen zu können, und das ist genau so prostituierend gemeint, wie es klingt.

Wie wäre ein Leben ohne Fernsehen?
Anders. Schlechter. Vor allem für mich. Ich verdiene da ja mein Geld. Aber ich finde es auch zu einfach, auf die Bahn oder das Fernsehen zu schimpfen. Die Wahrheit ist: Man steht deutlich mehr doof auf der Autobahn im Stau, als die Bahn unpünktlich ist, und das deutsche Fernsehen zeigt jeden Tag absolute Spitzenware. Man muss nur wissen, wo. Das amerikanische Fernsehen ist zurzeit in seinen besten Produkten da, wo zum Beispiel die russische Literatur bei Tolstoi, Dostojewski und Tschechow war.

Haben Sie Erfahrungen mit Zensur? Hat Ihre Pointen schon mal jemand verboten?
Es wäre peinlich gegenüber allen Leuten weltweit, die wirklich zensiert werden, bei mir von Zensur zu reden. Bei uns darf wirklich jeder machen, was er will.

Was sind das für Leute, mit denen Sie übers Wetter reden?
Das hängt sehr vom Wetter ab. Bzw. vom »Wetterchen«. So heißt es ja hier in der Gegend meistens. »Das ist ja mal wieder ein Wetterchen, ne?«

Noch ermüdender finde ich allerdings momentan das Gequatsche darüber, ob es in Berlin besser ist als in Hamburg, München, Köln oder New York. Wirklich, Leute, zieht nach Osthofen. Da ist auch das Wetter besser …

Sie haben 1 Stunde im Radio zur freien Verfügung: Worüber sprechen Sie, welche Songs spielen Sie?
Das hängt nun wieder sehr an meiner Tagesform und der der Welt. Außerdem hängt's am Sender. Hörer von Dudelfunksendern sind es ja nicht mehr gewohnt, dass jemand im Radio in Haupt- und Nebensätzen spricht. Die verschreckt man durch so was schnell. Bei Sendern wie dem Deutschlandfunk wär's dann eher andersrum: Da würde ich mal ein Fenster aufmachen oder einen Radioporno senden. Garantiert nicht spiele ich auf jeden Fall die Hits der 80er, 90er und das Beste von heute.

Haben Sie schon mal was ganz und gar Humorloses geschrieben – absichtlich?
Klar, zum Beispiel an der Uni. Seminararbeiten über Nietzsche, Kant & Co. Und Tagebuch. Da gab's auch eher nix zu lachen.

Wovor warnen Sie jemanden, der Ihnen am Herzen liegt?
Vor zu fettem Essen, den falschen Wertanlagen oder Caprihosen. Ich bin ein unterschätzter Shoppingberater für Frauen!

Vielen Dank für das Gespräch …

Noch mehr Extrablätter: Alle Drohgedichte von Sachbearbeiter Lorenz Brahmkamp

Abends als Single auf der Couch vor dem Fernseher ist Lorenz manchmal einsamer als Robinson. Werbung, Serien, Filme – Lorenz sieht alles, aber allein. Gott wäre kein Job für ihn …

I

Ich bin der Junkie, du bist der Stoff
Ich bin Baywatch, du Hasselhoff
Ich bin die Wurst, du bist das Curry
Ich bin lost in Translation und du bist Bill Murray

Wir gehören zusammen
Wie Feuer und Flammen
Wie Starsky und Hutch
Alles andere ist Quatsch

Hajo Süppel ist eine von Katrins kurzzeitigen Geschmacksverirrungen, wie die Caprihose, die sie sich mal im Internet bestellt hat, oder Yoga und Trennkost. Aber Frauen wissen natürlich selten, was wirklich gut für sie ist. Beziehungsweise eben schlecht. Man muss sie immer darauf hinweisen …

II
Du bist Biene Maja
Er ist Meister Eder
Dein Herz ist aus Gold
Und Hajos aus Leder
Das passt nicht zusammen
Das sieht ja wohl jeder
Das geht nicht zusammen
Weder vorne, noch hinten
Das passt wie Brad Pitt
Zu Frau Hillary Clinton

Es gibt Zugvögel, und es gibt welche, die auch im Winter hierbleiben. Warum? Weil die Natur es so vorgesehen hat. Nicht jeder kann abhauen, wenn es ungemütlich wird. Tauben zum Beispiel. Lorenz weiß das von seinem Kollegen am Schreibtisch gegenüber, Erich Schlindwein. Und Katrin ist mental eine Taube. Dafür gemacht dazubleiben …

III
Wir sollten neben'nander liegen
Wie Bochum neben Essen
Wie Gabel neben Messer
Was machen wir stattdessen?
Wir machen uns das Leben schwer
Wie sechzehn Zentner Steine
Und das ist wirklich Quatsch, mein Schatz,
denn schwer
Ist Leben von alleine

Manchmal kann der Ying den Yang nicht leiden, und Marianne findet den Michael doof. Aber ohne einander wird es nix. Alleine kann keiner. Und Ying mit Yung ist albern und steht für gar nix …

IV
Du bist der Schwefel zu meinem Pech
Dein Schweigen ist Gold, mein Reden ist Blech
Auf deinen Sand bau ich
In meinem Getriebe
Ich bin für dich Luft
Du bist für mich Liebe

Alles hat seine Grenzen. Vor allem Osthofen. Aber auch Lorenz. Irgendwann ist Schluss und aus und Feierabend. Soll sich Katrin doch ihren eigenen Reim machen …

V
Denk ich an dich, dann klopft mein Herz
an eine andere Tür
Und was ich spür, wenn ich dich spür
Ist kälter als der März

Du bist der Hit, ich stelle mich taub
Du bist die Göttin, an die ich nicht glaub
Du siehst aus, und ich seh ein
Du bist gut, ich lass es gut sein

Aber Feierabend machen ist nur im Büro leicht, in der Liebe nicht. So ein blödes Männerherz hat keine festen Arbeitszeiten. Und die Erinnerung ist ja wie das Meer. Kommt in regelmäßigen Abständen und überflutet alles …

VI
Horst Köhler war mal Bundespräsident
Den hab ich jetzt gar nicht mehr präsent
Timothy Dalton war mal 007
Der ist mir nicht in Erinnerung geblieben
Mit Pythagoras war doch auch irgendwas
Aber auch da ist meine Erinnerung blass

Von Sophie Marceau war ich besessen
Jetzt hab ich sie komplett vergessen
Ich kannte die Bücher vom großen Karl May
Das ist jetzt schon seit Jahren vorbei
Klar, von Günter Grass war auch irgendwas
Aber auch bei dem ist meine Erinnerung blass

Weltmeister im Fußball war Uwe Bein
Heut' fällt mir der Name kaum noch ein
Was hat er erfunden, der Isaac Newton?
Ich weiß es nicht mehr, ich kann's nur vermuten
Du hast gar nichts geleistet, nur geshoppt und gegessen
Also warum zur Hölle kann ich dich *nicht vergessen?*

Wenn man sieht, wie schwer sich die Deutschen damit tun, dass die D-Mark nicht mehr da ist, und wenn man dann das Ganze mal auf eine Frau hochrechnet und auf einen so typischen Deutschen wie Lorenz Brahmkamp, dann ist ja klar, was dabei rauskommt …

VII
Ich könnt mich für schwule Schwaben engagieren
Oder einfach in Pisa den Turm reparieren
Ich könnte sächsische Dialekte lernen
Oder mit den Füßen Trauben entkernen
Ich könnte aus Glaswolle Frösche falten
Oder im Iran einen flashmob abhalten
Wär alles sinnvoller als dich zu vermissen
Aber was mache ich?
Ich vermisse dich …

Was ist ein Mann ohne einen Plan und Vorsätze und Alkohol? Praktisch eine Frau mit einem Penis. Lorenz ist nur insofern ein ungewöhnlicher Vertreter seines Geschlechts, als er seine Vorsätze immer noch in Reime fasst. Aber damit, sagt er, ist Schluss, sobald es passt. Dieses Mal also noch nicht …

VIII
Ich hatte Mumps, Windpocken und Masern
Manchmal hängen in den Zähnen Fasern
Von Fleisch oder auch Ananas
und jetzt das!

Ich hatte Schorf selbst an der Nasenwand
Und sogar einen Bruch der Mittelhand
Schuppen hatt' ich und Sonnenstich
und jetzt dich!

Gegen Schuppen gibt's Shampoo, man impft gegen Grippe
Gegen Weiber gibt's nix, no cure for Xanthippe
Dabei leidet man an gebrochenem Herzen viel tiefer
Als an Grippe oder einem gebrochenen Kiefer

Ich werde mich gegen dich immunisieren
Mit Wein und Schnaps sowie zahlreichen Bieren
Was immer nötig ist, werde ich jetzt tun
Dann bin ich bald gegen Katrin immun

Zynismus ist die Zuflucht der Enttäuschten. Wer mal an das Gute im Menschen geglaubt hat, wendet sich früher oder später den Tieren zu. Deswegen haben die Witwen auf dem Hauptfriedhof auch meistens keinen neuen Mann, sondern einen Dackel. Wer mal an die große Liebe geglaubt hat, glaubt nach der Hochzeit oft nicht an die kleine Liebe, sondern an gar nichts mehr …

IX
Auf dem Kuchen meines Lebens bist du der Zuckerguss
Du bist im Porno meines Lebens der echte Zungenkuss
Und im Märchen meines Lebens bist du die gute Fee
Oder warte mal, nee, doch nicht, nee, nee, nee …

Im Märchen meines Lebens bist du wie der achte Zwerg
In der Landschaft meines Lebens bist du wie der höchste Berg
Von dem die Aussicht auf mein Leben allerdings eher scheiße ist
Ja, so sieht's aus, genau so isses, das ist es, was du bist

Du bist das Salz in meiner Suppe aber auch das Haar darin
Du bringst Leben in mein Leben, aber deins hat keinen Sinn
Du bist mir meine Erde, doch warum ich das hier schreibe:
Die Erde, die du mir bist, ist leider bloß 'ne Scheibe

Humor ist ein Zeichen abnehmender Kunst, schrieb Goethe, und der muss es ja wissen. Insofern wird auch Lorenz irgendwann ernst.

X
Die Griechen glaubten an Zeus und an Hera
Das war wohl eine andere Ära
Die Römer fanden Merkur und Apoll toll
Man fragt sich, was daran so toll sein soll
Die Apachen glaubten noch an den Manitu
Jetzt hat aber selbst der Manitu Ruh
Irgendwann glaubte ich mal fest an dich
Aber damit, lieber Schatz, hat es sich
Seit du so strunzenblöd geworden bist
Bin ich, was dich angeht, ein echter Atheist

Am Ende hat Mallorca auch schöne Seiten. Zumindest für Lorenz Brahmkamp und seine Katrin …

XI
Du und ich, mein Schatz,
sind wie zwei Hosenbeine
Wir machen nur zusammen Sinn
und keinesfalls alleine

Wir können umgekrempelt werden,
das ist uns schnurzepiepe
Der Stoff der uns zusammenhält,
heißt Jeans nicht, sondern Liebe